U0011582

新世紀散文家 4

周芬伶

精選集

陳義芝◎主編

NEW CENTURY ESSAYISTS

目錄

137

輯三 頓挫

編輯前言

陳義芝

熟識中文創作的人，對先秦諸子散文、漢代紀傳體散文，以及李密、陶淵明、江淹、庾信等人的六朝文，韓、柳、歐、蘇代表的唐宋文，必不陌生。清初吳楚材、吳調侯叔侄編注的《古文觀止》，網羅歷代名篇雖有遺漏，但大體輪廓的掌握分明，仍是研讀古代散文最重要的讀本。

今天我們讀古代散文，除《古文觀止》上的文章，論、孟、莊、荀，也不可棄，因為是源遠流長的文化氣質。歸類為小說的《世說新語》，寫人敘事清雅生動，當小品文讀也不錯，可欣賞它精鍊的筆觸、機智的餘情。而繼明代歸有光、張岱之後，猶有黃宗羲、袁枚、姚鼐、蔣士銓、龔自珍……

古人說，「文之思也，其神遠也」，又說，「事出於沉思，義歸乎翰藻」，當文統與道統釐清，藝術的想像力與語言的精緻性即獲得高度發揚；迨至明代獨抒性靈，清代提倡義法，民國梁啓超錘鍊的新文體（雜以俚語、韻語及外國語法），兩千年來中文散文的山形水貌，因而更見壯麗。可惜今人不察中文散文有其獨特鮮明的傳統，往往以西方不重視散文為名，任意貶損散文價值，誤導文學形勢。

究實而言，粗糙簡陋的經驗記述，與不具審美特質的應用文字，當然算不得散文，就像這世界充斥許多聲音，只為溝通、發洩之用，或無意為之，毫無旋律可言，也就算不得是音樂。但我們不能因為聲音之產生容易而漠視聲音之創造，同理，不能因「非散文」之充斥而不承認散文所展現的生命價值、啓蒙作用。〈庖丁解牛〉、〈出師表〉、〈桃花源記〉、〈滕王閣序〉之所以千古傳誦，正在於作家內在精神之凝注與文學意趣之揮灑，代代有感應。

清末劉熙載〈文概〉講述作文七戒：「旨戒雜，氣戒破，局戒亂，語戒習，字戒僻，詳略戒失宜，是非戒失實。」分別關切文章的主題、文氣、布局、語字、結構、義理，我們拿這個標準來檢視現代散文，也很恰適。試以現代（白話）散文前期名家的看法為例。

周作人主張散文要有「記述的」、「藝術性的」特質，「須用自己的文句與思想」，「真實簡明便好」。

冰心主張散文創作「是由於不可遏抑的靈感」，並且是以作者自己的靈肉「來探索人生」。

朱自清說：「中國文學大抵以散文學為正宗，散文的發達，正是順勢。」他認為散文「意在表現自己」，當然也可以「批評著、解釋著人生的各面。」

魯迅主張小品文不該只是「小擺設」，「生存的小品文，必須是匕首，是投槍，能和讀者一同殺出一條生存的血路的東西；但自然，它也能給人愉快和休息。」

林語堂説小品文，「可以發揮議論，可以暢泄衷情，可以摹繪人情，可以形容世故，可以札記瑣屑，可以談天説地，」又説散文之技巧在「善冶情感與議論於一爐」。

梁實秋特重散文的文調，「文調的美純粹是作者的性格的流露」，「散文的美，不在乎你能寫出多少旁徵博引的故事穿插，亦不在多少典麗的辭句，而在能把心中的情思乾乾淨淨直接了當地表現出來。」

以上這些話皆出現在一九二〇年代，可見白話散文的基礎一開始就相當扎實。

梁實秋以降，台灣文壇的散文名家，從琦君到張曉風，從林文月到周芬伶，從王鼎鈞到簡媜，從董橋到蔣勳，並時聚焦的大家如吳魯芹、余光中、楊牧、許達然，幾乎沒有一個不是集合了才氣、人生閱歷、豐富學養與深刻智慧於一身。他們的散文大筆馳騁自如，頗能融會小説情節、戲劇張力、報導文學的現實感、詩語言的象徵性。散文的屬性被發揮得淋漓盡致，散文的世界乃益加遼闊；散文的樣式不再只循舊式美文、雜文、小品文或隨筆的路徑，科學散文、運動散文、自然散文、文化散文或旅行文學、飲食文學，為人間開發了無數新情境，闡明了無數新事理。

隨著資訊世紀的來臨，文類勢力迭有消長，我預見散文的影響力將有增無減，而每位作家收入一兩篇的散文選，光點渙散，已不足以凸顯這一文類的主流成就。「新世紀散文家」書系（九歌版）因而邀當代名家自選名作彙輯成冊。韓愈談讀諸子百家的收穫，曾說：「參之《穀梁氏》以厲其氣，參之《孟》、《荀》以暢其支，參之《莊》、《老》以肆其端，參之《國語》以博其趣，參之《離騷》以致其幽，參之太史公以著其潔，此吾所以旁推交通而以為之文也。」必先了解各家的藝術風格、表達技法，方能於自我創作時創新超越。這套書以宜於教學研究的體例呈現，歡迎走文學大道的朋友從散文下手！這批優秀作家的作品見證了一個輝煌的散文時代，他們的創作觀更合力建構出當代中文散文最精粹的理論！

推薦周芬伶

周芬伶創作散文逾二十年，自其作品觀之，純眞與逸蕩的賦性兼融，精約與繁複的形質交映。她寬解人生糾葛，洞識情根，表裡瑩徹。

周芬伶的散文成就在：描寫遭遇的甜美、苦痛、輾轉、怔忡時，能黏著深入，也能疾轉蕩開，看去只是自家的細節，卻正是千萬人在同一戲台上搬演的搏命大事。

李癸雲以女性寫作的角度撰寫本書序論，爲讀者開啓了閱讀周芬伶的另一扇窗。

——陳義芝

寫作的女人最美麗
——周芬伶散文綜論

李癸雲

周芬伶是我的大學老師，上她的戲劇課時，印象最深的是她常穿一襲白色連身裙，感覺飄逸脫俗。我不是個認眞於課業的好學生，當時又沉迷於現代詩自由語言的堆疊，視現代散文爲平庸者之作，她在我年少時的心中，似是張平板的人影。

多年後，甫完成討論女性書寫的博士論文，我在東海遇見她，她送我一本散文新作《戀物人語》。幾次夜裡翻讀，油然生出「相見恨晚」之憾，我怎麼會錯過這樣生動的作品？我錯失了多少美麗的心靈風景？

再讀《絕美》，趙滋蕃先生說她是「天眞、清新和美」[1]，我同意，但是我也看到她飽食人間煙火，既豁達又執著的另一面；接下來是《花房之歌》，吳鳴指出這些作品是「透明的自傳散文」，因為全書佈滿她的家人朋友，並說她試圖「構築一理性清明兼具浪漫情懷之世界」[2]，而我納悶著那些半透明或不透明的意識深處，理性與感性兩端之間的掙扎……；第三本散文集《閣樓上的女子》，周芬伶認為自己關注生命的角度和寫作手法開始轉變，張春榮看到的卻是「她一貫綿密細緻的感喟與錦心繡口的文字風格。」[3]；到了第四本散文集《熱夜》，深刻展現了女性自覺的過程，文字也交錯在現實與想像間，陳芳明說：「我在深夜閱讀周芬伶，愛極她的寒冷與清澈。在她想像的寓言世界，我如履薄冰，如臨冷鏡。讀她，也在讀我。」[4]此集作品看似與她前期風格有截然之分，我依然讀到許多「舊傷口」與善感的熱情；最近一本散文集《戀物人語》，張瑞芬觀察到：「中年周芬伶，敘事與抒情渾然無間的融合，以文學靈心與秀發的才氣，構築了一個世紀末散文的回憶之屋，想像之城」[5]。「中年」周芬伶的文字，面對一路陪伴而來的文字與題材，確有所戀舊，我同時卻窺見她的揚棄與重釋。

我想要說的是，周芬伶的作品，常是立體而繁複的盤旋於我的閱讀意識之中，評文慣有的風格評判，總有搔不著癢處之感。風格論，或者天真、柔美、婉約、機智、善於寫物狀人……等勾勒之詞，無法道盡我在閱讀周芬伶時，更深沉細膩的共鳴。

我欲從另一扇窗看她，那裡的角度是關於寫作的，關於女人的，關於女人如何以寫作來存在的。這些課題，我認為不管她散文的形式與內容如何變化，始終都在。

1. 文字世界，美麗的家園

寫作，從童年時代開始，根植於周芬伶的靈魂中，少女時期的她在日記本上重複塗寫著：「我要寫！我要寫！」即使當時的她也不知道自己想要寫些什麼。

這樣渴切的呼喚，在第一本散文集《絕美》的開頭第一篇〈桌上的夢想家〉作了解釋。家人夢想建立家園的森林農地被砍伐摧殘，彌補這份缺憾的方法是：

幸好有一個聰明人說：「山水是地上的文章，文章是案頭的山水。」這句話稍稍可以安慰我。所以我要在案前，提起我的筆，再去修補那些狼狽的文稿。今天我就要在幻想中搭起父親的農場，給他一大片一大片的陽光和草原，再給他一大群一大群的牛羊，再為我自己建造一棟幽靜的山林小築。因為，只有心靈中的宮殿是永遠搖不動、拆不完的。

寫作有呼風喚雨之能，更是任何人無法奪走的世界。周芬伶在其中，從容自在，任意構築。換言之，寫作是夢想的實踐，是心靈的停泊處，小周芬伶的渴望，出於隱然感受寫作世界的無所不能，得以摒除現實的怯懦，更因文字如同知己，了解並接收所有不欲人知的想法。

散文向來被視為一種貼近作者的文類，我也是從作品認識周芬伶的，然而讀到「愛匯集成一條光輝的河流，我在上游，你在下游，孩子，我們會在心口相遇」（〈傳熱〉）、「撐把傘，把自己站成天地間最溫柔的地帶，去與春天同在，細雨同在。傘的中心，夢的中心，這裡無風無雨，有充裕的感情爲春天支付。」（〈傘季〉）「我弟弟是小王子，他暫時不會回來了。」（〈小王子〉）、「如果我走進沙漠的棗椰林中，迷失向路，請莫要尋我，我已在男樹與女樹的凝望低語中忘卻自我。」（〈凝望男樹的女樹〉）……這些多情溫厚的句子時，我感覺她試以文字給予世界一個美麗的家園，那裡圓滿自足，完整不朽。這同時是文學共鳴的基礎，如果我讀完，熱淚盈眶，因爲我有相同的想望與情懷。

強調女性寫作的法國學者西蘇（Helene Cixous）在〈美杜莎的笑聲〉文中認爲寫作的世界是一個關閉起來的完整世界，在其中，許多問題得到某種圓滿的解決，如同在文字裡可以造就一個海洋，因爲：「我們自己就是大海，是沙土、珊瑚、海草、海灘、浪潮、游泳者、孩子、波濤……波浪起伏的海洋、陸地、天空——有什麼東西能夠阻擋我們？我們懂得怎樣說一切話」[6]（頁205-206）。周芬伶自己就是一個以小搏大的宇宙，「寫作時依偎著衣櫃，挪出一尺見方的空間，在稿紙上創造另一個想像的次元。」（〈衣魂〉）這些宇宙，一旦生成，自由運行，有時與讀者碰撞，光亮是美麗的琥珀光。

我寫著散文亦是散漫地自生自長，試著撫去憂傷，留住琥珀光。

——〈無患子〉（《戀物人語》後記）

2. 自己的房間，心靈角落

前面提到，周芬伶筆端溫柔多情，讓平淡無奇的世界旋轉出美麗多彩的光影，讓她使力的支撐點，就在小小的「自己的角落」。

周芬伶自言很喜歡吳爾芙「自己的屋子」的想法，然而「我覺得，只要有自己的角落就可以了。」重要的是，「在那個角落裡，跟自我很接近，離別人也不遠，剛好在不隔不膩的地方。在時空的坐標裡，總有一個點，它小小的，卻是最炙熱的，自己的角落應該就在那裡。」（〈自己的角落〉）

「自己的房間」對女人的寫作而言，不僅是現實的需要，也是一種象徵，女人必先屬於自己，擁有自己的文字，然後才有書寫歷史的權力。周芬伶從不明言欲改寫女人的存在樣貌，甚或搶奪文字的主宰權。寫作是一種快樂的事，寫作讓人感覺有力量，最要緊的是，寫作讓她更貼近自己，她以文字來構築一個角落，檢視傷口，照亮陰影，並與外界保持完美的距離，可以介入，可以抽離。那小小的點是「炙熱的」，熱情柔軟的心包覆著寫作的角落，讓周芬伶的文字即使冷澄如玻璃，也是出於高溫的吹塑。

不隔不膩的距離保持，讓作品與作者之間，虛實交雜，若隱若現。讀散文如讀作者的心情剖析，然而又是折射過的，正如周芬伶在《閣樓上的女子》後記所言：「有人說我的文章很透明，大概是因爲毫不保留的緣故；我並不以爲自己全然透明，至少還隔著一層玻璃帷幕，於危樓之上，於薄霧之中，只能算是半透明。就算只是如此，一分透明一分心血，也夠疲累的了。此刻最想躲一躲，躲在書的後面，心的後面。」嘔心瀝血的疲累，不是來自技巧的經營，而是近距離的翻騰，如果我們只讀到「透明的自傳散文」的層面，那是因爲還沒有發現她的角落。

周芬伶在文中直言她愛美，愛美讓她與血淋淋的殘酷、醜惡隔起較厚的帷幕，她試圖在陳述時，分離、歧出、竄逃、重塑這些事物或情感，讓文學作品呈現更多的自在、悠游與生動，即使悲傷，也是美麗的。弟弟自殺之事始終在她的寫作角落重述，漸漸的，這情結被寫作療傷著：「弟弟有時跳至鄰家頂樓狂吼，有時割腕自殺——『瘋狂是一種戲劇，是逃離現實的必要途徑，亦是肉身反動的強烈形式』……我在白紗窗簾之前回想這些往事，白紗已經由原來的象牙白轉成灰白，並起了一層細毛球。當清晨的陽光照過窗紗，所有的醜陋與陳舊都在那裡一一蒸發，那一刻的美只有上帝明白。」（〈窗紗情結〉）至於生命中那些太美好的東西，她又不忍心放肆品嚐，不忍心看透美：

人在花房裡，一切都透明，天地透明，人物透明，心情也一片透明。但是我卻覺得罪疚，因爲我像一個偷窺者，偷窺到人們的低頭私語，偷窺到落花的舞姿，甚至是天國的奧祕與美麗。所以，我總是找著最隱密的角落坐著，不讓任何人發現。

——〈冬之一日〉《花房之歌》

周芬伶的散文，就是如此逼近自身，卻有著藏匿的特質。

3. 永遠的祖母／母親／姊妹

在周芬伶的散文中，和大小祖母、母親和四個姊妹的關係是她永遠也訴說不完的故事。〈紅唇與領帶〉一文提到家族幾代以來，都是陰盛陽衰，所以「我先學會愛女人和恨女人。」結婚之後，卻進入「男兒國」，丈夫家陽盛陰衰，自己又生了男孩。「與男人相處，我發現最難的事情是，你找不到任何一個人，可以靜靜坐下來，聽你傾訴心曲，我相信將來我的兒子也必然不肯。」女人於是有了共同的心情：

我常想起許多人的妻子，她們的眼神是否常飄向窗外，偷偷地流淚，覺得不被了解？她們是否常常懷念少女或童年時代？或者自己的家鄉？甚至是曾經一度擁有的小貓小狗，一件美麗的衣服？這種回憶太教人沉迷，以至於她們常常變得脆弱而不可理喻。

周芬伶寫女人是從家族女人開始，她們的生命源流彼此匯流、導引，這些女人在文字間，不斷被複述，幾乎成爲典型。大小祖母的形象首次在《絕美》的〈素琴幽怨〉展現，她在字裡行間充滿對小祖母的同情，這時的銘寫只是祖母間的傳奇故事，至於深沉的心情分享，尚未作好準備。「守喪期間，悲痛才慢慢來襲，有人勸我寫文章來紀念小祖母，這個建議令我憤怒，死亡如此殘酷，毀滅如此醜惡，我如何再去重複一遍它的滋味。」她只能記錄她的淚水。到了《花房之歌》的〈舊時月色〉，周芬伶轉化了悲傷，再次重返小祖母的心靈，超越世俗看她：「嫦娥奔往月亮去了，她不再留戀裝滿月光的小屋，也不再留戀她的情愛。不知她是否帶走了一切的恩怨情仇？而碧海藍天裡是否有更迷人的景象？是否能夠找到幸福與慰藉？當我仰望天際，總在尋找這個答案。」這樣的觀點，同時慰藉了周芬伶，讓小祖母的不幸變成一股女人的力量，比擬典型。大小祖母紛雜的情仇，到了《閣樓上的女子》〈珍珠與茉莉〉已圓融解決，「如今，珍珠與茉莉皆爲我所愛，只是有時看著看著，把珍珠看成茉莉，又把茉莉看成了珍珠。」最後，我們在《戀物人語》的〈老電影〉裡，看到了周芬伶這個情結的鬆脫：「她已盡力活著，她付出的愛已超越了她自己，這麼強烈的生命只有強烈的愛才能說明，她是獨一無二的，然而她並不相信自己。」一段波折的生平簡化爲愛，周芬伶找到了一種愛她的方式——詮釋她。

不僅小祖母被周芬伶以不同角度來重複詮釋，她的母親、她的姊妹也一樣被她的文字重新組合，透過這樣的寫作，她們各自活出一種無盡、永恒、不朽。因爲周芬伶割裂了時間的序列，隨著己身心靈風景的變換，隨時返回情感與事件的交合點，去尋找意義，讓她們跟著自己的寫作來存在。形諸文字後，這些女人的形貌也獨立於現實之外，成爲文本。

女性寫作的力量根源於母親，母親不僅生養她的形體，更賦予她智慧與心靈，這些原始的美好，周芬伶欲以寫作來歸還：

> ……母親在我這裡寄存的文字，是美好回憶的憑藉，也是心靈永恒的依靠，我將珍藏。
>
> 我很幸運地選擇了文字工作，這一生不知要把玩多少新奇美麗的句子，不知要爬過多少稿紙格子？但是最誠實簡樸的句子要留給母親，最純潔善良的心境要還給母親。……
>
> ——〈寫信的母親〉（《絕美》）

4.「戀人物語」

周芬伶的散文集《戀物人語》既談人又寫物，將兩者相存相依的關係緊密扣合，「戀物」與「人語」本是她之前散文的基調，至此，發揮得淋漓盡致。張愛玲的評者，常以戀物、寫物的瑣碎敘述來指出張愛玲女性書寫的特質，至於周芬伶，一個自言是顯微鏡式的創作者，而不是拿著放大鏡客觀觀察周遭的人，專注於物象的原因，是爲了寫人的情感。因爲戀人，故有物語。

在她的筆下，物的樣貌興衰有著人事的縮影，如〈衣魂〉談到新婚時，與丈夫家人群居的住家空間沒有自己的衣櫃，她說：「薄紗的材質容易被欺壓」，衣服的擺放只能打「游擊戰」，「生存的方式是無孔不入，皮包、絲襪、手套有縫即鑽」。母親送來一卡車的嫁粧，也無法爲她搶出一方基地，「可不久我那些小東西紛紛從櫃子上敗陣下來，有人嫌它礙眼，收的收，藏的藏，爲此暗吞不少眼淚。」衣服的辛酸史暗示了婚姻維持的艱辛。物件之所以值得寫，在於它們沾染了人的情感，每件物品的存在，都是爲了揭示擁有者的心靈。衣服不是主體，人才是，「心靈是漂泊者、叛逆者，婚姻令女人的心靈更加叛逆，美麗的衣裳只是暫時的僞裝，衣櫃也只是最後的棲息地，不久它將以薄紗之翼起飛，隨著衣魂飄蕩，飛至廣漠無人之處。」

周芬伶的瑣碎敘述，總可讀到她的反省與超脫，於執著處見執著，於執著處見情緣。她在〈書經〉中說：「我一直在跟自己的『收藏癖』挑戰。不停地提醒自己要『放下』、要超脫。我要做到屋子裡沒有多餘的東西，心裡沒有多餘的牽掛。」即使不可自拔，她也可以轉化角度。物人情緣必有前世因果，李笠翁說開花鋪的是蜜蜂前身，開書鋪的是蠹魚轉世，開香鋪的是香麝投胎，那麼她自己愛傘，則是因爲雨水投胎（〈傘季〉）。更在物品世界，找到人性情慾的共鳴：「這段日子來我沉迷於古器物研究，終日面對那些瓶瓶罐罐，有系統且有規模的物品世界，它們發散的磁場，可以與傾國傾城的美女相比，那些染有古董癖的人，戲稱自己罹患一種不治之症，你也可以說這是腺體的作用，跟情慾的發動一樣。」〈今夜，心情微溫〉

她不沉迷於寫物，但是善用物與人的比喻共通之處，再深入人性，直指幽微。

5. 汝身／吾身，說故事的女人

周芬伶自言在《閣樓上的女子》與小說集《妹妹向左轉》之後，明顯較爲關注女人的心情與故事，敘述方式也游移在眞實與虛構之間。《熱夜》更強烈吐露作品的想像性：「我懷疑塑造了一個連我也不認識的自我」（〈後記〉），主體分裂的焦慮，潛伏於字裡行間。她的近作《汝身》，出現一個傾訴者：Eve，敘述交雜著自己與Eve的故事。

其實周芬伶就像是個說故事的女人，所虛構和想像的女人故事，甚至是現實中存在的其他女人的故事，都是「她本身之內」的故事，她用自身去觀看她們，讓生命彼此匯流。〈水仙之死〉寫中學好友瑤，一個給周芬伶一潭湖水，去長成追逐相貌美麗的水仙，而後又以畫筆眞實映照她心靈畫像的女人。夢幻般的出現又神祕的消失，卻是讓她水仙般的青春死亡的重要人物，是她心靈的鏡子。〈芭蕾舞衣〉寫美麗、高眺的宜妹學芭蕾，童年的她分不清自己和妹妹的區別，全心參與妹妹演出的準備，醜怪的舞衣，是她心中一個破碎的夢。〈閣樓上的女子〉寫一位陷溺愛情的好友，她說：「同性的情誼也有極限麼？女人也可以彼此欣賞？甚至可以爲知己者死？以前我懷疑，現在我相信。如果一個人曾經徹底孤獨，又如果一個人已漸漸地忘記自己，定可以將別人等同自己。」這些女人的故事，事實上，就是她的一部分。而近作〈與錢〉文中糾結我和我的母親／傾訴者 Eve 和其母親對錢的衝突與溝通，口語陳述間穿插〈目連救母〉變文，使文字愈加虛構複雜，趨近小說的形式。〈汝身〉則刻畫女人身上的多重性，以及歷經歲月流程的多變、複雜，融合眾多女人的身體細節和細膩感受爲一體，既是汝身，也是吾身。

這些女人故事的訴說，除了可見周芬伶心理多重的形貌，更有爲女人命名的意圖。寫作她們，就是在詮釋她們，也就是給予她們文學時間的永恒。

讀周芬伶的散文，我看到最立體的作品，最美麗的女人。寫作的女人最美麗，被書寫的女人亦然！

飛翔是婦女的姿勢——用語言飛翔也讓語言飛翔。

——西蘇〈美杜莎的笑聲〉，頁二〇三

註：

1見趙滋蕃〈以天真、清新與美挑戰〉，周芬伶《絕美》前序，九歌出版社，一九九五年。

2見吳鳴〈透明的自傳散文：試評周芬伶「花房之歌」〉，《文訊》四三期，一九八九年五月，頁四八。

3見張春榮〈青鳥與烏鴉——讀周芬伶《閣樓上的女子》〉，《台灣新聞報》十三版，一九九二年八月二十三日。

4見陳芳明〈夜讀周芬伶〉，周芬伶《熱夜》前序，遠流出版社，一九九六年。

5見張瑞芬〈追憶往事如煙——周芬伶《戀物人語》、張讓《剎那之眼》、隱地《漲潮日》三書評介〉，《明道文藝》二九八期，二〇〇一年一月，頁六〇～六八。

6見西蘇〈美杜莎的笑聲〉，收入張京媛主編《當代女性主義文學批評》，北京大學出版社，一九九二年，頁一八八～二一一。

周芬伶散文觀

NEW CENTURY ESSAYISTS

人們在散文中尋找理想人格和文字，散文背負沉重的道德負擔，要不文以載道，要不詩以言志，所有慷慨風流任情放誕之事，詩人小說家皆謂之藝術家本色。男散文家如果有再婚風流情事，皆遭嚴厲指責；女散文家亦只能是宜家宜室完美的女人，很少人涉及情慾性別或叛逆書寫。我並非刻意流入陰暗歧異之處，而是在尋求真理的過程中，黑與白，明與暗，美與醜，正與奇，兩極相激，在原始意識中，本來就是二元對立的世界，這是生命本身具有的戲劇性。

輯一

大一

你們問我如何保持純真，
我說只要像照顧身體一樣照顧你們的心靈就夠了，
你們搖搖頭不相信。
我再說，那就邀請一個心靈的守護神吧！
宗教的、文學的、藝術的神祇，在我們的頭上飛翔，
邀請一個吧！

我的紅河

有一條河，小得在臺灣地圖上找不到軌跡，在人們的口頭上也鮮少提起，然而它曾經是蠻荒之王。在三百年前，河流兩岸叢林密佈，毒蛇出沒，無人敢越雷池一步，連高山族都退避三舍。熱帶植物與鳥獸盤踞著這大片土地，而這條河流又統領了這股狂野的勢力，它的河岸高聳，水流急湍，當熱帶性的大雨傾盆而下時，它就以磅礡的氣勢大肆氾濫。這條怒吼的河流使毒蛇更毒，叢林更密，它虎視眈眈，傲視人群也威脅人群。

後來以強悍著稱的客族人征服了它，他們開拓了這塊閩人不要，山胞不來的原始森林區，使惡山惡水變成美麗田園，使草萊之區變成臺灣穀倉。就像是文明總是從一條河流開始，萬丹、竹田、潮州一帶的開發也是從這條河流開始，它劃過屏東縣的心臟地帶，因此也變成全縣的農業命脈，這條河有個極鄉土的名字叫「五魁寮河」，五魁原是閩南話「苦瓜」的雅音，所以這條河應該叫做「苦瓜河」。

如今我又來到苦瓜河畔，河水靜靜地流著，夕陽將河水染成橙紅色，顯得富麗多姿，兩岸的椰子樹檳榔樹爲南國的天空增添一份旖旎的風情。苦瓜河的野性已消沉，昔日的蠻荒之王已經變成一個含情脈脈的少女，低低地訴說百年來的滄桑，四周是那樣寧靜，寧靜得讓你連一絲雜念也不許擁有。這條已征服的河流現在平凡得跟其他河流並無兩樣，但它在我的眼中，美麗得超乎一切之上，因爲它是我的家鄉之水、家鄉之土，而我已有好久好久不曾靠近它了。

此刻我終於又緊緊地靠近它，腳踏的是故園的草地，眼見的是水之光水之色。靠近它，我又觸摸到大地原始的脈動；靠近它，我彷彿聽到叢林中野性的召喚；靠近它，我便想放棄，放棄一身之所有。我想如果我終年終日與它相對，第一天我會放棄煩惱，第二天放棄知識，第三天放棄愛情，第四天放棄肉體，最後連靈魂都一併放棄了。是的，當你望著這條河流，你的熱情會不斷向它傾倒，你日日乾涸，它日日豐盈。

我不能忘記初見這條河流心靈所受的震撼，那是在十幾年前，一個朋友神祕兮兮地說要帶我去一個神奇的地方，我跟著他騎腳踏車來到河堤旁的小路，高大的河堤擋住視線，什麼也看不到，我笑說沒什麼嘛，對這次探險有點意興闌珊。可是當我爬上河堤時，青翠的稻田向天邊無盡地伸展，清澈的流水安詳地平鋪在草原之間，它有一股懾人的寧靜力量，讓你無限縮小，而它無限擴大。不知是勁風的搖撼，或是美中之美，力中之力的侵襲，我不由自主地輕顫，沿著河堤向前走去，覺得自己走入綠裡，走入水裡，走入冥冥的大化裡，再也走不出來。從那時起，我確信這是屬於我的河流，而我也是屬於它的。

再度站在河堤上，我又被它的美征服，沿著河堤向鐵橋的方向走，任微風輕輕阻擋我的去路，惟有檳榔花甜甜的幽香導我前行。河堤上有許多像我一樣的沉思者，那裡有幾個年輕人在靜靜垂釣，這裡有一個老婦人撩高了裙子，露出光光的腿在河堤上盤坐著，她也望著河水沉思默想，連戲水的水牛看來也若有所思。你得向河流學會沉思，只有它知道以平靜的力量去制伏潛在的狂潮，又以洶湧的狂潮去打破平靜。

眼前的秀山麗水很難令我懷想莽林深谷，咆哮怒濤的過去。那時大自然尚在劇烈的活動中，獸奔鳥飛，雷轟電閃，墾荒的先民在山林曠野中奔逐求生，他們第一次看見這條河流，是否也同我一樣戰慄不已？當他們的木伐翻滾在狂濤中，心中可有畏懼？當他們用簡陋的工具披荊斬棘，是否懷念彼岸的田園？

他們寫下的歷史應該不遜於美國西部拓荒史，因爲那時高屏地區是臺灣最晚開發的地帶，這裡地曠人稀，氣候濕熱難耐，叢林裡瘴癘肆虐，熱帶疾病比猛虎還駭人，除了地理環境的惡劣，還得應付異族之間的土地爭奪戰，可以想見當時生活之艱難。

而我的祖先亦在其中，他們飄洋渡海而來，將腳步深深踏入異鄉的泥土中，用血淚去澆灌田園，先是砍茅草拾石塊，建造草房以供安居，然後生活改善住進磚房，最後起了高樓。

而我亦在其中，這裡的一草一木跟我有何其深的關聯！

三百年的開拓，農村漸漸繁榮，生活漸漸安適，已經沒有人再提起艱辛的過去，三百年的演變如今只留下一些鬼神的奇談與森林的種種傳說。我的童年是與鬼神為伍的，如果你的家裡還有毒蛇蜈蚣出沒，大人拜月拜神拜樹又拜鬼，你自然會對一草一木抱著敬畏的心理。而人們也互相恐嚇不得隨便進入森林裡，幾十年前潮州一帶還殘存幾座原始森林，那裡是村人的禁區。

據說我的舅公以膽大著名，有一次不信邪跑進森林探險，結果在小溪裡發現一種從未見過的魚，美麗得出奇，但是舅公的手一伸入水中，馬上就消失了，如此一試再試，舅公弄得毛骨悚然，拔腿就跑，接著一頭撞到一個像榕樹那樣巨大的人，對他猙獰地笑著，舅公嚇得魂都失了，跑回來之後好幾天不會講話，據說他碰到的是樹神。

我不知道舅公的遭遇是真是假，不過從這裡可以看出，人仍然對森林抱著恐懼，這是人類征服大自然的過程中，所埋下的原始信仰。現在這些樹林快砍光了，神鬼神祕的煙霧慢慢消失，而人也漸漸失去生命的銳氣和美麗的想像。我之所以被這條河吸引，大概也是在追尋這些久遠的記憶，它的召喚好像是叢林裡的鼓聲，澎澎而來，令我心欲飛，我身欲舞。

文明對於鄉村的洗禮仍不能消除這裡的粗獷氣息，南國是屬於樹不屬於花的世界，花朵太嬌弱，撐不住亮麗的天空和炙熱的陽光，唯有高大的椰林和大片的草原才能與廣天闊地相稱。這裡的景物不如東部的山水奇險，亦不似中北部的風光秀致，它一如心胸坦蕩的稚子，以無比的熱情擁抱明淨的天空。

自從回到家鄉，我幾乎日日來到這河畔，來到這裡什麼也不必做，只是靜靜地看著河水靜靜地流，望著它，我荏弱的情緒被一種剛硬的意志所取代，而個人的悲喜也被清流沖淡。我甚至不敢將手腳伸入水中，唯恐驚動了它。這是一條不可侵犯的河流，它的水流急湍不可行船，又清淺無物可藏，它不像大江大河可以吐納千萬船隻，包容魚蝦；然而又不可深恨，因爲它不像黃河幾度決堤幾度改道，變成歷史的公敵，它只是一條馴化的河流，無大利亦無大害，當然它也偶爾氾濫，卻不致造成大的災害。

在河堤的盡頭我找到一個石碇，看來十分陳舊，立碇時間卻只是在三十年前，上面的字跡還模糊可辨，大的字寫著「彰功碇」，小的字是一長串四個字的成語，無非在訴說這條河流的劣跡，立碇的目的是因爲河水屢次氾濫淹沒農田，村人集資興建河堤，並表彰這項功績。在最後一排立碇人名中，我居然找到祖父的名字，那麼我的家人也曾經深受其害，才立意要制止它。

但是這些都已成爲過去了，經過三十年的演變，這條河流柔和得一如少女，連這個「彰功碇」也快被雜草淹沒。你不能再恨它了，尤其近年來農田大量取水灌溉，泥沙淤積，河床縮小許多，它已不能再發威，只能讓你觀賞，讓你懷念。

就像在我離家的日子，尤其是無眠的夜晚，腦海裡浮現著霞光紅紅的河水，那是我的紅河，我的血河在向我招手。這時我在外自以爲是的成就一下子化爲雲煙，我的心路歷程也不如自己所想的那樣曲折，只知道我是河畔之民、田園之子，再多的鑽營也不能使我更富足，再多的閱歷也不能使我更幹練。

我的生命一如這條河流單純而寧靜，只要擁有這條河流，我便能擁有一個純眞自足的世界。

太陽已下山，天色漸漸昏暗，是該離去的時刻了。我再度環顧周圍的景物，然後步下河堤，遠遠看見我的腳踏車停在高大的椰子樹下，顯得十分孤單，我跨上腳踏車，信心十足地往前行。不管此去多少風波，也不管滄海桑田人事多變，也許這條河流很快就會乾涸。但是我會告訴後人，在南方的一個小鎭有一條河，曾經威脅過、危害過人群，又曾經富庶田園，創造了文明，最後隱入大地，將繁華給予了人間。

——一九八五年九月・選自九歌版《絕美》

（本輯作品均選自《絕美》）

素琴幽怨

小時候每次我說小祖母如何如何，同伴便會大驚小怪：「怎麼祖母還有大小的？」我每每訥訥不能回答。說起來很簡單，祖父先娶了大祖母，再娶小祖母，兩個祖母在一個家裡，自然就分大小了。本來分大小是不敬的，但是家裡似乎從來沒人反對我們這麼叫過，已經成習慣了。

祖父娶大祖母時，大祖母娘家富裕，她帶著豐厚的嫁粧和一大罐珍珠嫁過來，也帶著一股凌人的氣勢進門。剛結婚不久就跟家裡上上下下的人吵翻天，有時候還從家中吵到大街上去，逼得祖父流連在外不敢回家。過了不久，小祖母就進門了。

小祖母年輕時候，據說長相有些像當年風靡一時的影星胡蝶，她也是滿月臉翦水雙瞳，頰上嵌著兩個既深又長的酒渦，笑起來眼波如醉，深情款款，自有一股迷人的風情。有一回她經過我們家，兩邊的住家紛紛探出頭來爭睹她的風采，曾祖母剛好也坐在外面走廊上乘涼，所以最先看中她的不是祖父，而是曾祖母。

祖父當時少年得志，二十來歲就當上農會總幹事，人又俊秀，常有人說父親長相瀟灑，祖父年輕時的翩翩風采似乎還凌駕其上。所以小祖母常對我們說，那時多少人上門求親，她第一眼看到祖父，就再也看不到別的男子。說到這裡，她會以一貫幽怨的口吻說：「傻啊，不會想。」的確，她嫁過來之後沒過過幾天好日子。

大祖母個性好強，印象中很高大，眼神銳利如刀，說出來的話每一句都像命令，沒有人敢違抗。小祖母進門後，她就負氣出外作生意，把家事全部推給小祖母。那時小祖母才十九歲，全家幾十口，還兼種菜養豬，往往天未亮忙到入夜還不能休息，光是飯鍋就有洗澡盆那麼大，小祖母常被濃煙薰得哭了起來。還好她原本伶俐，家事不久就整理得井井有條，極得曾祖父母的寵愛，無奈她在家裡越得人望，大祖母越是痛恨她。

有一回兩人起了口角，大祖母盛怒之下，把灶上燒得滾燙的開水，往小祖母胸前一淋，結果頸子以下到腹部受到嚴重的燙傷，經過醫生急救治療，還是留下一大片深紅色的傷痕。小時候小祖母常指著胸口，一遍又一遍訴說那一次痛苦的經驗，語氣還是一貫地幽怨，我想她心靈的傷痛遠比肉體來得深重罷！

那一次的爭吵使得大祖母與小祖母反目成仇，兩個人在一個屋頂下，碰了面也不打招呼，也不同桌吃飯，一個進來，另一個就出去，不曾看見她們在同一個房間出現。奇怪的是，祖父夾在她們之間，態度反而超然，只有把心思放在事業上，好像什麼事也沒看見。

小祖母沒有子女，大祖母忙著作生意，所以叔父姑婆爸爸都是小祖母一手帶大的。等到我們姊妹出生，她更是疼愛。祖父個性溫和甚畏大祖母，一直不敢接近小祖母，我鮮少見過他們談話，見了面好像陌生人似的。那時大祖母住的是家裡最寬敞雅潔的房子，小祖母一直在廚房邊窄小簡陋的小房間，但是我們卻視那裡如樂園，姊妹們爭著和小祖母同睡同臥。因爲小祖母會給我們講日軍如何殘暴，臺灣人如何困苦的故事，還有她的寶貝特別多，金的耳挖，銀的手鐲，月白色的綢衫，繡花鞋，和各式各樣的珠花首飾，都被我們翻出來玩，她也從不呵責。

她不像大祖母一看到我們姊妹，一隻手像虎頭鉗子就往大腿擰上來，一面罵：「女孩精，賠錢貨。」嚇得我們四處逃竄。所以我們的心一直向著小祖母，她待人總是笑眯眯地，很少說重話。在保守的家庭裡，女孩是要做家事的，她卻不讓我們沾手，有什麼事總搶著做，母親忙著生意，是她帶我們玩，爲我們裝便當，哄我們入眠，因她的年齡遠較大祖母年輕，我們一直把她當成另一個母親。

記得小祖母喜歡唱歌，哼出來的調子是鼻音與喉音的混合，尖小而悲哀，小孩子學也學不來。每當她唱歌的時候，我們再怎麼吵也會安靜下來。我最喜歡看她梳頭，總是在早飯後八九點光景，小祖母端坐榻榻米上，搬出化妝盒，一仰頭兜散一頭青絲，她的頭髮濃密烏黑直披腰間，一雙手靈巧得很，又是撩又是貼，一會兒就梳成光潔的髮髻，這時我會爭著替她到園子裡採茉莉花。她最愛茉莉，我則愛迎春花，因爲它的花蕊可以當時針玩，於是兜了一裙子紅紅白白，她老愛帶笑說我是「花娘」，然後用鐵絲把十來朵茉莉紮成花圈插在髮髻上。我背著她坐在門檻上，望著園子的繁花茂葉發呆，六七歲的心靈模模糊糊地感到一種古典又豔麗的情調，也許就在那時第一陣美感來襲，覺得人生有時候美麗得令人想哭。現在回想起那許多個早晨，還有些微的酩酊。的確，童年許多美感是從小祖母身上得到的。

小祖母極愛看電影，一有空便往戲院跑，那時我們家住在戲院旁，常常可以看免費電影。小祖母每次必帶著我們姊妹同行，所以很小的時候我們就常在戲院打轉，從火燒紅蓮寺到梁祝，從勞萊哈台到亂世佳人，小祖母和我們看的片子大約可以寫成一部臺灣電影史了。長大後我們姊妹還是習慣不改，一天連趕好幾場都不叫累。

小祖母還愛看書，就算她髮已星星，視已茫茫，還常常歪在床上拿我們的書看，從童話頑童流浪記、漫畫書機器貓小叮噹和各類小說，她都看得津津有味，我們卻在一旁笑得樂不可支。我們受她影響的還有衣著，她的打扮一向素淨，標準的樣式是一襲淺色洋裝，襟上別一個胸針。我們五姊妹小時候照過一張相片，五人站成一排，一式五款淺色洋裝，各人胸前都別一個胸針，我的是金龜子呢！

可惜我長到反叛年齡，卻有一種惡劣的心胸，事事與人牴牾，又禁不得人說，有一句便頂一句，那時候喜歡用自以爲是的是非標準來論斷別人，對家裡複雜的人際關係也漸漸不能忍受。大家庭的特徵是飯鍋特別大，糾紛特別多。何況那時家裡還有一個未出嫁的姑婆，和守寡的嬸婆。幾個女人壁壘分明，互不相讓。一天裡常常聽到各種不同的批評，看到親愛的人惡言相向。最使我不能忍受的是姑婆年輕輕便過世，嬸婆悲傷過度撞昏在棺木旁，而小祖母卻在一旁追著小弟玩。

依我當時的簡單歸納，我把家庭的一切禍根歸咎於小祖母一個人身上，何況論親疏遠近，大祖母是親，我當然是向著她的。小祖母大概被我傷透了心，對我也漸漸冷淡。到後來她連出門旅行看電影也瞞著我，不願我跟去，平常便當的菜色總比大姊差。她把愛集中在大姊身上，生活起居照顧得無微不至，有什麼好吃好用的就是沒我的份。我再次感覺到她愛憎分明的個性，她甚至當著我的面跟母親說：「伶子就是沒我的緣。」

這句話可真傷了我，既然她把話說絕了，我發誓此後不再叫她，有話要說就背著她說。那段日子，我變得不喜歡回家，每天待在學校，說是唸書，其實是逃避。總要等到夜幕低垂家人用過晚飯，才摸進廚房找些殘羹剩菜吃，因爲我不能忍受桌上也受到差別待遇。

這種情況維持了好幾年，直到離家唸大學，也談了戀愛，慢慢了解感情與婚姻旁人是不能輕易下論斷的，縱要論斷，也常與事實相左。上一代的恩怨自有上一代的悲劇基礎，我怎能代替上帝作任何裁判呢？小祖母也有她的愛與憎，需索與苦悶，我何曾去了解她。這時我對她的感覺由怨恨變為同情。

我同時發覺大家庭的生活是學習人生最好的課本，你總是要過早地嚐到悲歡離合的滋味，會在同一天看到親人死去，又看到新生命降臨；看到親愛的人爭寵爭鬥，又常把對方當成暫時的敵人，在很小的年齡就要學習如何防衛自己，如何在適當的時刻哭泣與嘻笑，如何要求，如何拒絕；在血氣尚旺之時，你已翻完了這本人生的課本，因為眼看前人演出這齣戲；在好夢正酣時，要嘗試生老病死的滋味。我能了解曹雪芹寫《紅樓夢》的心情了，他在大家庭裡有所愛也有所恨，早在生命結束之前，他已活過了，為別人活過。此後，有什麼看不開的呢？

大祖母在我唸研究所那年過世，不久小祖母才眞正與祖父辦了結婚手續，那時她已六十八歲了。她到戶政處辦戶口登記時，辦公的小姐大約是太忙沒有抬頭看她，竟遞給她一份家庭計畫宣傳單，她氣咻咻地回來，又是怒又是笑向母親說了好幾番。那一天，儀式很簡單，小祖母從她獨居數十年的小房間搬進祖父的房間，家人面對他們時故作嚴肅，背後卻不斷交換會心的微笑，全家眞的還洋溢著一團喜氣，他們兩老扭扭捏捏地有些尷尬，我們只好裝作沒有看見。以前他們鮮少講話，此後卻以鬥嘴爲樂。祖父上了年紀胃口極差，臨到吃飯時間不是賴在床上，就是躲到頂樓燒香。小祖母總是用私房錢買些祖父愛吃的跟在他後面追，一直到飯進嘴裡才肯罷休。有一次祖父發起蠻來硬是不吃，還罵了小祖母一頓，小祖母把飯菜一摔，拿起菜刀敲著桌子說：「你要氣死我，我死給你看好了。」還好我們又說又勸才算了事。到了下一餐，小祖母還是興致勃勃地調羹湯，追著祖父跑，當然爭吵又重演了。

也是從那個時候開始，小祖母突然老得好快，經過數十年的操勞，潛伏在體內的疾病一齊爆發出來。原來精力過人的她，頭髮大把大把掉，眼睛因爲高血壓有些潰爛，整張臉佈滿了褐斑與皺紋。那是一張我最不忍心看到的臉，記憶中的明眸皓齒皆成昨日之夢，令人無法相信她曾經美過。對於她的年老我沒有心理準備，因此更覺不堪，有時看她呆坐在椅子上消磨一整天，我總還以爲她會像往日一樣跳到我面前，手指指向我鼻尖，數落種種不是。而她畢竟是不能了，只是垂著頭眼神飄得好遠，連人經過都沒有發覺。我正想付出我的愛意之時，她已不能等我了。

小祖母死在今年端午節前一天，那一天我正趕著回家過節，才一進門，父親就告訴我們小祖母在半個時辰前去世。我和青妹匆匆上樓，看見小祖母坐在她慣常坐的椅子上，母親正爲她換衣服。青妹馬上跪下痛哭也幫著換衣服，母親淚汪汪地說祖母過世前一刻，還爲家人準備午餐，哪裡知道心臟病突發，五分鐘就過去了，死前一直流淚不能言語。祖父坐在她身邊，竟不知她已死去，還以爲她在睡午覺呢。他的眼睛直勾勾地望著她，不停嘆氣，以前總以爲死在愛人的懷裡很美麗，沒有想到是這麼淒涼。

那一天特別炎熱，時正中午十二點，強烈的陽光直射在小祖母泛白的臉上，似乎充滿了諷刺意味，那陽光燦爛得不同尋常，也罪惡得不同尋常。我汗如雨下，兩腳發軟，死亡的恐怖與無情正以冷漠的姿態面對著我，我竟不能掉下任何一顆眼淚。母親要我替小祖母梳頭髮，我拿著梳子不知如何下手，因爲小祖母的頭髮已經掉光了，想到她以前那一頭濃密烏黑的頭髮，梳子從我手中掉到地下。

守喪期間，悲痛才慢慢來襲，有人勸我寫文章來紀念小祖母，這個建議令我憤怒，死亡如此殘酷，毀滅如此醜惡，我如何能再去重複一遍它的滋味。我們既知生命的結局，如何能作一隻歌頌殘缺的烏鴉？那幾天我的心好像又死了一次，不能、再不能想任何事情。

喪期之後，終日沉浸在故人與往事中，一直想著流著淚去世的小祖母，死前一刻到底想些什麼？她是否覺得生命是一齣痛苦的戲？或者覺得生命是一場太短的夢不忍離去？抑或是這麼嚴重的告別，只能以淚水致意？小祖母幼爲人養女，長爲人妾，一生受盡欺凌，心中定有幽怨難訴，也許淚水正是她一生的詮釋吧？我無能詮釋她的一生，只能記錄她的淚水，雖然回憶會令人再度心碎。

寫信的母親

母親一向嫌自己的字不好看，不太肯寫信。遇有事傳達他人，常教我們代筆。面對信紙，她恆是羞澀。但是她會糾正我們的坐姿，要我們握筆時要心誠意正，筆跡應清晰。要求母親提筆，她會笑著直搖頭，指著自己的頭說「裡面封了水泥」，好像在推卻一件難爲情的事，她是如此怕寫信。

其實，母親的字有種純稚之美，我們的童年筆跡大概就是那樣，一筆一劃中規中矩又扭捏不安，拙得可愛。後來我們姊妹一個比一個走得遠，她不得不提起筆來給我們寫信。她有七個孩子，這令她忙碌不堪，並加速地衰老。但是她仍執意在生意打烊之後，夜深人靜之時，戴起老花眼鏡，在燈下寫出自己毫無信心的句子，寄到美國，寄到台中，寄到桃園，她七個孩子居住的地方。

母親寫信時十分鄭重，看她端坐在桌前，像小學生練字一樣畢恭畢敬，看到我們哪一個走過，又毫無信心地要我們查看字句是否通順，那個字又該怎麼寫？寫信的母親，像乖乖的小學生。

除了記帳鮮少提筆的母親，一定爲寫這麼多信傷透腦筋。往往在一張信紙中，出現好幾種墨跡，字句也是接力式的，大概一封信要寫好幾天。有時候很不忍心看她如此勞累，要她不用寫了，雖然心裡還是很希望看到這種五彩的信，織錦的信。可是她還是戰戰兢兢地寫下去，拍著自謂封了水泥的頭，寫下去。

母親的童年很寂寞，外祖父和外祖母在母親很小的時候，就因爲意見不合分居。外祖父工作忙碌，常常一整天看不到人影，偌大的果園只留母親一人看守。外祖父很疼愛母親，買一整桶的糖果餅乾放在家裡，任母親愛怎麼吃就怎麼吃。可是那麼多糖果餅乾，一個人吃不完，一個人吃也沒意思，只好放得發黴。母親提起這件事，便要嘆息一回說：「唉，那麼好吃的東西。」其實東西有什麼好可惜，可惜的是人寂寞，東西也寂寞了。

外祖母不識字，不能寫信給母親，只能趁外祖父不在的時候，偷偷去看母親。外祖父出門一定把大門鎖起來，誰都不能出入，母女只好隔著竹籬笆喊話，外祖母一面喊母親的名字，一面把銅板丟過竹籬笆，母親在樹叢裡一面撿錢一面哭。

我想母親第一次講這件事給我們聽的時候，一定哭了，後來大概講了好幾遍，現在說起來只是一副鎮定的神態，幽幽的口吻裡已經沒有悲哀，只是眼神一下飄得老遠老遠。她又說那時好想跟外祖母通信啊，可是外祖母看不懂。一輩子沒和母親通過信，一定是件很悲傷的事情。

不知道母親在給我們寫信的時候，會不會再度想起那段往事？會不會懷念已經過世的外祖母？那個有錢便來看女兒的母親，不能寫信的母親，終日想念的母親。

所以，母親很堅持要寫信給我們。她和國外的大姊通信多年，感染美國人親暱的語氣，在稱呼上很洋派地冠上「親愛的」三個字，每次看到這裡，我總要甜甜笑一回。其實母親表達感情的方式一向含蓄，這麼露骨的話，大概是閉著眼睛橫著心寫下來的。這都歸功於大姊在信上，喊了許多年「親愛的媽媽」的緣故。

母親寫信的句子很平淡，因爲平淡，偶爾有一句曲折的句子，就會嚇壞人，像「光陰如流水，一晃已是白髮蒼蒼，尤其時値深秋，倍加思親」，還有「春天好怪哦，自己要保重。」她又喜歡自創新語，如「勿誤思」是不要誤會的意思，「煩惱」變成「心帶愁的」。不知怎的，看了就是鼻酸。

母親常說等她有時間，要好好給我們寫一封完整的信。好不容易等到有一年冬天，母親到紐約探望大姊，在那裡度過大雪紛飛的聖誕節。終生勞碌的母親難得這麼清閒，不但全身酸痛消失，而且聽說在雪地上，像孩子一樣奔跑著，我們都以爲是怪事。

那一段時間，她給我們寫了好多信，上自父親，下至我們兄弟姊妹。讀信的時候，我常想起在異地的母親，如何在雪地上奔跑，如何在燈下，一字一句寫出羞怯的語句，那些羞怯的語句呵！伴隨著異國的雪，溫柔地飄落在我心間。

我們目前的工作，都不在母親的計畫之中。依她的希望，孩子最好都住在家鄉的鎮上，都教小學生，她認爲女孩子教書最高尙，所以她要我們一個個去考師專，我們都去了，但也都落榜。幸好落榜，才能繼續往上唸，後來大姊和青妹唸博士碩士，那已經遠遠超出她的想像。

這時我發現母親開始看一些書，在這之前她只埋頭於工作。她說這是爲了能趕上女兒，趕上時代。有一陣子，我在報社服務，她更勤於讀報紙，也會給我一些意見。但是她的信依然是靦腆的，羞於展示剛學到的新名詞新觀念。

我常心折於文學作品裡纏綿的愛情，也喜歡拼湊一些美麗的句子，但是與母親寫信儘量樸素，唯有樸素才能表達更眞摯的感情。母親的信中，寫的無非是天氣涼了，熱了，家中大小如何，努力加餐飯之類的句子。我則喜歡告訴她，吃過什麼東西，如何好吃，胖了幾公斤，買件漂亮新衣。生活還原到吃飯穿衣，句子也簡化到清清如水。在這樣樸素的對話中，已不必再去渲染情緒的高低起伏，以及生活中的得失榮辱，像心靈所能照顧於身體的那樣：飢麼？寒麼？

給兒女的信，是母親一生所有的作品，她沒有爲自己寫過隻字片語，甚至從未寫過情書。母親和父親在同一條街長大，訂婚後才談戀愛。沉默寡言的父親表達感情的方式是——在外祖父家靜靜坐一上午或一下午，眼光不敢往母親那裡抬。母親走進走出，也只敢從眼角偷瞥父親一眼。這兩個沉默的影子還來不及交換一個字就結婚了。

我想每個人多多少少會在某些人身上，寄存一些文字，這些文字莫不是感情的保證。未曾在戀人那裡寄存文字的母親，將憑藉什麼去回憶愛情？而未曾以文字表達的愛情，是不是深沉如夜？母親在我這裡寄存的文字，是美好回憶的憑藉，也是心靈永恆的依靠，我將珍藏。

我很幸運地選擇了文字工作，這一生不知要把玩多少新奇美麗的句子，不知要爬過多少稿紙格子？但是，最誠實簡樸的句子要留給母親，最純潔善良的心境要還給母親。像心靈所能照顧於身體的那樣——除了珍重還是珍重。

狂歌正年少

有沒有一首歌能唱盡生命所有的愛？當你被一種突發的熱情充滿，總會發現永遠少那麼一首歌，適足以表達那種奇異的心情，就算你唱盡所有的歌，也不能填滿心靈的空間，這就是歌的魅力，你總是在找尋。以歌聲去找尋歌聲，這是多麼美麗的路程！

第一首會唱的歌是祖母教的，那是在睡前的音樂教育，祖母與我躺在冰涼的蓆床上，開始我們的音樂旅程。祖母是善歌的，她的歌聲在靜靜的夜裡，聽起來不像人的聲音，倒像是絃樂器的聲音，蒼涼而悠揚，細細地在我耳邊搖曳。祖母受的是日本教育，只會唱日本歌，她唱浪漫的情歌，也唱天眞的兒歌，像「櫻花」、「桃太郎」還有「小老鼠請客歌」，歌中的異國風情常帶我到一個綺麗的世界。

唸幼稚園時參加齊唱隊，同時還兼樂隊，記得我敲三角鐵，那金屬的清音最適合伴奏兒歌，叮叮噹噹的好像有一串風鈴在響，單純的兒歌會因此華麗起來。演唱會那天，我們唱

「茉莉花」，每當唱到「……茉莉花」我得敲三下，這樣的唱法眞是有聲有色，所以到現在，每當我看到小小白白的茉莉花，耳間就響起風鈴的聲音，有聲音的花，美得不可想像。

到了小學那已是六十年代，那時電視錄音機還未流行，小孩子想學唱歌，只有從大人的口中才聽得到。雖然我學鋼琴，卻對有文字的音樂格外偏愛，鋼琴的彈奏曲對我而言太抽象了，對有「文字癖」的人來說，文字與音符的結合才眞的是「天籟」。可惜祖母會唱的歌教完了，還好我們的導師也是一個喜歡唱歌的人。

他眞是偉大，用十項全能來稱呼他最適合不過，他原是棒球教練，身材像個拳擊手，渾身是肌肉，打起球來又狠又準，可是當他唱起歌來，溫柔得像綿羊。這堂課他拿起毛筆教我們寫書法，下堂課他用手捏呀捏，又做出巧妙的美勞作品，再下堂課卻搬來一架風琴，叮叮咚咚敲個不停。你想，像他那種身材坐在小巧的風琴後，用大大的手敲著小小的鍵盤唱道：「記得當時年紀小……」該有多滑稽，那時候可覺得神聖得很，一點也沒有笑的意思。

我原無公開唱歌的膽量，是他逼我上臺的。原來我的膽子極小又愛哭，老師棍子才舉起來，明明打的不是我，我就哇哇大哭，話說得重一點，我亦淚漣漣。那時候歌仔戲裡有個「愛哭妃」，聽說她哭著上臺，一直哭到下臺，臺下的觀眾也跟著哭個不停。我的綽號就叫「愛哭妃」，又不許別人說這三個字，一說也是要哭的。

因爲膽子小，眾人都愛捉弄我，有一次老師指定我擔任國歌指揮，天！每天要站在高高之處，三千多名師生向你肅然起敬，老師話才說出口，看我臉色發青，眼看有山雨欲來之勢，才又作罷。所以只要是上臺的活動，我一概以淚水拒絕，只有合唱！我去！

因爲我的個子小，也因爲幼稚園那次演唱印象太美好，反正擠在一大群人中間，沒有人會注意到你，何樂不爲呢？那次組織合唱團是爲了參加全縣合唱比賽，如果拿了冠軍，可以到臺北參加全省比賽。臺北！這兩個字在我心目中是閃閃發亮的字眼，大約相當於天堂那麼遙遠而美好。爲了上臺北，我拚命地練唱，每天咿咿啞啞唱個不停，上課還帶小抄背歌詞，又聽從老師的話，每天早上呑一個生雞蛋。

比賽那一天，我們幾個鄉巴佬被盛大的場面嚇呆了，比賽的隊伍有二十幾隊，大概是可唱的歌太少，每隔幾隊就聽到「老烏鴉，年紀老，飛不動，跳不高……」，這首是當天的熱門歌曲，我們原來說具有冠軍相的歌曲，被「老烏鴉」打得落花流水，結果臺北夢泡湯，也暫時結束我的歌唱生涯。

唸女中時，巧的也被選入合唱團，在沉重的升學壓力下，因爲唱歌偷了一份悠閒，也保留了一些夢想空間。那個年頭，合唱團流行唱「問鶯燕」，你問我也問，其實那首歌對我們而言太古雅了。記得歌詞最後兩句是「無限春光容易老，故人何不早相逢？」我們年當十六、七，何來的老？何來的故人？我們想的是五彩繽紛的未來。

我留了一張當年演唱的照片，我們頭上留的是任何臉型也不宜的清湯掛麵，身上穿的是美人也遜色三分的白衣黑裙。每個人看起來都像小老太婆，伸著脖子在那裏「問鶯燕」，也問似水的年華怎麼就這樣溜走了？

不過那幾年我倒聽了許多好歌，這都是開夜車的功勞，手裡拿本書，眼中看的是白紙黑字，耳朵聽的是曼妙歌曲，像林琳的「輕笑」、費明儀的「圓山之夢」……。內心的空間都被音符填滿了。

考上大學終於圓了臺北夢，還來不及看大都市的十里繁華，就趕著去報考合唱團。那時候民歌還未流行，一般大學生聽的是古典音樂，唱的是正經八百的藝術歌曲，可說是合唱團的顛峰時期。考上合唱團之後，第一次穿長禮服，提著裙子走上禮堂的臺階，化了妝的臉興奮得發熱，覺得青春是這麼美好，而自己在一夕之間長大了。

我們一夥人在校園裡人稱「瘋子」，上館子吃飯，菜未上桌，人手一雙筷，敲著空碗就大吼大叫起來，弄得食客紛紛走避；坐公車時，尤其是人擠的時候，衝著別人的耳朵高歌低哦，弄得乘客拚命翻白眼。合唱團的人路上相遇，打招呼是一首山歌「嘿……大清早嘿嘿嘿……」；在宿舍洗澡，只要有人唱起「春朝一夕花亂飛，又是佳節人未歸……」，馬上就有女高音加入，不久女低音也加入了，怪的是有時候會冒出男低音「嘭嘭」的和聲，當然，這也是一群唱瘋子組成的天體合唱團。

大概是有唱歌細胞的人也充滿笑的細胞，我們常笑得不能練唱。唱民歌的黃大城是我們的團長，其實他擅長的不僅唱歌，還會耍寶，他只要隨便動動手指頭，就會逗得大家東倒西歪。後來看他上電視主持節目，木楞楞的像呆頭鵝，眞想不通！

不僅團長愛說笑，指揮總要在練聲之前來個笑話潤潤喉嚨，謂之暖身運動。他最喜歡講的是有關一隻蒼蠅雙眼皮的故事，他百講不厭，我們也百笑不厭。還有指導老師李抱忱先生，別看他年紀大我們一大把，可比我們淘氣多了，他也愛說笑。其實我們並不需要什麼笑話，青春正好，心情也正好，我們只是要笑，唱不夠就笑，笑不夠就唱，那時候眞愛瘋了唱歌。

我們愛唱愛笑也愛玩，團裡經常辦郊遊，大家尤其喜歡爬山，你想在山上引吭高歌，那景象不就像「站在高崗上」那首歌嘛？唱合唱曲不像唱流行歌曲，可以邊走邊唱，一旦輪到那個人唱，那個人就得停住腳步，以丹田之力破口而出，所以兩手抱在胸前的有之，拈花微笑的有之，遙望天邊的有之。大家張大著嘴像打呵欠一樣，其賣力彷彿每個人都有一個愛人，站在對面高崗上，那幅景象眞是正經得可笑，迂傻得可憐。

其實我的聲音又尖又細並不算好，只是喜歡唱，尤其是合唱。當你自己的聲音消失在眾音之中，覺得撲朔迷離，有時候又像空谷迴音飄了回來；有時候你的歌聲在空中找到一個適合你的和音，你頓時覺得通體舒暢；有時候你會有一個美麗的錯覺，覺得所有渾厚美妙的聲音盡出自你一個人口中，到最後人我不分了，這種感覺妙不可言，就好像你是瀑布中的小水珠，大海中的浪花，渺小而不孤獨。

我太容易就愛上一首歌，唱膩了一首再學一首，其實年輕的心無一不可愛，雲可愛，花可愛，風亦可愛，人亦可愛。愛的理由常常只是那個人的微笑，那頭亂髮，還有潔白的衣袖。當然，我也曾愛上一個有著金屬嗓音的男孩。

我那可憐的初戀，自始至終只是我個人的幻想。那一年我剛過二十歲生日，唱了一個夏天的「歸來吧！蘇連多」，常常是妹妹彈琴，我雙手抱在胸前以祈禱的熱情，一遍又一遍唱「在那金色美麗海洋……」，唱著唱著，好像我的愛歸來，夢也歸來。可惜年輕的愛太容易消失，唱膩了這首歌，我的愛歸去，夢也歸去了。

大學畢業那年，民歌突然興盛起來，藝術歌曲被年輕人打入冷宮，唱民歌的時髦唱法是抱著吉他，或手拉手，用脆脆薄薄的喉音唱風來了，雲來了，連黃大城也改唱民歌。有好長的一段時間，我不再唱歌，也拒絕民歌，因爲我的記憶已太美好，不必再添什麼了。

寫論文時，空前苦悶，作研究必須把自己禁錮在書桌前，把熱情與夢想暫時擱置，心中老有一股愁悶無由化解。所以我又唱了。每當黃昏時，我剛從圖書館裡回來，面對憂鬱的暮色開始泣訴，我坐在床上唱的是瓊・貝茲悲悲切切的曲子，我想那時的樣子正是「愛哭妃」的寫照。

唱了沒幾天，開始有不良反應，住在對面的男生用歌聲抗議，他唱的是「Killing Me

Softly with Your Song」，可怕，居然說我的歌聲會殺人。所以我只好轉移陣地，躲在浴室裡，用耳語般的聲量唱。不要小看唱歌的力量，我唱得越兇，論文寫得越快，這樣唱唱寫寫才完成了碩士論文。

畢業後工作教書，一點一滴將唱歌的事忘了，如今再想起已是個遙遠的夢。在那遙遠的夢裡，有些美好的東西正在閃閃發光，而我所愛過的歌與人，如同去歲的花季，有著芬芳而繽紛的殘影，偶一想起，竟也只是刹那的怔忡。

很想把所有心愛的歌唱再唱一遍，用溫柔的嗓音走過我歷經的歲月，不讓任何人聽見。我清一清喉嚨，想唱一遍「輕笑」，再「問」一次鶯燕，爲何春光容易老？可怕的是聲音才出來，沙啞得令我嚇一跳，喉嚨裡好像有什麼東西卡住了。更可怕的是，沒有一首歌的歌詞記得完整，只剩下一些模糊的語意，我傷心得想掉淚。

當眞生命中最美好的事物會凋零嗎？而你所愛過的都不會留下痕跡？我的心情用一百首歌也訴說不盡，我敢確定，沒有一首歌能唱盡生命所有的愛。我也終於知道，我的聲音並不太適合唱歌，所以會那麼愛唱，只是因爲年輕啊！青春本身就是一首歌，縱使不唱，心中也有歌，如今我的心中已無歌了，我必須無奈地告別歌唱歲月，不再唱，眞的不再唱了。

小大一

偷偷叫你們一聲「小大一」，你們一定又要抗議：你們早已是大人了。你們不小嗎？有誰的頭髮短禿禿的，好像是稚毛茸茸的小雞？有誰會在校園碰到老師，站得筆直，舉手爲禮？有誰會在提到戀愛，還有高中生似的靦腆？在「東海」你們是與春天爲伍的，你們不小嗎？

我叫你們「小」，你們還嫌我不夠老呢！記得第一次到你們班上課，我又長又直的頭髮把你們騙了，你們把我誤爲重修生。我本來就是重修生，重修大一的純眞與熱情，不是嗎？因爲我不夠老，你們不太相信我的話，總想爭辯，你們依然笑得天旋地轉。每次一到課堂，總想回去，你們不大情願向我敬禮呢！

不知道你們私底下叫我什麼？在課堂上，校園裡，你們叫我「老師」，知道我來做什麼嗎？你們只知道我來教大一國文，還知道我來講春天的舞蹈、秋天的思想嗎？你我都知道東海是美的，尤其是三四月間，大度山像一個聚寶盆，人們的願望一一實現，願願相許。寶石的願望，堆得滿坑滿谷，紅、橙、黃、綠、藍、靛、紫，隨意洒在綠野中，鑽石的願望，鑲在黑絲絨的夜空，那裡閃爍如夢；流蘇的願望，浪垂在紫荊樹林；織錦的願望，揮洒在琉璃瓦上，微波的水面；愛情的願望，成就一對對彩蝶遊蜂；青春的願望，展現在翩翩少年的笑靨眼波間。在上課前，我最喜歡走過那條又長又直的鳳凰木大道，這時候，會突然想起，該給你們講一些古時候採桑季節的浪漫故事；或者講一些物換星移，花開花落的變幻。但是，當我走進教室，看到你們微涼的眼神，痲木的表情，我又把熱情拋回紫荊花叢中了。你們並不要聽這樣的故事，當我神遊在漢家陵闕、秦樓明月，徘徊在桃花源、長生殿，你們的眼裡沒有和我一樣的淚，你們的心不如我跳得這般激烈。你們的心和眼在哪裡呢？我在尋找，有時在國文課本底下看到一角英文課本；有時是會計學；有時只是一張塗得團團糟的白紙。眞想走掉，你們不要聽李清照的悽悽慘慘，不要聽千萬年前的關關雎鳩，你們不要聽。

我不會做老師，國語講得不太標準，「ㄓㄔㄕ」分不清，「ㄢㄤ」絞成一團；我不會改作文，每篇都是打圈圈，沒有什麼缺點；我也不會出題目，試題風馬牛不相及，讓你們說太太太簡單了；也不會訓話，每一次訓話，先臉紅的是我；我還很愛笑，講到什麼好玩的，比你們笑得還兇；不善言詞，偏偏必須連講兩個鐘頭。我才明白，老師就是常常把同樣的話講許多遍的人。每當發現自己正在抄襲自己的語言，眞想化作煙消失算了。語言本來不需要重複，但是，太多太多的小大一像浪一樣捲來，我的嘴實在跟不上你們的腳步啊！

實在不像老師，怪不得你們喜歡考我。你們說文學太虛無縹緲，古人的愁太單調，難道愁不是單單調調的嗎？愁還有多彩多姿的？中國的愁，美國的愁，現代人的，古人的會有兩樣嗎？你們太喜歡變化，太喜歡快樂，實在不願告訴你們愁是什麼了。看你們滿足憧憬的眼睛，血乳交融的臉，有時候眞想告訴你們：「你們好美麗。」因爲純潔、天眞、熱情而美麗。但是，你們並不知道，只急著長大，賺錢，一步登天。你們常提到責任、前途、壓力、焦慮、競爭、名利，這些成年人的口頭禪早已變成你們的成語了。眞想把你們都留在十八九歲的位置，只看到清風明月，無視於莽莽紅塵；只知道堅持，不懂得妥協；只看到是非，不懂得利害；然而我羞赧，因爲你們並不要聽，你們急著唸好英文飛到亞美利加，急著尋找速成的罐頭愛情，急著挑起成人的擔子，你們不要純情，你們要長大。

你們問我如何保持純眞，我說只要像照顧身體一樣照顧你們的心靈就夠了，你們搖搖頭不相信。我再說，那就邀請一個心靈的守護神吧！宗教的、文學的、藝術的神祇，在我們的頭上飛翔，邀請一個吧！天上的人並不比地下的人少呢！但是，你們依然不相信，怎麼樣讓你們相信呢？我再說：那麼就好好地戀愛吧！不要耍花腔，不要比較，不要性急，要一往情深，要眞心實意。你們說那太浪漫了。我只有說，那就誠實吧！看顧這過時的美德，心裡常留著誠實的鏡子，照明自己也照明別人，你們終於有點相信了！很難，是不是？老師總想讓學生同意他的話，學生卻千方百計地提出相反的看法，無論老師或學生都是很難做的。

你們愛問一些非常嚴肅的問題，譬如「生命的意義是什麼！」「怎麼抉擇？」「宗教與人的關係如何？」你們總讓我發現自己的軟弱無能，並讓我發現自稱老師是一件多麼自大的事情。你們說「活得沒有什麼意思」，我說「我有千萬個理由活下去，為了征服日復一日的死亡，為了領受愛你的幸福，為了繼續希望」；你們說「抉擇是困難的」，我說「那是因為你們既要魚又要熊掌」；你們又說「宗教是人類信心的扶持，信仰是人對自身的膜拜，人即是神，神即是人。」我說「神權沒落，是否代表人不再相信自己呢？」你們的問題也是我的問題，你我的問題是古人的，也是現代人的問題，它們曾有各種不同的答案，我不能代替你們決定答案，我只有告訴你們，思索本身比答案更急切；生命的過程比目的更重要。你們一定認為我在搪塞，就是搪塞吧？如果有一天我發現確實的答案，我不要當老師，我要做詩人，將神喻啓示世人，啊！你們又在笑我了。

那一天，你們在堂上演完〈虯髯客〉，為了改編劇本，我們談到「傳統與創新」的問題，辯論到後來你們差點把我轟下臺，有人提醒我「老師，你錯了！」很奇怪的，你們把我歸在傳統這一邊，把你們算成現代派，也許你們不知道，我才把自己劃為現代派，把我的老師說成傳統派呢？你們說舊的東西無益於現代人，傳統死了！不，傳統沒有死，我看到它們在你們的身上呼吸，在你們的眼底發亮，你們寫的字是古人創造的，你們的長相有的就像李白杜甫，傳統怎麼會死呢？你們又說，只要創新就是好的。但是，創新不是標新立異，這兩者太容易混淆了，我喜歡創新，但不完全信任它，如果你的創新只是實驗，還不能令自己信服，最好還是慢一點要求別人的肯定；而傳統它不爲迎合你的喜愛而存在，它也不會因爲你的反對而消失，它的缺陷是永遠少了一點點。傳統與創新是互助體而非對抗體，它們的存在就像一座天平，不能只往一端載重的。這是未爲你們同意的一點，但，恐怕你們有一天無法拒絕你的學生或兒女，把你歸爲傳統派吧！

你們最喜歡說：「我們是叛逆的。」你們說這句話的神情好像在說：「我們是小孩。」我看到有人一生叛逆，有人叛逆二十年十年，有人不過叛逆一兩年，有人一生從未叛逆過，你們會叛逆多久呢？正像你們會年輕幾年呢？當然，我錯了！你們只有十八九歲，只應做十八九歲的事，然而我，我卻要求你們有三十歲的穩重，四十歲的理性，五十歲的智慧，我要求你們的誠然太多了！

不應該要求你們，只應該喜歡，因爲你們還未被分類，你們只是國家的小孩，家庭的小孩，學校的小孩。你們不是建築師，不是總經理，不是父親、丈夫或妻子、母親，不是聖人或罪人，君子或小人，你們只是孩子，有點迷失，有點夢幻，有點需索。只是不知道該怎麼喜歡你們，只好化作一串串叮嚀。就如同那一次的「烤鳥夜談」，帶你們參觀完報社，你們說要來我家和我養的小鳥聊天，我特別點了蠟燭，鄭重地宣佈：我們要像太古洪荒的原始人，圍著火靜靜地講述經歷，細吐心事。但是，你們偏不，你們要唱，唱「小雨」唱「七月涼山」；你們要說，說追女朋友的糗事，你們要笑，搜羅一些笑話來笑。我才知道，原來年輕人的喉嚨是安放了一架收音機，隨時可放，關則關不住。那一晚瘋狂大作秀，把我養的鳥嚇死了一隻，你們都不知道。這時應該怎麼喜歡呢？我只有默默坐在一旁，有一個人也靜靜地坐在書架邊，始終不吭一聲，後來，我們拚命激他說話，他卻給我們釘子碰，他說：「人一生下來就固定的，沒有辦法改變，對的就是對的，錯的就是錯的，爭辯是毫無意義的。」我很疑惑，我們的身上有父母、朋友、情人，甚至下一代的影子，我們每愛一個人，他的靈魂就投影在我們身上，我們不只是自己。但是，我沒有說出來，他應有他的意見，而且他並不需要別人的喜歡，是不？

我們還談到交朋友，你們把女孩子分成四等，第一等是美麗，指外表漂亮惹眼，這是你們崇拜的對象；第二等是有氣質，指缺乏外在美，徒有內在美的；第三等是可愛，指外貌內在，乏善可陳，充其量稱爲可愛；第四等其實是醜陋，你們卻美其名曰「善良」。這是你們交女朋友的尺度嗎？我問：「那誠實呢？」但是，你們的聲浪太大，早把我的疑惑吞沒。我爲你們擔心，怕你們被美麗陷害，並非美麗有毒，而是這種想法有毒。因爲，世界上並沒有百分之百的美女，也沒有人是百分之百醜陋的。美女也有醜的時候；醜女何嘗沒有美的一面？當美女醜起來更醜，醜女美的時候更美，你們相信嗎？你們大多數人還未變愛過，談到愛情一個個眼睛放亮，蠢蠢欲動。愛怎麼是可以說的？當你們愛過之後，恐怕連「天涼好個秋」，也懶得說了。

有人說他想轉中文系，怎麼會呢？這次換我不相信你們了，你們唸的不是國貿就是建築，都是當前最吃香的科系。我說我如果鼓勵你們唸中文系，便是害了你們。你們茫茫地看著我，你們不知道，我怎能鼓勵你們做一個沒有觀眾的演員？做一隻在冷凍書庫凍僵的書蟲？做一輛運輸五千年文化的超載人力車？做一名遙遙落後的馬拉松選手？我不能害你們，但是，如果你們果眞轉了而且轉成，我會跟你握手，祝賀你戰勝了偏見，我要把棒子交給你，爲你加油，也爲了多了一名志士而慶幸，我會歡呼。因爲文學，尤其是中文系不是人人都能唸的，不，不是才氣，不是力氣，是勇氣。敢於跟潮流挑戰，敢於堅守自己的文化堡壘，敢於流淚，敢於相信，也敢於懷疑，你們才來吧！中文系也有它的自尊，爲的是風花雪月的，我們不歡迎；爲的是騎驢找馬的，我們也不歡迎；爲的是文化美容的，不歡迎；爲的是逃避現實的，不歡迎；爲的是惡補詩詞的，同樣不歡迎。

千千萬萬個小大一，你們離開了大一，離開國文老師遠一點，但是你們離開文學並不遠，文學並不是文學系的專利品，它是我們共同的財產。不要說你們又不要當老師、文學博士、作家，你們要當建築師、工程師、總經理，要當父親、丈夫。社會需要各式各樣的人才，你們卻需要愛。文學藝術是愛的歷史；愛是文學藝術的主題，靠近它，不要離開它太遠，你們會非常非常寂寞的，小大一。

我也有過大一，也有過大一國文，不過，那時我不是中文系，唸的是韓文系，每天口張得大大的牙牙學語，照著書上的圖解，學著如何從丹田發聲，讓氣流過肺部、喉嚨、氣管，發出各種奇奇怪怪的聲音。你們曉得研究口腔的感覺嗎？曉得看異國的童話《阿金去郊遊》的荒謬感嗎？我忘記我們大一國文上什麼，怎麼上了，只記得老師圓圓胖胖的，很和氣。但是我還是怕她，我一直是怕老師的，所以我沒有不聽話，我的作業按時交，課文背得滾瓜爛熟，問題問到我，我就拚命臉紅，拚命發抖。那一年，我很寂寞。韓國排斥我，中國遠離我，爲什麼轉系，只是憑直覺，沒有經過魚與熊掌的選擇。那時候，我並不知道什麼是使命感，什麼是傳統與創新。後來我在系裡碰到一些令人失望的老師，也碰到一些令人振奮的老師，看到一些破敗的文章，也看到一些令人醉狂的文章，因爲這些好老師與好文章，令我突然強大起來，彷彿有人挖開了心裡的油田，熱能源源滾滾冒出來，我已經分得清楚什麼是傳統，什麼是創新，我對中國也有了信心。所以，我才敢於站在你們前方一步，在講桌與黑板之間。那一小塊地方，是信心的燭臺，良知的戰場。我要站得筆直，戰勝一己的自私與偏狹；站得筆直，一方面加大肯定的勇氣，一方面承認否定的智慧，同時歡迎你們的肯定與否認。我知道，這很難，但我願去做。

說了這麼許多，不過是爲了道一聲「珍重再見」罷了！我不知道說再見是要這麼久的。

六月是別離的日子，行將分離，才發現有好多好多話還未來得及說，這些話在我心裡是那麼清晰堅定，不要把它當作訓詞，當作祝福，當作珍重再見吧！你們一定很難記得我，我沒有什麼特色可供人記憶，教國文的都是千篇一律的，但是，我比較能夠記住你們，因爲你們是千千萬萬個小大一，也是一個小大一，再會吧，蘋果臉。再會吧，瞇瞇眼。再會吧，塌鼻子。再會吧，眼鏡。再會吧，小大一。

只緣那陽光

監考已經好幾回了，還是不能適應那種沉悶的氣氛。從小到大，不知參加過多少次考試，被考的滋味如果說是煎熬，那麼監考就算煎人了。被煎的滋味固然不好受，煎人也是難堪呀！

就說這堂考試吧！學生考的是期末考「小說選讀及習作」，寒流不適時地來襲，他們裹著厚重的冬衣，擠在並不寬敞的座位上，不安地扭動，相形之下，他們手中的筆顯得格外柔弱，每隻手很吃力地在試卷上拖動著。考場裡有一種沉悶的靜肅，我在講桌後面呆呆站立，考慮要不要拿出那本預備的小說來解悶。這時有一個學生發問題，許多雙眼睛同時抬起來質詢，他們都在埋怨試題出得太離奇吧？或者埋怨這個早晨被幾個古怪的句子破壞了？

是啊！這個微晴的早晨，天氣冷得這樣，應該是曬太陽的好日子。每到冬天出太陽的時候，他們的眼睛在課堂上就不安分，他們會爲一陣風起騷動，眼光會隨著窗外走過的人群走遠，會對文學院柔軟明淨的草坪露出愛慕的眼光。這時每雙眼睛似乎都在要求「出去晒太陽吧！出太陽的時候是不說大道理的。」可是，現在他們卻被拘禁在尺寸之地，在回答「何謂情節主題？何謂語言主題？試說明兩者的區別？」或者「小小說的基本規則何在？」這豈不荒謬？

眼看春天就快來臨，這時候紫荊花開得滿山滿谷，他們應該計畫什麼時候到霧社賞櫻花，什麼時候到霧峰林家花園拓碑，什麼時候到鹿港看斜陽。這個時候，還需要去辨別什麼？說明什麼？還有，耶誕節剛過不久，他們報佳音的糖果還沒有吃完，剛學會的聖歌還沒有唱熟呢！五顏六色的卡片還擺在桌上，親友頻頻催促快回信。這個時候，還需要去捏造不眞又不美的故事嗎？

我看著他們，心微微疼起來，怪不得他們老說上課沒意思，小說不好看，有什麼能比陽光教他們更多？這時有人在揉手指，對著試卷皺眉頭。這雙手如果在冬之前、秋之後，撿拾過落花落葉，就會柔軟如行雲流水了；這雙眼睛如果在冬之末、夏之初，被鳳凰花的光彩照亮過，就不會深沉如夜了。如果他們的心曾被星光與海水充滿，他們的髮梢曾被月光披覆，就不會牢騷滿腹了。

他們都是二十歲上下的大孩子，非自願地進入中文系，又非自願地選修小說課，有許多人沒看過小說。那個香港來的僑生說他一共只看過七本小說，其中瓊瑤的四本、武俠小說三本，這還算是好的。他們一致認爲，二十歲了還學習創作已然太遲，對這堂要求寫作的科目感到意興闌珊。

可不是，創作開始得越早越好，文學的天才大都是早熟的，白居易十六歲寫出「野火燒不盡，春風吹又生」的句子；杜甫九歲就有詩作成一囊。如果他們在八九歲的有一天清晨，望著窗外的天空發呆，心湖裡有些微的波動，如果這時大人不來苛責，催促他們快寫作業，也許就有一首詩煥然成章了。如果在中學的國文課上，老師說完一些美麗的故事，然後要求他們寫下心中的感觸。誰寫出好作品，老師就指著他說：「你的文章寫得眞好，我喜歡常常看到你寫。」或者說：「你可願意多看一些詩的、散文的、小說的書？我那裡有呢！」也許他們就不會對著抽屜裡的廢稿黯然神傷了。如果他因爲愛幻想成績總是唸不好，有人告訴他「別難過，這世界有種職業叫作家，他們都是職業幻想家，你也可以去做。」也許他們不會爲自己的多愁善感惱怒了。

十歲到二十歲正是寫作的啓蒙期，有多少人在升學壓力下，一任靈感消逝，讓熱情冷卻，讓想像力發揮在分數的追逐遊戲中。然後到了二十歲，他們就會像這樣，害怕表達自己的感受，面對稿紙手足無措，認爲文學只是作家的專利品，自己既無權利又無義務。他們已經放棄去感覺，去做精神的探險。

但是我知道他們之中有幾個具有寫作的潛力。像那一個座位靠窗的男孩，寫出小說「死亡五題」，你可以對他期望成爲未來的卡夫卡；還有第四排中間那個圓臉的女孩，寫得一手娟秀的字，編故事的本領不輸職業作家。他們卻都說二十歲以前未曾寫過小說，也未動過寫小說的念頭。他們難道就這樣甘心，放棄去處理心靈的騷動和創作的慾望？

我是不甘心的，二十歲以前寫詩，在作文課上交出一首詩，被老師打個叉退回來，從此發誓再也不去寫那些夭折的短句。二十歲以後迷上小說，上「文學理論」課把小說稿冒充作業交上去，老師一句鼓勵的話，令我感動得哭起來。現在三十歲了，才學著十五六歲的少女寫散文，總覺得年華老大，再寫些牽牽絆絆的情思，有些羞赧。但是，只是因爲不甘心啊！

我同樣不甘心，那些眼裡閃爍著夢幻的大孩子，不留下任何心靈的記錄，就走過青春，走過歲月。我幾乎是不近人情地強逼他們寫，看來我的態度是過於急切，怪不得他們老是埋怨功課壓力太重。

這時，有一個學生繳卷，考試才過三十分鐘，他能寫出什麼來？我翻一翻他的試卷，大多文不對題，幾個大字就敷衍過去。我抬起頭來看他離去，他蠻不在乎地回我一眼，是了，這個人在某堂翹課被我呵責一頓，從此再也不興匆匆來上課了，總是躲在教室一角看小說，怪不得連最簡單的試題也不會。他那惡作劇的神色，多麼像我認識的一個女孩。唸女中的時候，那一個誰也不服的女孩，成績老是需要補考，可是她寫的文章老師卻增減不得，她背不好書，做不好習題，但她卻寫出「我欲移山，而山不走，我走」的句子。這樣的女孩卻遭到排斥，同學們傳說著她浪蕩的行跡，老師對她不屑一顧，後來這個女孩當然沒有考上大學，聽說她在十八歲就結婚，也生了小孩，當然她沒有變成詩人，她已經被現實吞沒了。

在千萬人中總有幾個人，他們的專長在履歷表上難以註明，他們的經歷是：愛幻想、遊蕩。在千萬人中也只有這麼幾個，你一眼就能把他們區別出來，你知道他會為什麼悲哀，為什麼喜悅，選擇什麼，揚棄什麼。他們老因為不專心課業，被認為一無是處，變成同學中的孤魂野鬼。

而我只是守候者，在創作的路途中，只為等候那少數幾個孤魂野鬼經過，那些寂寞得要命的靈魂，想給他們一個溫暖的手勢和微笑，告訴他們要勇敢往前走，雖然前面並無任何榮顯等候。

也許這條路並無任何人經過，但我仍然要將美麗的文章大聲唸出來，讓所有人都聽見。這個科目，一共有六十六個學生修習，也許有三十個人從未看過小說，另有三十個從未寫小說，剩餘六個，有三個不打算再寫小說，另外三個將來終將放棄。但是，在他們年當二十歲的關口，誰都不能放棄，杜甫的九歲可以錯過，白居易的十六歲可以錯過，二十歲是不能再錯過了。二十歲是屬於詩的年齡，可以對他們樂觀地期盼，每一個人都是未來的作家。所以在這有陽光的冬天，在這寂靜無聲的考場上，我的心一次又一次對他們開放。

考試時間還有二十分鐘，學生已陸陸續續繳卷。我翻一翻試卷，讀著他們的即興創作，想檢查他們答覆過無數問答題，塗寫過無數電腦卡的手，是否已然僵硬與麻木？那些柔軟年輕的手啊，應有信心與希望放置其中，然而，面對他們的憧憬，我是多麼惶恐不安。

聽說電腦正向人類的靈感挑戰，這個新世紀的寵兒，將來也要寫詩寫小說，甚至加入一切藝術創作。我看過電腦寫出的小說，它的創作歷程是那樣機械與簡陋，雖然還不能和人類的作品抗衡，但是它野心勃勃，不可忽視。也許有一天，我們已經不再需要作家，只要會設計程式，人人都可以寫作。而這電腦，聽說正以人口繁殖的速度大量生長。

看來寫作這最古老的手藝，正面臨革命性的考驗。我們必須有信心穿越這個考驗，去證明心靈與物質能夠和平共存，而直接的知覺與認識永遠不會被機械公式擊敗，這樣我們才能爲文化加添禮貌，爲知識加添智慧，爲了解加添寬容，達成文學藝術的原始使命——團結人類。

這時，考試結束的鐘聲終於響了，學生一個個繳卷出場，我收拾好散亂一桌的試卷走出試場，有幾個學生圍上來。那個圓臉的女孩說：「寒假可以寄給你我寫的小說嗎？」那個臉上有雀斑的女孩說：「我要學習創作。」那個少年老成的男孩說：「不要講理論了，我們要學批評。」我笑著一一點頭，抱著沉重的試卷走去，把喧嘩丟在背後，把冬日的陽光丟在背後，走去。

東西南北

你說婚期就訂在九月，新郎在美國等你。我們跟著你忙碌起來，母親忙著爲你裁嫁衣、添首飾，小妹開始爲你刻雙章，我這做姊姊的雖幫不上忙，也跟著東奔西跑，瞎出主意。大大小小的禮物堆滿你的房間，金的珠、銀的鞋、白的衣、紅的花，生活一下子變得富麗堂皇起來，好像有一個嘉年華會正等著我們。你說結婚就像參加比賽得了獎，周圍的人紛紛送你獎品，看來你得的是大獎呢！爲了這個喜訊，我們開心了好幾個月，只是在歡笑背後，我們幾乎忘記此去是長長的別離。

今天晚上，你試穿剛做好的晚禮服，娉娉婷婷走到我們面前，月白色的絲緞旗袍發出銀波般的光彩，你的眼眸亦如銀波，那是溫柔星光的組合啊！愛情使你更加柔婉深沉，小妹在一旁發出驚歎，你一直詢問我的意見，對我態度的冷淡有些嗔怪，不要怪我，你的美麗令我沉思，我的心情宜歌宜泣，不適合說些輕巧的讚美。

我在想母親近來常無緣無故打電話來，她總是說沒什麼要緊的事，只是問我們好不好，還說她近來哪裡有些不舒服，言語中有些微的落寞。母親一向怕寂寞，深怕我們離她太遠，打從我們長成，她就計劃大姊嫁在左鄰，我嫁在右舍，其餘的最遠不過要嫁在對街，我們也贊成這個計劃，可惜還沒有一個成功。

大姊曾訂給街頭的醫生家，那段日子母親常笑嘻嘻地對我們說，大姊結婚那天一定要鋪張紅地毯，從我們家到他家只要十幾公尺呢！她也常站在門口望著男方家的樓房，一站就好久，說以後只要揮揮手，大姊就會跑回來串門子了。她說得好興奮，可惜後來大姊卻遠嫁異國，現在只能打電話回來串門子。母親留不住大姊，開始留我們，沒想到你又嫁得更遠。

小時候你的頭髮褐黃，眼珠又不似我們黝黑，皮膚白裡透紅，看起來像外國娃娃，我們常笑你是從美國撿回來的，你也不生氣。姊妹中數你的力氣最大，你能修理電器，搬重物如舉鴻毛，自稱是「力道山」。長大之後談戀愛，你老是埋怨沒有一個男孩比你的力氣大，我們擔心天底下大概只有參孫才能配得上你。

上次你的洋夫婿來臺灣作客，他也是褐髮褐眼，笑起來跟你一樣鼻子紅冬冬的像喝醉酒一樣。你們一見面就要比劃體力，又是笑又是跳，那一天你們一面喝啤酒，一面較腕力，結果兩個人不分上下，笑得滾成一團，我知道你終於找到你的參孫了。唉，姻緣姻緣，怎麼說它呢？

我們都慶幸未經戰亂，亦未曾受飄泊之苦，以爲一生皆能如是，沒有想到還是要各分西東。有一回談到許地山的文章，我獨愛他的散文〈讀〈芝蘭與茉莉〉因而想及我底祖母〉，那時我們的祖母剛剛過世，讀來更覺悲傷。我背誦一段給你聽，其中許地山說他九歲讀〈檀弓〉唸到「今丘也，東西南北之人也」，不禁伏案大哭，先生問他是不是功課太多覺得委屈，他說不是，只是傷心「東西南北」這四個字。說到這裡我的聲音哽咽，再看你也掛著眼淚，兩個人同時低下頭去，久久不能抬頭。

我們眞是幸運，不曾經過重大的別離。小時候學著電影演戲，不喜歡扮新娘，也不喜歡抱洋娃娃，只喜歡扮演離別的場面，總是有一個人背著包袱出外求取功名，另一個咬著手帕裝出肝腸寸斷的樣子，那時以爲人生離別僅止於此。但是聽了周圍一些人深懷國仇家恨的話語後，才更深刻理解到生離死別的痛苦。譬如某某，當過青年遠征軍打過日本鬼子，大陸變色骨肉分離，落得一個人孤孤單單在臺灣，還等著打回大陸去找他的太太孩子；還有某某，原是湖南一縣首富，逃到香港時只剩下一副文房四寶，老婆女兒都被逼得發瘋。他們談到共產黨就咬牙切齒；說到故鄉就老淚縱橫。我們聽了也爲之悽惻，那一種模模糊糊的悲哀其實就是無知的幸福。

我們的祖先在幾百年前也曾離鄉背井，渡海到臺灣墾荒，但是那畢竟離我們太遠了。祖父最近完成他多年的心願——印族譜，家裡的人都分到一本，那本族譜印得很樸素，綠色的封面上印著我們的祖籍「福建同安」。我看了好驚訝，祖父以前一直說我們的祖先來自河南汝南，從來沒提過同安，當然「汝南堂」的族人南遷至福建同安是有可能的，但是祖父彷彿又說過是「盧江」，到底是汝南、同安還是盧江？三者皆是或三者皆非？這種疑惑令我惶恐，畢竟祖父已經八十歲了，每次問他事情，答案常常不一樣，他會不會也記錯了呢？以前對自己的根源極有信心，現在我也有「東西南北」的感覺了。

只怪自己疏忽與無知，幾乎忘了祖先的源來，而今要在浩浩長帙的史書中尋找個人渺小的位置；在千年的滄桑中要去尋找先人的遺跡，無異是自尋煩惱。要不是祖父在八十高齡印下族譜，恐怕我還要繼續昏聵下去，他這次鄭重提醒我們，引發我對家族歷史的感情，令我不能不懷想過去。

我想祖先原居河南汝南，承續了中原文化。五胡亂華時民不聊生，他們在戰亂中往外避難，也許還曾四處流離，最後有人指向南方閩越之地。在想像中祖先應是農人或軍人，因爲只有農人才有粗壯的腳可以跋涉千山萬水，也只有軍人才有百折不回的頑強生命力。至於爲什麼會看中閩越之地，大概是那兒高山綿延，可以把戰亂抵擋在外，當他們看見一大片未開發的處女地，一定像發現桃花源一樣雀躍，於是男耕女織定居下來。後來移民的人口漸多，福建由於土地狹小貧瘠，無法維持眾多人口，又聽說海上有個美麗小島，青山綠水，四季如春，無異閩越風土，於是又再度遷徙，渡海而來。

這場世紀的飄泊是更大的離捨，需要大勇氣與大力氣，在懷想中我似乎找到那粗獷的血源。當然這段懷想臆測的成分多，考證的成分少，只是，追溯這千年的足跡，我也有千年的孤寂，歷史的蒼涼感與血淚交織的移民事蹟，每每令我掩卷嘆息。看來，不獨今日，我們早已是東西南北人。

族譜上人口浩繁，數數近兩百人，父親那一代的人大多還住在鎮上，我們這一代有幾個人的名字底下多了一個括弧（在美），雖然你還未正式結婚，祖父早替你設想好了，他在你的名字下注上（適李克——在美），李克是我們對你洋夫婿的戲稱，誰說祖父耳朵聽不見？他並無遺漏。我們這一代慢慢移居外地，看著自己熟悉的人分散在美國各地，心裡浮起一種深沉的悲劇感。中國人的感情是縱向關聯的，上溯祖先，下追子孫，「哀哀父母，生我劬勞」的親情，比「宜言飲酒，與子偕老」的愛情來得震撼人心。西方人的感情是橫向發展的，以夫婦之愛爲中心，所以他們並不以飄泊爲苦，不像中國人非不得已不背枝離根，何況是要把異鄉當作故鄉？

最美的花總是先離枝，且讓我們歌頌春花之燦爛，而忘懷離根之痛苦吧！你不知哪裡來的信心，一直相信你將來會有六個孩子，而且替他們想好名字，老大叫憐生，老二叫惘生，老三叫生生……就這麼生生不息下去。這是多麼美麗的想望，好像此去有繁花有茂樹在等著，前途是用期待鋪成的康莊大道。

祖父把族譜交在你我手中，我們接受它猶如接受一段愛的歷史。你把族譜放進行囊中貼近一串珍珠項鍊，那串珠鍊原是祖母陪嫁的首飾，本來珠子有一牛奶罐子那麼多，祖母有時把他們攢成珠花插在髮髻上，有時拆散下來串成珠鍊，常常拆了又穿，穿了又拆，她的視力不好，眼花手抖老是打散一地，這時她會教我們爬到桌底下去找。可是那些珠子有的小如綠豆，一溜就不見了，所以後來只剩下半罐子。小時候我們對那些珠子並無好感，因爲那些天然珠子形狀扭曲，顏色昏黃，上面又常有蛀洞，我們笑說那像是一堆蛀牙，看起來滿噁心的。

祖母去世後，珠子由母親收藏，母親把它們串成四掛項鍊，她說等我們結婚時各選一串留作紀念。你選了最像蛀牙那串，說它有詼諧的味道，母親將最好的一串推給我，她深知我在愛情上受的顚簸，惟恐我終生不嫁，對我的婚事鼓勵最殷，我拿著那最華美的一串，不禁泫然，怎麼我不結婚也有獎品呢？

此刻珠串在我手中，它瑩瑩可人，教人捨不得掛在頸上，我將珍視它一如珍視感情。這串已有百年歷史的首飾原是喜悅與憧憬的結合，當祖母出嫁時，此鍊是她最好的祝福；當她用顫抖的手串起一顆顆明珠，多少回憶與夢想閃爍其中，我想她那時的心也正輕輕顫抖吧？怪不得母親這麼愛惜它，她收藏明珠猶如收藏幸福。

現在這些明珠交到我們手中，我們是否也接收了幸福呢？我願去相信，因爲用明珠作幸福的保證，縱不堅定也很美麗啊！雖然婚禮還未到，你已迫不及待掛上珠鍊，我常常看你低頭擦拭那些珠子，你的側影讓我想及所有新娘的面容，她們同樣的聖潔與安詳，這時你的眼底一定有笑如醉；你的心底一定有歌如詩。

我的祝福是不能比這本族譜和一串明珠更多了，讓你歡歡喜喜離去是我唯一所願。我們都不是完美的人，但這世界上有誰比我們更適合作姊妹？你慧敏，我欣賞；我多情，你善解。小時候姊妹之間爭吵不休，就是我們兩個不曾翻臉，反而有種相依相賴的感情。有一次你讀我寫的文章，記得寫的是父親吧？那時父親病得很重，他在你我的衣櫃裡塞了一封類似遺書的信，我將種種感觸寫進文章裡，讀完之後我們相對哭泣，十歲的你哭到一半忽然不見了，過了一會兒，你拿著兩包凍凍果進來，那是我最愛吃的，沒想到你會自掏腰包買東西來安慰我，結果我們一面擦眼淚一面把凍凍果吃完。到現在你常笑我最善欺騙你的感情，但是每當我初寫好一篇文章，你總是第一個為我喝采，這時我就問：「該買凍凍果了吧？」

人們都說親情是犧牲與包容，我們姊妹之間的感情只是謙卑，我們都不是謙卑之人，偶爾還有一點狂放，也許是家裡人口太多，從小搶東西搶多了有點後悔，總怕佔了別人的東西。有什麼好的東西總是先想別人是不是需要？挑東西先從壞的拿起，說話時先聽對方說才講自己的事情，平常總是不停說「麻煩你了」「對不起」。

我們為什麼變得如此有禮呢？會不會是不信任彼此？或者故意疏遠對方？甚至我們仍記

恨著往日？我知道不是，那是一種傻氣的表現，意圖隱藏自己的感情，壓抑貪婪的念頭做出的笨拙動作。要不然就是懺悔，爲了許多年前侵占了姊妹們的一塊餅乾一件新衣的贖罪。

這樣的謙卑是不在自己意料之中的，原想感情應是飛揚跋扈，不許你這樣做，應該那樣做，要什麼就去拿，不要什麼就一一推開。但是愛並不如自己想像，似乎退讓的時候多，爭取的時候少，我們面對感情一如面對上蒼，不敢有野心盤踞別人的心靈，連你的遠去都要無怨無尤地忍受了。

這樣說你會擔心我捨不得你，你不用擔心我，我依然有滿懷謙卑的愛可以付給世人。有些人的愛是不捨得，不捨得分離，不捨得讓對方受苦，而你一直是捨得的，姊妹中你最慷慨，有什麼好的東西只要別人喜歡就送給他，你常說自己是過路財神，東西經手只是過站，轉眼又變成別人的了。

前兩年你負笈至美國求學時走得很瀟灑，牛仔褲、布鞋、不流淚。我望著你離去的背影，一直怪你心狠，竟然連頭也不回就走了。兩年後你回來，變得更美麗更聰慧，最令人高興的是你終於找到你愛的人。我才知道愛是要捨得的，捨得讓他孤獨，捨得讓他受苦，因爲這捨得，他會活得更壯大。所以也請你捨得讓我孤獨與受苦吧！這次我將學著瀟洒一點，將惆悵換成長長的等待，將分離看成又一次豪情的揮霍。

水仙之死

沒想到跟瑤分別了十年還能與她碰面。在報社那樣嘈雜的地方，一切看起來是不經心的。她還是不叫我的名字，只是站到我的面前，輕輕地說一聲「嗨！」記憶中她從未叫過我，一時之間，我們都不知該說些什麼。她依然是那麼拘謹、靦腆，模樣倒是沒什麼改變，多一點的是頭髮長了，少一點的是眼鏡摘掉了。二十八歲也算是個女人，她還是一襲軍式夾克、牛仔褲、布鞋，簡直是個大孩子。匆忙間我們只是匆匆談了一些話，不外是寒暄罷了。臨別我們並無下次見面的約定，但是我知道，我們會再聯繫，我與她，往日與今日，夢幻與現實，青春與滄桑，都會再聯繫。

十幾年前在南部的女子中學，我與瑤同校六年，同班兩年。少年的心境是游移不定的，不確知自己，也不確知未來，對自己不能把握，對別人更無信心，不能發什麼宏願，也不能下什麼決心。大部分的人靠結交死黨來確定自己，而我的功課介乎好與壞之間，成績好的同學我怕她們，成績不好的怕我，所以我只好每天向著窗口發呆，啃指甲，期待著也許會有一群仙女飛過來。不知道那個時候怎會有那麼多夢想，其實只是對生命與自我的茫然罷了。

那時瑤在學校是活躍的，有個畫家父親，品學兼優，年年當班長，對人卻無絲毫驕氣，頭髮剪得比別人短，裙子穿得比別人長，才十幾歲就像個教學豐富的老師，嚴肅不苟言笑。她每年總要拿幾個繪畫比賽的大獎回來，大家都把她看成未來的大畫家。

我們雖然不同班卻是相識的，我從她的畫裡認識她，她從我的壁報和文章認識我。有時候，輪到她當值日生，提著水桶從我們班經過，看到我在發呆，也會交換個微笑，多少溫馨盪漾在那個微笑裡，總會令我開心好幾天。

上了高二，我的成績稍稍改善，才能編入她的班上，她的座位就在我的斜前方，可是，我們卻無法交談，我的鄉癖性每每令我手足失措，不知道如何去接近別人，所以當我接到她的來信，竟不知如何應付，只好把它當作一個惡意的玩笑。

她的信有友誼的表示，和一些夢囈式的抒情，在那個年齡的女孩很喜歡用白雲、落葉、流水、細雨來點綴書信，此外還有我不知所以的讚美，令我驚異的是她以「蒙娜麗莎」稱呼我。讀信的時候我是激動的，讀完之後我卻生起氣來，我也不知道那是怎樣的一種心理，少年的情懷又有誰能去說明它呢？我氣她用一個虛幻又過度美好的形象罩到我身上，那個時候對自己的容貌並無知覺，眞要形容恐怕會有一千個樣子。她引我到鏡子前，照見一個不眞實的影子，用些美麗的言詞，把我放在一個虛無縹緲的地方，對我來說這不是友誼，而是推拒；我又氣她打壞了這份靈犀的奧祕，在那無數個微笑裡的美感，已經變樣了；我不願活在她的靈感裡成為無血無肉的人；我也怕她發掘美的，也會發掘醜的。總之，我沒有回信，反而更加迴避她。她也改變了，一看到我就把眼睛移開，嘴唇緊閉，屬於我們之間的微笑，所有溫暖的訊息完全消失了。就這樣，我們結束了高中生涯，始終沒有成為朋友，畢業後，她唸美術系，我唸中文系，從此失去聯繫，但是，我的心裡總有一種遺憾，因為不管如何，在我內心深處早已把她當成知己了。

她的信給我的影響是驚人的，我發覺我變得愛照鏡子，習慣於追逐自己的影子。我也學會從別人的眼光裡去改變自己的審美觀，懂得把頭髮燙得像花捲，走路如何顯得婀娜多姿，也懂得把話含在口裡，就像含著棉花糖一樣又甜又膩，更懂得什麼顏色最適合自己，什麼服飾最流行，一天照鏡子不知幾回。我變得虛榮，熱中於愛情的遊戲，尤其是相貌彼此投好的方式，如果魅力趨於疲乏，就覺得索然無味，就這樣，我敗壞了整個青春。

經過了十年再遇見瑤，她的激動遠不及我，從她的言談舉止中，彷彿早已忘記那封信了，她不知道我有十年的心事要向她傾吐。我期待著她來找我，因為倉卒間我並未向她要地址，還好，過了幾天，她果然來找我了。那一次見面，我們說了又說，笑了又笑，好像是多年的好朋友一樣，當然我們都已克服少女的羞澀了，我發覺她變得很開朗，事事好奇，事事關心，而我多年的磨練，也懷有一種從容的幽默感。所以，我們談得很融洽，她也變成了我的常客。經過一段時間的深談，我才發現我們個性非常相近，早該成爲朋友了，我們同樣對藝術狂熱，同樣教書，同樣過度敏感，同樣滿腹牢騷。因爲我欠了她一封信，十幾年後力求補償，我盡我所能地幫助她，很熱絡地邀她同遊，她總是豪爽地接受。

我的朋友中只有她會在半夜穿著睡衣來找我，午夜的長談常使她忘卻她的拘謹和靦腆，她的話多而不囉嗦，常常帶來一些新奇的想法，譬如色彩的個性、大腳丫子的空間問題……。有時她也會帶來一些亂亂的詩稿，不需要我的評語，只爲「奇文共賞」。大多數的時間我只是聽著，只是也有一種衝動想打斷她的話，問她「那封信，你還記得那封信嗎？」或者「你知道是你讓我看到自己嗎？」但是，我不敢，我怕令她尷尬，怕好不容易建立的友誼鬧僵。常常，她傾吐完一大篇心事，總要失蹤好一段日子，我們都太敏感，我怕我太關心她，她怕她太坦白。

有一天，她不知從哪裡冒出來，輕描淡寫地說她要參加一次繪畫聯展，想爲我畫一張畫。我故作輕鬆地說「好」，其實我內心十分渴望知道經過十年之後，我在她的筆下是什麼樣子，來往這麼多日子，她從未談到她的畫，就像一個富翁不喜歡談他的財產一樣。現在我既能看她的畫，又能看到自己，心情當然是興奮的。我們談好之後，工作就開始了。

第一天，我依照她的需求穿一件大紅色的衣裙，坐在黑色的背景前，我儘可能一動也不動，好讓她安心作畫。有時趁著休息的時候，偷看她的畫稿，十年不見，她的筆法更見純熟，構圖也很巧妙。她作畫時相當嚴肅，完全不像個二十八歲的女人，好幾次我笑出來，不知被她警告幾回。

工作進行得很順利，也許是因爲趕時間，畫在第三天就完成了。在這段期間，她儘可能不讓我看畫，以免影響她的情緒，我也不多問。畫完成之後，我們都鬆了一口氣，她也才大方地讓我看畫。我走到畫前，一下子楞住了，那是我嗎？神情憔悴得像老婦人，長長的頭髮像淋了雨似的黏答答地披在肩上，看來有些恐怖。畫的色調是灰濛濛的，連身上的大紅衣服也變成了極暗的赭色。那不像人，像個影子，那不像我，但又爲什麼令我戰慄？

瑤看到我的神色，忙說：「很抱歉，把你畫醜了。」我只是苦笑。她又說一次：「很抱歉！」我說：「不，我相信你的感覺。你打算把它叫做什麼？」她很肯定地說：「『C小姐』」，我又苦笑，就這三個字嗎？三個字就能說盡十年的心事，奇異的重逢，夢境的幻滅？爲什麼不把它叫做「倒影」或「幻滅」，哪怕叫做「滄桑」、「眞相」什麼都好，爲什麼要用這冷冰冰的三個字？但是，我並沒有說。

很奇怪的，畫完成沒多久，她就調職到高雄了。我們的重逢彷彿只爲了完成那幅畫，那幅畫在我腦海裡，久久無法抹去，它眞實得近乎殘酷，尖銳得近乎諷刺。當然，那裡面的我並不醜，而像是我心靈的畫像，心靈的畫像是無所謂美醜的，至少她畫出了我的心境，有些蒼涼，有些迷惘，那扭曲的面孔彷彿經歷過無數欲望的煎熬，那憔悴的神情又彷彿忍受著極大的悲哀。怪不得我不願承認，一直想排拒這張畫，十年來我不是一直用甜美的外衣包裝自己嗎？儘管內心千瘡百孔，憂懼如焚，我不是一直在粉飾太平嗎？聰慧如瑤，難道她眞有所感，發現我的虛妄？

自從看了這幅畫，我的心情是矛盾的，時而喜悅，時而悵惘。喜悅的是它彷彿是一面大鏡子，讓我發現外貌的虛妄，看見眞實的自己。不僅如此，它更讓我看清以往的愚昧，原來我只是作了十年美麗的夢。我曾經盲目地追逐著虛幻的影子，就像神話中的納塞西斯，在河邊看見自己的倒影，愛上了自己，爲了追逐自己的影子喪失生命，然後變成一叢叢的水仙花。如今，我的水仙是死了，十幾年前，瑤的一封信喚醒我對美的知覺；十幾年後，她的一幅畫讓我把握了眞實。從那張畫裡，我知道我只是年少過，未曾美麗過。水仙只是青春的影子，水仙的死亡代表另一次的新生。

悵惘的是，這是向青春告別的時刻了，人生尙有許許多多責任等著我，此去只有向前，沒有回顧。我將和別人一樣一天天變老，一天天變醜，但是，我不再害怕，因爲，我只是千萬人中的一個。只是醒悟的代價這麼大嗎？十年的愚昧，十年的追尋，我甚至失去了瑤的音訊。她會了解我的感受嗎？她是否眞的忘了那封信？不會再提起了，那封信就讓它成爲永遠的祕密，將它沉至記憶的河底。她是否十年、二十年後再與我偶然碰見，告訴我我已髮白如霜，心冷如灰?告訴我人生如飄蓬，際遇如浮雲?或者再向我道歉她畫壞了一幅畫，那幅畫只是她一次的敗筆，無心無欲，無知無覺?

輯二

沉靜

人在屋中在花叢裡，
只是靜靜坐著，
便覺得被那花那風那雲慢慢改造，
從一個憂鬱深沉的我改造成明朗剛健；
從怨忿不平改造成寧靜祥和；
從陳舊古板改造成清新活潑。

海國

很難相信自己是生長在海島上的人。像我的家鄉是個離海只有幾公里遠的小鎮，我覺得它倒像座「山城」。住在附近山區的原住民常頂著竹籃，成群結隊下山來，他們有些人怡然自得地坐在走廊下乘涼，有些人忙著用土產來交換菸酒，有著深輪廓大眼睛的山地小孩赤著腳來鎮裡上學。巍峨的大武山是座美麗的屏障，替我們擋住風雨，也遠隔了海洋。

第一次接觸海是在五六歲時，祖母帶我到西子灣玩。我們很斯文地戴著草帽坐在彩傘下喝菊花茶，然後坐著高大的遊輪出海。那一天我暈船暈得好厲害，對海沒有留下任何印象，倒是小菊花漂浮在玻璃杯中的影像，常在腦海中出現。

後來長大一點，有幾次跟著父親到海邊釣魚，父親很愛海，他到海邊便換了另外一個人似的，原本木訥的他，變得風趣起來。他自己常常置身在浪濤中，卻告誡我不能靠近海，只能在沙灘上堆沙或撿貝殼。所以說，海跟有魚可吃的大池塘並無兩樣。

後來讀到童話中金銀島以及找尋金羊毛的故事，總覺得那是遙不可及的神仙故事；又讀到人們歌頌地中海寶藍色的海水，以及西西里島的迷人風光，便也跟著嚮往希臘的天空，地中海的海水，竟然忘記自己也身在一個美麗的海島上。

有一年旅行至夏威夷。那裡的人多麼愛海啊！你可以從花草樹木，人們的身上聞到海水鹹腥的味道。而人們總喜歡往海邊跑，街市就像個度假的大海灘，許多人穿著浪漫的沙龍在街上閒逛，更多人穿著短褲、泳衣好像隨時要下海，到處是賣鮮花、貝殼、草帽的攤販，這便是人們口中的天堂之島。在繁華的街道中我的內心有一些涼意：「為什麼他們可以這麼快樂？」一個賣珍珠的少女問我從何處來，我懷疑地說：「臺灣，你知道嗎？」她回答說：「當然！那是個跟夏威夷一樣美麗的海島。」

的確，在那個島上我有似曾相識的感覺，不管是海水的顏色，椰林的情調，甚至是雞蛋花鳳凰花的風姿，以及那曲折的海灣與燦爛的陽光，都很像我那位於亞熱帶充滿南國風情的家鄉。

而它又與臺灣絕不相像。那裡的人悠閒慵懶，浪漫熱情，歌頌永恆卻不憂慮未來，崇拜青春與美麗，卻不憂慮死亡與幻滅，他們蔑視醜惡歧視痛苦。不像寶島上的人總有著疲憊的神色，太多的未來需要他們去憂慮，太多的心事需要他們去埋藏。我並不認為它們是相像的海島。

再後來，我決定嫁給一個生長在澎湖島上的男子。飛機載著我飛到那陌生的小島。我的行囊中，帶著一份結婚證書和一襲白紗禮服，那個喝海風長大的男子帶我到他那面海的家，指著海水說：「讓海作我們婚禮的證人。」

那個小島在最早的一首詩這樣描寫著：「腥臊海邊多鬼市，島夷居處無鄉里；黑皮少年學採珠，手把生犀照鹹水。」當年的遐荒絕島，現在是一個處處鄉里，民風純樸的漁業縣。

我們的婚禮就在海邊舉行，遠處隱約傳來的浪聲很稱職地爲我們作了見證。婚禮的隔日清晨，推門一望，昨日婚筵的空地布滿薄薄的白沙，令人懷疑那場喜慶不知是幻是眞？

那個男子帶我去看歷代祖先住過的古厝，和有百餘年歷史的祠堂。韋恩颱風吹塌祠堂的屋頂和圍牆，滿地是磚石瓦塊。我仍然穿著豔紅的嫁衣，不便行走，他背著我越過斷垣殘壁，我們面海而望，海面上有淺得像歎息一樣的陽光。看他瘦弱的身子因重負而傴僂著，臉上有堅忍的表情——當一個人發願背負起生命的重擔，忍受情愛的折磨，便有這種剛毅的姿勢。我的心在輕輕哭泣，被這樣背著很幸福啊！以前從來不知道，從頸項與肩頭之間看去的天空是如此溫暖遼闊，而越過一個人頭上的視線是這麼深邃而纏綿。我忽然想起母親，也許在很久以前，她曾經這樣背過我，可惜我一定是傻頭傻腦睡著了，什麼也看不見，什麼也無法體會。有一天，我也要這樣背著自己的兒女。我心中這麼決定著。

海風低低地吹，像有一長排排笛在嗚咽。在破舊的古厝和荒瘠的天井中行走，我覺得我也老了，老得足夠憬悟生命的深意與厚愛；而天地也老了，老得足夠包容一切恩怨情仇，悲歡離合；海與風與陽光皆老了，老得足夠替愛情作永恆的見證。此際，我知道我已深深嵌入這壯麗的風景中，再也走不出去了。而歷史是如何一幅長長的卷軸圖畫，必須一寸寸徐徐放開，才能領略其中的奧妙與演化，而它總是被快快收起，快快遺忘。

那之後，我們坐著漁船出海。那天風浪很大，瘦小的漁夫矯捷地操縱著漁船。我們破浪前進，海浪從頭頂灌到腳下，使我無法睜開眼睛，只聽到自己不停地尖叫。我看到夢遊的海，夾著煙夾著霧，像巨大的幽靈緩緩移動；我看到最盛大的陽光，以山頃之勢一大片一大片鋪展在海面上；我聽到最溫柔的海浪拍打著海岸，整個小島像個甜蜜的搖籃；我看到最迷人的海灣，在地面上畫出不可思議的弧線。海在哭泣，海在狂笑，海在夢囈，海在沉思。令人無法測量是怎樣的深情與偉力，可以激起如此瑰琦的浪花。

我終於承認自己是海洋之子，海島之民，我們也有輕視醜惡歧視痛苦的義務，更有浪漫與冒險的權利。我們也可以無憂無慮地接近天堂，去找尋自己的金羊毛和金銀島。我們不必再嚮往希臘的天空和地中海的海水，我們的海更溫存，我們的夢更輝煌。

水鄉澤國不應是神仙的故鄉麼？只是這個島嶼負載太多歷史的創痕與先人的血淚，令人忘記那片湛藍的海洋，也令人喪失作夢的能力。

很多人跨過海洋到這個小島，那是一條不能回頭的路；又有很多人跨過海洋到天之涯海之角，過著異國飄零的生活，那又是一條更難回頭的路。難怪人們總要故意忘卻那片冰冷的海水，那裡拘牽了多少歸鄉的魂夢，埋葬了多少青春與希望，那淚汪汪的海水像無數個哀怨的眼睛。

然而，如果你以欲穿的眼神望向海天之際，以寬闊的胸懷擁抱那洶湧的浪濤，你將可以看到一個美麗浪漫的神話國度：你可以看到我們的海神從浪濤中走來，她素樸而沉靜，她心地慈善，通情達理。三十八歲她曾經離開人世，卻常常從海上回來，庇佑著苦難的水上之民。當她潔白的足踝踏上海灘，所有的風雨都平息，所有的草木開出美麗的花朵。她那看似憂愁的臉容卻有著令人靜定的力量，她的微笑常在若有似無之間，她那襲素白的衣衫，不需要任何裝飾卻有著令人眩目的光華，只要她一抬手，痛苦的心靈立刻得到安慰，淚水也變得甘美。

當天色微曦之時，大地的眾神都甦醒了，他們在雲彩頂端議論紛紛：商量著該讓哪一朵花先開放，哪一棵樹先抽芽；又測量著風該如何吹才最舒暢，雨該如何下才最滋潤；又爭議著陽光該如何照才最公平，雲彩又該如何鋪排才最適當。

這場爭論十分激烈，最後的結論總是一樣的：最美的花有權搶先開放，最強壯的樹理當最先抽芽；風該依四時之不同而有強弱的變化，雨水總是要豐沛地下，才能使草木順利成長；陽光應該火辣辣地才能讓水分充分發散。雲彩應該適度地減縮，才不會遮蔽明淨的天空。並且把天空的顏色釐定在藍星石與土耳其眞玉之間；又把海水的顏色界定在藍寶石與藍玉之間。

他們作完這個結論，便再也無事可作，只是四處遊蕩唱歌，他們的歌聲並非完美無缺，卻能適度地表現慵懶與歡暢的情懷，人們聽到他們的歌聲常常是昏昏欲睡，卻從來不討厭。

當月娘在空中徘徊之時，眾神也累了。花神最喜貼在玉蘭花心打盹，樹神偏愛睡在懸崖的邊際；水神總是躲在浪花中搖晃，他們都找到最心愛的角落安歇。這時，這個美麗的海島是最安靜不過，而那喃喃不停地浪聲，彷彿在說：「海，寬恕了一切。」

——一九八九年十二月・選自九歌版《花房之歌》

（本輯作品均選自《花房之歌》）

紅唇與領帶

「山一重啊！水一灣，我家住在女兒圈，女兒圈裡女兒多，找不到男兒漢。」這是二十幾年前流行的一首歌，也是我們家的生活寫照。

早在幾代以前，我們家人口就有陰盛陽衰的趨勢，到我們這一代，家中除了祖父、父親是男人，從大祖母、小祖母、守寡的孀婆、獨身的姑婆，到我們五姊妹，眞是濟濟多女。

因此，我先學會愛女人和恨女人。我愛女人的善解人意，敏感細膩，也恨女人的狹窄與情緒化。女人的愛常在兩極中迴盪，情緒高張的時候，摟你抱你，歇斯底里地擔心你的安危，用盡心機地把你的胃塡得滿滿的；當她情緒低落的時候，折磨別人或折磨自己，直到別人產生罪惡感；她愛哭，但常常是爲自己哭，而不是爲別人。她最厲害的辦法，就是讓你餓肚子，女人離家出走，其實就是罷炊的意思，她不讓你吃東西，表示她不愛你了。

女人似乎很喜歡用衣食來表示愛惡，她如果願意跟你共享衣食，大概是打算把心交給你了。在我們大家庭裡，人口特多，飯鍋特大，爭吵的核心大多是在吃的問題上，她們喜歡私藏一些食物，如果向誰示好，就偷偷地與她共享，然後一面吃著，一面告狀，告狀——通常是在欠缺正常溝通管道之下的產物，那裡面必有許多冤屈與恩怨。食物所在即是非所在，那眞是恐怖的戰場。

所以，直到現在，我一直是頑固的和平主義者，最恨看到鉤心鬥角的場面。這使我產生一種心理習慣，對於人性的小奸小惡特別敏感，但也特別昏聵，有時竟到視若無睹的地步，遇事總抱持著息事寧人的態度，缺乏批判的精神，從好的方面來看是寬容，其實是姑息。當我自覺到缺乏批判精神時，眞是深惡痛絕卻難以更動它。傳統中國人缺乏批判精神，也許是大家庭生活的產物吧?!我但願能制止一些戰爭，就算是大聲說：「不要！」也好。男人的戰爭是罪惡，女人的戰爭則是悲哀。

女人最大的戰爭，大概是「爭寵」，這也是封建制度下的產物。因爲女人的地位必須靠男人建立，她的尊卑是以她能獲得男人多少的愛寵來決定的，而不是因爲自身的條件與努力可以改變。因此，誰嫁的男人好，誰最得丈夫歡心，誰最得公婆歡心，或父母歡心，誰就最能得到生活的保障，這很殘酷。

而傳統女人最大的工作是生育，她們大部分的精力與歲月都用在養育子女身上。「生一個尪仔，落一百朵花。」結束生產不知要落多少朵花？然後，她們就像繁華落盡的枯枝了。

據動物學家說，女人是唯一可以泰然自若流血的動物。泰然自若的說法有點誇張，但是不斷流血倒是眞的。母親生小妹時，家裡已有四個女兒，母親抱著滿懷希望生產，臨盆之時，祖母在門外守候，徹夜不去，直到嬰兒落地，聽說又是個女的，頓時臉色發青，一句話不說就出門去了。

母親血還沒流乾就流了大把眼淚，在大祖母的壓力下，答應把小妹送給別人。這一送，送到山地新埤鄉，早上送出去，傍晚又追回來，母親到底是捨不得。後來，我們都戲稱小妹是「新埤人」，以此作爲女性的恥辱。再後來，這個「新埤人」成了「女強人」，發誓要加入女權運動行列。

不過，在大部分的時間裡，我們並不特別不平。世界這麼大又這麼好，你在其中生長，有著自己的心願與夢想，像小鳥滿足於牠小小的襟抱；流水沉醉於它自己的低訴，你在愛，在等待，另有一個完滿的自我在成長，你又有何不平？

十三歲，我進入女校。那間女校在日據時代就設立了，它以管教嚴格出名，母親、姨媽以及鎭上的淑女，大多是這間女校出身。女校裡的高標準是以誰的裙子穿得最長？誰最能擺脫異性的追求？以及誰最目不斜視爲準。當然，還有美麗，我們最大的飢渴是美，容貌的美，心靈的美，服飾的美，花花草草的美，夢幻的美，皆能引起神經質的讚歎，因爲我們尚未長成，尚有許多可能，我們都希望因美麗而被愛，也因美麗而愛人。

除了美，我們還需要愛，那種糅和親情、友情、愛情極爲霸道的愛。像是紀德「日尼薇」中的莎拉，有著慵懶的美，以及天使般的臉龐，那樣的女人，大概是牽動女人愛與美的第一個對象。女孩們之間爭風吃醋的情況和異性之間一樣普遍。我們把自己派成一對一對，而且發誓互不背負。那時流行的裝扮是介乎男性與女性的中性款式，長褲，花襯衫，沒有人想向第二性投降。

那時，我的日記裡只有女人的名字。也許我們的感情都是這麼開始的，先學會愛美，愛同性，才學會愛異性，然後才能平等地愛所有的人。現在再去讀那時的日記，往往會受驚嚇。因爲自己曾經以如何細膩的感情去咀嚼那人的一句話，捕捉那人的神情。多癡騃的青春！我們不知道自己是什麼，但我們先懂得了愛。在那些飄逝如飛花的日子裡，我們曾經如何認眞地想去認識這個世界；縮短人與人之間的距離，而一無所獲。

這其中，C主宰了我那時的心靈世界。C是個美麗的女子，有著像詩一般的名字，以及純潔而靜好的容顏。我刻意地模仿她說話的口氣，她的一舉手一投足。直至後來，許多人認爲我們好像一個模子出來的，到底是彼此相像才互相吸引，還是互相吸引才慢慢相像起來，已是無從分辨。當我們傾慕一人，照他的形象活著，不是愛與美的最高完成嗎？因此，我們身上不知有多少人的身影啊！

單性的生活令人自憐又相傷，然而，單性的生活更令人發現自身的不充足。在女校六年的日子裡，讓我儲備足夠的熱情與夢想，與對美豐富的感知，準備投入下一個戰場。

讀大學時，才眞正進入兩性的世界，說「進入」實在太早，只能說是「發現」而已。我發現另有一種人，他們看來有些粗魯，愛吹牛，較具侵略性，他們的形體離優美有點距離，但似乎更具有生命的說服力。我不知道上帝在兩性之間施展了什麼魔法，令這兩種互有欠缺的動物相互傾慕。許多人說在異性的身上找到「自己」；也有許多人在抱怨，除了甜言蜜語，情人之間無法像同性一樣推心置腹；許多人沉湎於肉體的崇拜，然後再來鄙薄愛情的價值；有些人刻意滯留在童男童女的階段，維持單性的生活。

我在其中，卻感到迷亂。我花了很長的時間在戀愛，不，應該說是在了解另外一個性別。幾乎是努力了十年，才找到所謂的愛情。而一個女子什麼時候才會發現自己是花的化身，有著花的形體花的身世？當一個男子走到她面前，告訴她：「我找到你。」女子便變成一朵花了。在這之前，她只是個人，至此，她才是女人。

此後，他們彼此監視，監視對方是否照約定的那樣愛我？給我？答應我？如若沒有，我們來吵吧！女子用女子的眼淚，男子用男子的威嚴，直至雙方精疲力竭，只好用婚禮或分手來結束這場監視。

我越來越發現兩性很難互補，因爲他們的相同性越來越多，差異性越來越少。屬於我們的女兒圈如今已勞燕分飛，以前的時代要求女人成爲「第二性」；如今的時代，要求女人成爲第三性——「中性」。這樣兩性是否會公平一些，我不知道。但願我知道。

很諷刺的是，二十歲以前我生活在「女兒圈」；結婚後，卻進入「男兒國」。丈夫的家剛好是個陽盛陰衰的家庭，他有四兄弟，後來，我生了個男孩，等於住進「男生宿舍」。與男人相處，我發現最難的事情是，你找不到任何一個人，可以靜靜坐下來，聽你傾訴心曲，我相信將來我的兒子也必然不肯。他們最怕聽的一句話是「我想跟你談談」，那等於是說「我們來攤牌吧！」也許他們更怕女人說這句話，那會帶給他們極惡劣的聯想；而女人說這句話的意思不過是：「我需要關懷。」你可以想像我是多麼孤立。

當我第一次看到男人流淚時，受到相當大的驚嚇。我看過許多女人的眼淚，每一種眼淚都能引人憐惜，而男人的眼淚，只是令人畏懼，因爲它常常是憤怒或羞辱的代名詞，他巴不得沒有人看見，甚至深深懊悔。女人哭著等人撫慰，男人哭著拒絕別人。

初初進入這個男人團體時，我出房門，總得小心翼翼，當我看到客廳中並排著八條毛毛腿時，眞想化作影子消失算了。而曬衣場總有數不清的男用襪子及褲子，那種怪異的景象，會讓你以爲進入迷離幻境，或是讀馬奎斯的小說。

在這男性強勢的世界裡，我的生活處處受威脅，我常找不到自己的東西，並不是它失蹤了，而是被我藏起來，藏太多記不清了。「我」的東西看起來總是那麼單薄而缺乏說服力，久而久之，我已習慣用男人的東西，大號的拖鞋，大號的湯匙與玻璃杯，穿不具女性色彩的休閒服，使用沒有任何花樣與裝飾的家庭用品，甚至我也跟著得了香港腳。

事實證明，兩性是很適合共同生活的動物，他們的分工總是那麼自然而恰如其分。一個同時擁有兩性的家庭總是那麼和諧，你在這裡找不到枯萎的盆栽，故障的電燈，或空盪盪的冰箱。他們開始找到一種戰爭後的和平，每個人變得較有修養而且合群，這種環境，很適宜養育兒女或孕育理想。因此，我認爲兩性的關係是辯證的，而非因果的，男人與女人在矛盾中求統一，矛盾越大，所獲致的統一也越調和。

不過，當我想到至親至愛的兒子，將來也會有一雙毛毛腿，和一大堆襪子與褲子，甚至也有香港腳時，覺得相當地寂寞。因爲這樣，我希望他能兼有敏感細膩的性情與冷靜理性的頭腦，他會公平仁慈地對待生命，不管是男性或女性。當然，這也只是一個母親的癡心妄想。

於是，我常想起許多人的妻子，她們的眼神是否常常飄向窗外，偷偷地流淚，覺得不被了解？她們是否常常懷念少女或童年時代？或者自己的家鄉？甚至是曾經一度擁有的小貓小狗，一件美麗的衣服？這種回憶太教人沉迷，以至於她們常常變得脆弱而不可理喻。

而許多人的丈夫，是不是常用疑惑的眼神，注視他的妻子——這個他苦心找回的獵物，好像永遠有著重重心事。不過，他決定不去理會她的心事，而去撫慰她的眼淚。

兩性的故事在這裡應該落幕了，因爲它永遠不會結束。

小王子

他們說，弟弟被關起來了。

我已經將近一年沒見到弟弟。最後一次見到他，他穿著嶄新的名牌襯衫，手上戴著金錶，吊兒郎當地說：「小心，我到你那裡敲你一筆哦！」他總是愛開玩笑。

可是，弟弟一直沒有來，然後，我就聽說，他唆使三個人去搶地下錢莊，還用刀子割了會計小姐一刀。然後又說，弟弟被通緝，躲在高雄的小公寓裡。還說，他被捕了，關進燕巢看守所。這些事情我都不相信。

在我心目中的弟弟全然不是這樣的。小時候，他常從我背後撲上來，勒住我的脖子說：「納命來！」我總是一面笑著一面打他，說他好有力氣，好調皮。他不是當真的，你看他那張天眞無邪的臉孔，清亮有神的眼睛，略厚而敏感的嘴脣，挺直的鼻樑，長得活像詹姆士狄恩，他怎麼會傷害任何人？

母親連生五個女孩才生弟弟，他在一大群女孩兒中長大，練就一張最甜的嘴，一顆最軟的心，我沒見過這麼會撒嬌的男孩，衹要他說，姊，這個我要；這個東西就變成他的，沒有人拒絕得了他。他又頂會挑東西，所有吃的、穿的、用的，全是要那最好的。小時候他讓人算命，相士說他生來是來討債的，別人花錢僅止於皮肉，他要花到骨頭裡，弟弟還很得意地問：「姊姊，怎麼樣才算花到骨頭裡？」

雖然如此，沒有人能阻止姊姊去疼弟弟，我們都用女人特有的柔軟心腸去寵他——弟弟犯錯了，那麼就流淚吧！用淚水感化他；弟弟吃不了苦頭，那麼就什麼苦頭也不讓他吃。

我們喜歡把他打扮得整整齊齊，帶他到街上亮相，許多人走過來，摸他的頭，擰他的臉頰，他一點也不怕生，眨著大眼睛直笑。很多人說，他長大後會迷倒許多女孩子。

果然，才念到國中，就有許多女孩子寫信給他，在這些女孩子中，他只喜歡鳳子。鳳子是個極標致的女孩，高挑的身材，皮膚又白又細，一雙鳳眼笑起來彎彎的，只是嘴角有些歪撇，看來楚楚可憐的樣子。有人說鳳子一臉薄命相，不是端正的女孩。我才不相信，美麗的女孩總是遭嫉的。

弟弟喜歡鳳子，鳳子也喜歡弟弟。爲了鳳子，弟弟從好班降到普通班；爲了鳳子，弟弟錢越花越兇。那一陣子，他桌上貼滿鳳子的照片，常蹺課溜去約會。他說他們是龍鳳配，天生一對，可不是，弟弟肖龍。

可是，高中還沒畢業，鳳子居然嫁了人。聽說是她的母親爲了還債，逼她嫁給一個老頭子，婚都結了，鳳子還一直來找弟弟，弟弟不見她，也不准我們提起她，後來鳳子割腕自殺，弟弟也沒去看她。

從那時起，弟弟常常不回家，學校說他曠課超過時數，外面傳說他參加不良幫派，還說他在賭場裡當保鑣。有一次，母親在他的房裡，搜出一支扁鑽，還有一把好長好長的刀。母親一邊發抖，一邊流淚，把刀用布包好，丟到郊外去。接著，弟弟被退學。

我找到弟弟，勸他，不，是哀求他。我說，姊姊相信你的本性是善良的，祇要及時回頭，一切還來得及。你知道嗎？姊在大學裡教書，那裡的學生跟你的年齡差不多，我常常在想，裡面如果有一個是你該有多好？你應該像那些年輕人，夾本書，哼支歌，一大票人爭論著去看哪裡的電影，開多大的舞會，還有夜遊、烤肉、賞花，家事與國事天下事，理想與抱負……二十歲，應該是沒有血腥沒有罪惡沒有憂愁的年齡，弟弟，我等著這一天。

弟弟說，姊姊，你又在作夢了。你沒有看到我胸前，還有大腿上刺的這些花，我是洗不乾淨了。你們都不要再管我，你教媽媽不要再哭好不好？我最怕眼淚，鳳子嫁人的時候，我沒掉過一滴眼淚；別人用拳頭打歪我的鼻樑，我也沒哼一聲。不要教我去上學，我討厭老師討厭學校，他們都要我學姊姊們，做個好學生。我不要做好學生，我要成功，有一天我會漂漂亮亮地站在大家面前，那時，沒有人會再瞧不起我。你等著，有一天！姊姊，你看到沒有，我的頭髮發白了，我的心裡也不好受，我要成功。每個人的眼中祇有錢，我要很多很多的錢……

我制止他繼續說下去。我說：那麼你去學畫，你不知道你畫得有多好，以前你畫的圖，貼在家裡，還有人願意花錢買它呢！弟弟不說話，祇是睜著無神的大眼睛，空空洞洞地看著我，他的眼神看了教人發抖。我看到他的頭髮居然夾著許多白白的——。

然後，更多的謠言都來了，擋都擋不住——弟弟騙錢，弟弟被暗殺，弟弟斷了兩個手指，弟弟開賭場……。我從沒看過他打人，聽過他說一句髒話，他在家是個乖孩子，在我們面前是最會撒嬌的弟弟，他怎麼可能去搶人傷人，我不相信。

謠言越來越可怕。後來就聽說弟弟主使三個人搶地下錢莊，錢到手後，警方抓人，一個被捕，弟弟和其餘兩人跑了。被捕的那個人把所有的罪過全部推到弟弟頭上。我們都在找弟弟，警方也在找弟弟。

有一天下午，我接到鳳子的電話，她說弟弟想要跟我說話，我想罵他，但我的聲音和手一直發抖，我祇是說：「你害怕嗎？」他說：「害怕。」我說：「不要怕，姊會替你想辦法，你有沒有？」弟弟沒答腔，我再說：「我知道你沒有對不對，那就出來自首……」說到這裡電話就掛斷了。

那一陣子，我常作噩夢，有一次夢見弟弟的頭髮全白了，變成一個很老很老的人；又有一次，我夢見我是法官，弟弟手銬腳鐐地被押進法庭，結果，我判他死刑。

祖父過世出殯那一天，鳳子來了。好幾年沒見，她還是一樣標致，穿著一身黑，一進門就往祖父的靈前下跪。母親去扶她，她附在母親的耳邊說，弟弟也來了，躲在外面。我就知道，弟弟是多情的人，不會忘記祖父最疼他。鳳子說，弟弟整個人都變形了，臉孔又黑又乾，夜裡常看他驚醒，人坐得直直地發怔，好嚇人。我往門外看，找尋弟弟的身影，依稀在遠遠的騎樓邊有人影閃動，我知道，那一定是弟弟。

接下來，弟弟自殺，弟弟被捕，開庭又開庭，偵訊又偵訊，初審判十二年，弟弟帶上手銬，弟弟坐牢。但是，我一次也沒去看他，我不相信弟弟會犯罪。母親去看他回來說，弟弟胖了一點，理了個大光頭，看到人只會傻笑，母親卻哭得說不出話來。

然後，他就來信了，說他在裡面讀日文，說姊姊不要爲我傷心，就當我出國留學去了。寄書的時候，記得不要寄新的，要舊的，一次限三本，不要忘記。在這裡嘴好饞，教媽給我帶肉乾來好不好？可惜我那一大堆名牌衣服沒人穿了。姊姊，祝你新婚快樂，可惜我不能參加你的婚禮……

我否認這一切——我的弟弟是小王子，他有著清澈可愛的眼睛，以及天眞單純的心靈，逗人喜歡，沒有人會拒絕他。他有一朵驕傲的玫瑰，祇有四枚刺，可是，他太年輕，不知道怎麼去愛它。

我的弟弟是小王子，他暫時不會回來了。

——原載一九八七年六月二十二日《中國時報》人間副刊

青鳥

我看書看得算早，八、九歲跟著大姊看《紅樓夢》、讀詩詞。那些美麗的文字和離奇的故事，牽引出許多模模糊糊的憧憬和綺想。但是，我並不了解文學是什麼？也就是說，其中並無眞正的感動。

第一篇感動我的作品，以及觸發我對寫作的愛好，卻是父親的一首短詩。我翻箱倒櫃的本領一向高強，有一次被我翻出一本父親年輕時代的札記。那時父親剛從農專畢業，對人生尚有許多幻想與憧憬。裡面有許多篇章是用日文寫的，記載的無非是青春的喜悅與不可告人的苦悶。其中有一首短詩題名爲〈青鳥〉，全詩已不能完全記憶，只記得有這麼一句：「啊！青鳥，你何時來到又已遠走？」

那首詩以現在的眼光來看，談不上具備任何技巧，卻充分表露父親其時對幸福的期盼，帶給我莫名的美感。從那時起，我常透過這首詩來了解父親——他那壓抑的熱情，與世無爭的性格，是多麼小心翼翼地埋藏在冷漠的外表之下；我也常透過這首詩來了解自己——一個理想與幻夢的追尋者，不也是青鳥的化身麼？

其實，父親與我之間，幾乎是不通言語的，有許多事他都是透過母親來與兒女溝通，他所受的日本剛硬教育，使他更不擅於表達言詞與情感。記得有一年流行迷你裙，有本錢沒本錢的女孩，都不能免俗地縮短裙子的長度。我們姊妹穿著短裙在他面前晃來晃去，他不知憋了多久，才要母親跟我們說：「短裙子不雅觀。」爲了這句話，我們不知笑了多久。

父親是早已不寫詩了，那本札記的壽命也到大姊出生爲止。可見家庭生活會使一個人從雲端回到人間。我們七個孩子，一起把他從夢境拖回現實來。然而，他快樂嗎？他果眞找到幸福了嗎？他等到他的青鳥嗎？

他的一生單純不過。在家裡附近讀小學中學，然後娶了住在街頭的母親。二十出頭歲，在離家半公里的衛生所上班。三十幾年來沒有換過工作，生活的圈子僅限於那塊狹小的天地。有一次好不容易升了官，到離家二十里路的縣政府上班，班上了不久，他回來了。說是離家太遠，不能每餐回家吃飯，好不習慣。

他依舊回去守著他的顯微鏡和大大小小的試管，放了假到海邊釣魚，或在家裡大掃除。出差時，第一件事就是打電話給母親，他一直像孩子一樣依賴著母親。

我幾乎找不到任何偉大的形容詞來讚美父親。他是那樣沉默，五十幾歲了還會臉紅，鮮少看他發怒或發牢騷。又是那樣戀家，這麼說來，他應是幸福的，雖然這幸福如此單純平淡。

但是，我記得有一年他的心臟病發作，又帶神經衰弱，據說是心理壓力太重引起的，還住院一段時間。我去探病時，他變得又乾又瘦，臉上憂苦的神情令我難忘。也許他的心靈世界，並不如我想像的那樣單純平靜。

或許這世界上並無眞正所謂幸福吧！就像我們沒有一個人看過青鳥，然而我們卻不能平息對幸福的渴望與追尋。有人說，人間無處不是地獄，祇有家庭與愛，才能在地獄中重建天堂。我不知道父親是否已在天堂中，不過，我知道他爲我們構造了一個具體而微的天堂。

而子女對父母的了解畢竟是有限的，骨肉至親的感情，包含了多少思慕和仰之彌高的敬肅，如果我曾經把父親描繪得太美好，那應是可以原諒的吧？

後來我寫文章，並不敢拿到父親面前請他指正。但是我知道，他在偷偷讀我的文章，雖然他未曾吐露半句評語，我知道他必能讀到我心之深處，就如同當年我讀他的詩一樣。

品人

有些人美麗，有些人不美麗；有些人堪品味，有些人不堪品味。但願我這枝笨筆，能記下一些既美麗又堪品味的人。

剛認識桑，先是厭惡她，因爲她說話太坦率，我一向認爲太坦率的人是自大的，她們往往不理會別人的感受，祇求一時口舌的痛快。後來發現跟她說話實在舒服，大家直來直往，縱使互揭瘡疤也不傷感情，這時就有點喜歡她了；又後來發現她無論對大人物或小人物，一律口無遮攔，這時簡直迷上她了。

不過，她這個人邋遢至極。家裡如垃圾場是不用說了，請我吃飯，煮出一大鍋黑黑糊糊的東西，剛端起碗筷，但見餐桌上螞蟻成群結隊而過；請我過夜，找不到一塊乾淨的地方，只好睡在一堆髒衣服中；借給她的書本，不是如石沉大海，就是沾了油水捲了邊。說她邋遢，她妝扮起來可是琳琅滿目，大概把家裡所有的化妝品和首飾都用上了。

你看她長得是一張女教官的臉孔，行徑卻像個老太妹。沒有一件事情能令她正襟危坐，別人氣得跳腳，她可自在得很。她會忘掉你叮囑她的每件事，而且一點也不慚愧。遲到失約了，還認爲自己可愛得要命。她大碗喝酒大塊吃肉，愛遊蕩愛看美女，我認爲她簡直是個怪物。

雖然如此，你看她寫的一筆狂草，會教你「毛骨」聳立；她寫出來的文章又風花雪月得教人吐血。她的才華足夠讓她翻雲覆雨，她卻把它看成一場遊戲。她經歷過別人無法忍受的痛苦，卻依然豁達狂放；她有過的滄桑，在她身上都變成了智慧。別人越老越醜，她越老越媚。這個人總是這樣教人生氣，不過，我倒認爲她活得實在痛快。

施曾告訴我她九歲悟道的經過。她家就在廟口附近，有一天她經過廟口，停下腳步聽尼姑念經，居然流下淚來；又說她曾爲了修道自殺過三次；又說她爲了躲避父母親的關愛，住在外祖母那裡好幾年；可是當她說及外祖母，語調又帶著依戀，所以無論她如何解說自己是如何無情的人，我是不相信的。

我唯一相信的是她的靈慧。她總把自己看成很老的人，老得把眾生當孩童，父母亦孩童，男子亦孩童，孩童亦孩童。在我的眼中，她只是蘭心蕙質的年輕女子，輕鬆時一如一般女子，愛漂亮愛聒噪，走起路來蹦蹦跳跳。可是當她嚴肅起來，靜定得像老和尚，一雙眼睛如刀子一般銳利。就是這把刀子，不知劃破多少人的胸腔，教人原形畢露，又教人痛哭流涕。

她談命理，與佛理合而爲一；論修行，則不拘出世入世。不過，她卻反對我寫文章，認爲用情太過，終至於作繭自縛。我辯說寫作亦修行，同樣是以廣大的靈感修到大慈大悲，她搖頭說：「一盞彩色的燈，如何不引飛蛾來撲火呢？」她又說我的分別心太重，如果能把一切等同，就能超脫痛苦。她不知道一個追求理想與美感的人，是不計較身陷泥沼的。

而施與我畢竟是不同道的，她修她的無情，我修我的有情，如此居然也不妨礙兩人的默契，這該算什麼樣的情緣呢？

老鷹是我的老師，他常自比爲老鷹，所以我也這麼稱呼他。他那獨具一格的大頭顱，大嗓門，壞脾氣，曾令很多人恨他，卻也令很多人愛他。因爲他有最柔軟的心腸和最剛硬的脾氣，他可以「橫眉冷對千夫指」，也可以「俯首甘爲孺子牛」，他對學生的關愛與照顧，是我從未見過的，他跟他們一起吃飯一起遊玩一起流淚。對於學生不成熟的見解，他只會說：「孩子，不是這樣的。」然後，很有耐心地糾正看法。但是，面對不喜歡的人，總是迎頭痛擊，絲毫不留餘地。他也常說自己是強盜與書生的組合，他最常說的一句話是：「看他能拿我如何？」

他到老仍然浪漫得要命，還相信愛情是決定在最初的五秒鐘之內；又說「最初的眼淚，最後的悲哀。」別人的老是生理的退化，他的老則是心理的退化，退化直到成爲兒童，所以越老越天眞；別人上電視顧盼自雄，他上電視居然會打瞌睡；別人演講衣冠楚楚，言談何等優雅，他演講則披頭散髮，踢掉皮鞋暴跳如雷，睜著土匪般的眼睛，大喝幾聲，簡直嚇死人。

他頭腦清醒，生活簡樸。一條逃難時用過的皮帶，如今是千瘡百孔仍然寶貝得很；吃的穿的自比是非洲野人。他死時，僅有存款一萬，別人說他是身後蕭條，我卻認爲那也是一種乾淨。

一般人了解的他是小說家與雜文家，我所認識的他卻是野心勃勃的文學理論家與批評家，他看事物能直透本質，而往往有獨特的創見。他到老仍是個傳統的叛逆，始終懷疑，始終反抗，也始終肯定愛與智慧的價值。他是徹底的理想主義者，尊重生命與自由，熱切地生活與希望，他活得深刻，去得瀟灑。

他最大的不幸是有熱情卻沒有好運氣，是藝術家卻偏偏要進入中文系。他那飛揚跋扈的老鷹精神，與中國人忠厚老實的作風格格不入，他最恨中國學生只會說「你要」而不敢說「我敢」。他對文學教育的種種改革，也讓保守人士覺得冒失。他心中有一部最重要的小說與文學理論，卻一直沒有完成。他帶著這些遺憾直到地下，作爲一個學者或藝術家的悲哀，他都具備了。

他倒下來了，一頭頑強的老鷹放下他壯大的翅膀。我親眼看到他在生死之間掙扎，看他痛苦地瞪大眼睛，伸著一隻彷彿從地獄伸出來的手，就算在病床上，他也不埋怨，不放棄。他死後，人們懷念他，不是因爲他做過什麼，而是因爲他是一個至情至性的人。他一直希望我成爲一頭小老鷹「當超越，當驕傲，當征服」，我知道我終究是一隻鴿子。他教會我如何生活如何追求，卻沒有教會我如何面對死亡，他說「莫爲死者悲哀，請爲生者流淚。」這恐怕是他留給我最後的作業。

姑且叫她如玉。她長得很好，不是令人緊張的美豔，而是令人舒坦的好看。她的美是既清且秀的，然則別人是清在嘴上，她清在心底；別人秀在形貌，她秀在骨底。在人群中她深藏不露，自然不掩光芒。她很適合穿黑與白，其他的顏色在她身上都顯得髒；而她眞的祇有穿黑與白，祇是，當她隨隨便便地紮條圍巾，別個別針，就豔得驚人了。我見過許多作詩的人，渾身卻找不到詩味，而如玉她不作詩，卻是詩作的人。

如玉不僅祇是美在外表。她的氣度會教人打從心裡服氣，當我們還同桌讀書吃飯的時候，她就有過人的胸襟。我從未在她嘴裡聽她說任何人的不是，連眾人都痛恨的人，她也不過淡淡地說：「他不算是頂壞的人。」她受了委屈，還幫對方說話；她遭受過莫大的恥辱與打擊，她不擔心自己，只擔心愛她的人受不了。

如玉不是沒有是非的人。她褒貶一件事是那樣嚴明，對自己的要求又是那樣嚴苛。她與世無爭，別人在她面前只好自動繳械。她是讓人又怕又愛的女子，不是怕她會做錯什麼，而是怕自己做錯什麼。

當我對自己還一無所知的時候，她就對我說：「你該寫文章不該教書。」我不知道她是從哪裡看出來的，不過到現在我仍贊同她的看法，可惜祇能做到一半。她則說自己「不該教書也不該寫文章，祇適合生活。」於是拋棄大好前程雲遊四海去了，這是我到現在仍然做不到的。

這幾個美麗的人，現在都不在眼前。我勾勒著他們的形象，心底卻有著深深的寂寞。一個分別心太重，會區別美與不美，好與不好的人，是活該作繭自縛的，亦有何怨？

——原載一九八八年二月十一日《中華日報》副刊

靜觀三則

1. 觀衣

女人對衣服的感情是很微妙的。

衣服雕塑了女人的形體，它也屬於容貌的一部分。描繪女人千萬別省略她的衣著，那會傷害她的自尊。她也許會忘記某年某月某日發生的哪件事，但是她大概會記得哪年哪月哪日她穿的是哪件衣服。只有女人會這樣描寫女人：「你已褪色，但仍然美麗，像十八世紀閨房裡，灑滿陽光的緞衣。」（美國女詩人愛彌．羅威爾）。女人不僅注意自己的衣著，也注意別人的，所以她對人的懷念是這樣：「青青子衿，悠悠我心。」

衣服同樣雕塑了女人的靈魂，它也屬於夢想的一部分。我見過一些女人，她望著寶愛的衣服，那眼神之溫柔與渴慕，不亞於望著她的戀人。衣服填補了心靈的凹陷，有一些衣服不是用來穿的，而是用來幻想與觀賞。雷馬克有篇小說描寫一個瀕死的女子，她用她僅餘的錢，買了兩套貴得嚇人美得驚人的晚禮服，把它們掛在床前牆上，夜夜伴著她入眠。這個女子的身世値得同情，她的「戀衣情結」更値得同情。我的衣櫃裡也藏著兩件華麗的長禮服，你可以想像它可以出現在豪華的舞會裡，它的設計誇張而大膽，天知道什麼時候會派上用場？又有一件綴滿珠花的黑色縷空短甲，有了這件衣服，總是在等待一個夏日涼夜，和一次優雅的音樂會，可惜這種時刻總是沒有到，而那件衣服的歷史起碼有五年了。我認識一個女人，她的衣著常常只是一件灰撲撲沒什麼式樣的長裙，可是她的衣櫃裡色彩之豐富，衣款之繁雜，就像個正在走紅的歌星呢，這些事是不能用理性來了解的。

愛穿的女人總被流行追趕得很辛苦，但是大部分的人是不會承認的。流行追我，我追流行，在這方面，女人表現了優越的模仿能力與服從的美德，但是大部分的人也不會承認。就像我一直想否認穿過的奇裝異服。六〇年代的年輕人虛無崇洋得厲害，那時流行的喇叭褲與迷你裙，赫本頭與嬉皮袋，令正經的女孩看來都有一點壞，這些衣服與當時的留影都被我淹滅了，因爲自己看了難爲情，別人看了不免要訕笑一番；接著七〇年代，裙子的長度從大腿陡降到足踝，誇張的泡泡袖與緊身的背心，令女人個個是虎背蜂腰，活像個橄欖球隊員，偏偏腳下蹬雙既高且厚的麵包鞋，脖子上又得繫條絲絨頸帶，有誰敢承認曾經這樣打扮呢？八〇年代初期的乞丐裝給人的印象最深刻，它的標誌是坑坑洞洞，披披掛掛，女人穿上它都有馬路英雄的豪氣，據說是當時經濟蕭條，能源危機的結果，這也算是女性民意的具體表現。

女人什麼時候停止追趕流行？那得由她自己決定，年齡與身材不是關鍵。不追趕流行，這並不表示她不愛穿了。她更小心翼翼地挑選適合自己的式樣，千方百計地掩飾變形的曲線，表面上她是鬆懈了，其實她更嚴苛。她會怪流行的速度太快，卻不會怪自己的身材不好。放棄打扮的女人，大概也放棄享樂了。

觀人觀眸，觀女人可別忘了再觀衣。

2. 對鏡

走到鏡子前，你便看見自己；走出鏡子，你便走出牢獄。

鏡子使人犯罪。納西西斯在水邊看見自己的美貌，他殺了自己；「白雪公主」中的皇后，在鏡中看見別人的美貌，她想殺死白雪公主，其實她更想殺死自己。

鏡子是迷人的陷阱，令人不由自主地陷落。孩童張大眼睛看著鏡中的自己，他必須用很長的時間，才敢確定鏡中的陌生人便是自己。鏡子總是逗笑了他，他以爲自己很碩大，沒想到自己那麼弱小；他又以爲自己是全世界最特別最重要的人，沒想到自己那麼平庸。於是他裝成恐怖的樣子來壯大自己，又把鼻子擠在鏡子上，看看「他」會有什麼不同的變化，或者來一些抗議什麼的，他凝神等待著，結果並沒有什麼不同，於是，他又開心地笑了。

少女頻頻拿起鏡子，在鏡前她的心是多麼脆弱又容易受感動。頭髮流動的線條，五官的細微變化，舉手投足之際美妙的韻律，在在觸動她敏銳的神經。「照花前後鏡，花面交相映」她有一種喜悅是不敢示人也無法示人的。她不願錯過自己的一顰一笑，甚至是心情的細微騷動，每有動靜，便趕緊臨鏡一照。而鏡子是如何惡陋的攝影工具，竟留不住美好的影像。但是無妨，她已經從鏡裡學到珍重自愛，學到引人注意，而且，她的想像力在這裡已經得到充分發揮。她有一把看得見的鏡子，藏在抽屜或隱祕的地方，沒有這面鏡子便沒有安全感；她又有一把看不見的鏡子，無所不在地指揮她的一舉一動，奇怪的是，這面鏡子反而使她失去安全感。她活在鏡子裡，也活在別人的注視裡。

鏡子對於成年人是危險的。他已經知道容貌不能更改，而且照鏡子的時間與年齡成反比。他對自己已有足夠的認識，不必透過鏡子來否定自己或肯定自己。他得跟鏡子保持距離，他確信它曾經或多或少傷害過他或欺騙過他。照鏡子時不再停留在五官之際，也不再去咀嚼表情的微妙變化。他寧願去注意儀表是否整齊，頭髮是否零亂，服裝是否得體。他匆匆一照，連鏡中的自己也感到陌生。

老年人面對鏡子大概是見山又是山，見水又是水。「不知明鏡裡，何處結秋霜」，其實他根本不需要鏡子的了。他的心裡比誰清楚，頭髮又白了幾莖，肌膚又消了幾分，甚至連鏡子都照不出來的情緒變化，生理變化，他都瞭若指掌。什麼事會令他沮喪，什麼事會令他愉悦，他也能掌握分寸。一個人這麼了解自己，有時是很疲累的，他被混亂奔竄的思緒弄得恍惚如夢，又被過多的記憶弄得六神無主。內心的世界越來越封閉，外界的變化越來越遙遠。他毋寧相信心中另有一臺明鏡，比現實的鏡子更清明透亮。

鏡子裡魅影重重啊！人要在鏡裡尋找眞相，恐怕是件不可能的事；而人要在鏡裡尋找永恆，注定是要幻滅的。鏡花水月總成空，想到這裡，我不禁要頹然放下手中的鏡子。

3. 顧　影

形影相隨，這句話有點恐怖。

有一個人他不相信影子就是自己，故意跑得飛快想摔掉它。摔掉影子的意圖恐怕是跟夸父追日一樣絕望而且無可赦免。孩童懼怕自己的影子，影子總比自己來得碩大，而且鬼鬼祟祟地跟前跟後。

有一種踩影子的遊戲，大家追逐彼此的影子，踩到誰，誰就「死了」，贏的人有征服的快感，輸的人有「僥倖」的快感，替自己死的影子，大概是人最難遮蔽的弱點；其實影子一點也不像人，它不說話，不動情，平平板板的，而且隨時伸縮變化，如果它是人的一部分，恐怕也是最陌生的那部分。

我們要跟柔弱而陌生的影子相隨一生，恐怕是無可避免的事。我最早的記憶便是有關影子的。印象裡大約是三歲，母親跟父親吵架回娘家，父親抱著我牽著大姊走過一條窄巷，我們的影子投在地上很瘦很長也很可憐。每當我提起這段記憶，總是引來一場訕笑，笑的人說三歲的小孩怎會有記憶，一定是幻想或是作夢。問父親和大姊，都說不記得有這回事。被懷疑久了，我也失去信心，懷疑它是一場夢。是耶？非耶？想來好不悲傷。不過，這個陰影叢結在我的腦海裡仍然十分牢固，只能把它當作史前遺跡看待。而這個陰影恐怕也是要跟我相隨一生了。

小時候怕黑，停電的時候，姊妹們擠成一團。一枝蠟燭帶來一場精采的影子遊戲。我們的影子投射在牆上是如此碩大，世界突然變小了，小得只剩下那個黑漆漆的房間和我們幾個人。我們玩著巨人與魔鬼的追逐遊戲，或用手指安排成各種圖形，像會張嘴的狼犬，會飛的老鷹或蝙蝠，那比黑暗更黑的影子，具有不可思議的生命力與神祕感。我們靜靜地扳弄手指，任月光與燭光交輝，黑暗與陰影重疊，那一刻，我彷彿已深入黑暗的內部，世界的核心，變成最最虛無的幽靈。

後來年歲漸長，雜慮漸多。然而每當停電的時候，當眾燈俱滅，燭光升起，我彷彿又回到生命的最初，一切的繁華與雜慮乍時寂滅。而歲月寂寂，人事渺渺，在那刻裡覺得自己如同天地一樣古老，一樣沒有變化。光、影、人所構成的圖畫，恐怕是最虛幻也是最孤獨的。「我歌月徘徊，我舞影零亂，醒時同交歡，醉後各分散」，如果光、影、人都不再存在，那個徹底黑暗的世界恐怕是會寂寞欲死吧？

人與人的關係固然糾纏不清，人與物的關係更是難解難分。情愛尚有一時之寬解，物我大概是永無釋放的可能，想來不覺背上生涼。

冬之一日

1. 亂

我的書桌總是亂。

每天亂的章法不同，此刻的亂法是這樣：幾卷散落四處的錄音帶、錯疊的稿紙筆記、幾枝失去筆套的原子筆、一條纏結不清的珍珠項鍊、一包吃了一半的話梅、一個迷你雕飾、一包只抽了一枝的淡菸。

書桌記錄著近來的心情——珍珠項鍊是前夜參加晚宴的配飾。那個黃昏有很美的夕陽，我正有打扮的心情。穿上珍藏已久的黑色縷空珠花短甲，配著黑絲長裙，頭上圍著這條珠鍊，使我像上了一層釉彩，在黑夜中發出神祕的幽光。那天的晚宴有美食好茶及雅客，也要優美的氣氛，我帶著那夜的酒香、月色、好風回來，像喝醉了酒一般，隨手將珠鍊往書桌一扔，便甜甜入睡。於是，那珠鍊便有了慵懶香豔的神態。

淡菸的由來令人沮喪。我原有隨興點枝淡菸的習慣，後來聲帶受傷，與一切刺激物品絕緣，不知有多久未沾此物了。那一天，卻無法壓抑突來的菸癮，便打開香菸點了一枝，吸一口之後只覺得喉嚨一陣乾痛，不得不捺熄菸頭，悻悻地丟開那包菸。於是，那包菸便保留著哀哀無告的神情。

今天早上起來，陽光眞好，美麗的陽光常令我想到音樂，陽光再加上音樂常能改善我的心情。興沖沖地想挑一卷錄音帶，卻找不到一卷中意的。好不容易找到一卷蕭邦的鋼琴曲，電話來了，接著趕著去沖洗照片，回來準備中飯，美好的心情於焉消失無形，而那幾卷錄音帶便有著蕭散的流浪氣息。

吃話梅的歷史很悠久了，從來也沒有厭倦過，最容易厭倦的是食慾，最不容易厭倦的也是食慾，看著它張著大口的塑膠袋子，我覺得是它在吃我，而不是我在吃它。

書架上有個小得必須注意看才看得清楚的擺飾，它們是冰山雪巖企鵝的組合。我喜歡小東西，小東西令人專注而且放心。生活裡有太多崇高偉大的事物，常常令人自覺渺小而惶恐；一件小小巧巧不引人注目的東西，它可以令你輕鬆自在。但是，它實在太小，站在石頭上的企鵝大約只有小拇指尖那般小，每次翻書找東西，總被我連翻帶滾掃下來，要找到它可不容易，它不是夾進那個書頁裡，就是掉進那個隙縫裡。此刻它又是行蹤杳然，不知流落何方？

對於一方有著懸疑、緊張、挫折、風情的書桌，你能怎麼辨呢？只有保持它零亂的原狀，這是個比較人道的決定。

2. 花房之歌

第一次發現那間花房，便捨不得與別人分享，它是我的祕密。

玻璃造成的花房，矗立在大片甜美的草地上，面對著兩株高大的木棉。花房裡並無甚奇特的植物，不過是學生實驗的種作，很普通的一些花草。到這裡，也並無事可做，不過是數數木棉花開的次第，或是檢查多了哪些品種。就是這麼簡單，便能滿足我對美的渴望。

人在花房裡，一切都透明，天地透明，人物透明，心情也一片透明。但是我卻覺得罪疚，因爲我像一個偷窺者，偷窺到人們的低頭私語，偷窺到落花的舞姿，甚至是天國的奧祕與美麗。所以，我總是找著最隱密的角落坐著，不讓任何人發現。

這裡適合賞雨——雨水打在玻璃片上，發出清脆的聲響，它們唱著似乎以淚水與夢囈混合成的歌，一再地說：「我是不死的，但我寧願死去！」雨水打在玻璃片上，花房外的景物變得一片模糊，它們好像正要漸漸消失。天地陷入深沉的悲哀中，但我並不感到特別的憂傷，因爲我知道，這一場悲劇很激烈但也很短暫，不久之後，大地將恢復清朗。

這裡也適合仰望——將天空望得很低很近，然而，我的仰望一如大樹的仰望，去要求雲彩離去的腳步放慢一些，去要求狂風搖撼的力量放輕一些，因爲冬天的心是那麼那麼容易破碎；我的仰望亦是孩童的仰望，水晶瞳孔、彩虹天空、星星、月亮、天使、歌聲，常常出現在我心中；我的仰望亦是大山的仰望，深情的佇立只因爲沉沉的憂傷，一抬頭是天長地久，一望眼是海角天涯。

這裡更適合躲藏——人在屋中在花叢裡，只是靜靜坐著，便覺得被那花那風那雲慢慢改造，從一個憂鬱深沉的我改造成明朗剛健；從怨忿不平改造成寧靜祥和；從陳舊古板改造成清新活潑。我亦如花如草一般成長，而這些改變是那麼隱微，連那花那風那雲那雨都無法查覺，只有在很偶然的一個時刻，你發現風變得更輕，花變得更豔，雲變得更活，雨變得更柔，你才知道你也變了。這時，我知道我可以走了，因爲我已是全新的人。

3. 寄 詩

山中何所有——寄來的書與信皆收到了。第一次讀你的書寫你的名字，心中有著新鮮的情意。我們原是素昧平生的陌生人呵！但我知道我們是不必見面不必言談而必能相知的朋友，所以，寄給你這首詩，它代表我未曾表露的一切。

你問我山中的情形，我只能告訴你，這裡的冬天蕭條極了，甘蔗都已收成，滿山裡露著赤紅色的泥土，夜裡的狂風把沙塵吹進室內，它們好像無所不在，永遠也清除不盡。日日，我將它們從四面八方掃集，以哀悼的心情埋葬它們，隔天它們又從狂風中復活，黏附在桌上紙上地上，那最微小也最強大的沙塵，是我今冬最大的敵人。

嶺上白雲多——嶺上的雲到冬天似乎變得更沉靜更神祕。有的時候，它們似乎故意要驚嚇人，匯集在天邊，連成一片金紫色的雲海，那瑰麗的景象美得令人想逃走；有的時候，它們刻意躲人，就只那麼一朵白雲輕描淡寫地閃閃躲躲，很羞澀卻很迷人，令人想用手去捧住它；而常常，它們排成不規則的隊形，從天際蹁躚而過，它們要去的地方一定很美麗很寧靜，你從它們優雅的神態上，便可猜想出來。我喜歡去構想那個美麗無憂的國度，因爲雲的緣故。

有的時候我會忘記雲的存在，尤其是霧起的時候，清晨的霧淡得像煙，夜裡的霧又濕得像雨，而不管是什麼樣的霧，都令人感到迷惘與孤獨。

只可自愉悅——這個冬天好像是全新的。風吹的姿勢，葉落的歎息，彷彿是初次見識，連陽光與空氣也是陌生的，一切都需要重新認識。

常常，我有一種宜歌宜詩的心情，卻不知如何排解，通常我只是四處漫遊著，爲自己編造種種遊蕩的理由。有時明明有急事待辦，心裡惦掛著不可耽誤時間，走著走著，就拐進一條毫無意義的小徑，然後就迷失在一些曼妙的世界中了。

譬如說那一天，上課的鈴聲快響了，我的步履飛快走向教室，卻在途中被一片陽光吸引住。在樹林與草地之間，彩虹在那裡慢慢隱形，光線由深到淺，它在移動！猶帶著薄薄的霧氣，我第一次發現陽光柔軟的質地。

唉！十一月的心好敏感！我如何一一向你陳述呢？

不堪持贈君——有沒有一種信可以用雲裁成，用風寫成？有沒有一本書能夠記載有關心情的變化與四季的圖像？有沒有一首歌可以曲曲傳譯幽微的夢影？因爲我無法對你作生命最完整的陳述，所以只有保持沉默。而我知道，當那同一種幻象與夢影，同一種雲彩與陽光出現在你眼前，你必能感知一切，而言語，在你我之間，我知道是多餘的。

天好冷，請珍重。

時空錯愕

小時候喜歡研究日曆。搬個凳子，攀到牆上，將日曆中重要的日子摺起來，我常摺的日期是生日、新年、考試、遠足的日子。那時，時間像是仙女的魔棒，一到預定的時刻，給你禮物（祝你生日快樂！祝你新年快樂！），讓你的心願實現（你得到一百分，你長大了）。但是，我並不了解，爲什麼黑夜之後跟著黎明，黎明之後，又是無數個黎明？而什麼是光陰似箭，歲月如梭？沒有人告訴我。

我深深記得那天，其時我是十歲。睡了一個長長的午覺醒來，外面濛濛亮的天色，好像是黎明景象。我緊張地穿衣穿襪，找書包，準備去上學。家人笑著拉住我，說現在是下午啊！我不信，一切景象與黎明無異，飯食剛下鍋，花兒像剛睡醒的樣子，是早上。我那固執且惶惑的神情，成爲大家的笑話。後來，我還是被說服了，因爲天色的確漸漸轉爲黑暗。那天，我很委屈，爲什麼黎明不是黃昏？黃昏又不能是黎明呢？

我們都曾經以爲時間是可以自我控制的，買個手錶，寫日記，那麼時間就是一跳一秒，一頁一個日子。我們也曾經以爲可以擺脫時間的控制，不戴手錶，不看日曆，不照鏡子。然而時間如網，人如網中獵物。

光陰眞的似箭，歲月也眞的如梭，而我這個浪擲過大把大把光陰的人，對時間又有怎樣深切的了解？它是那樣捉摸不定，小時候覺得時間過得好慢，長大後又覺得時間過得好快；痛苦的時間緩慢，歡樂的時光特別匆促。「時間是第四度空間，時間是過去現在與未來之流轉而無限者。」常識這麼告訴我，這個解釋令人更加迷惘。

然而我曾經確切感覺到時間的存在。那一回路過鹿港，早聽說那是個古意盎然的鎭市，我們本無心探訪，只是中途歇腳而已。那正是入夜時分，街道上異常冷清，我從民俗文物館的後門踅進，這時早已過了閉館的時間，館中無人。我並不知道那是可供參觀的古蹟，還以爲闖進誰家的宅院。

我走進陰暗陳舊的古厝，看見前人用過的器物擺設完好。我經過天井，看見昏黃的月亮冷冷地向人注視。我走進安靜的院落，看見巨大的老樹默默沉思——我私闖入前人的時空，但確知彼時彼人彼物，與我之間有著無法靠近的距離。我感覺到美，感覺到生命，感覺到時光。而時光是一條寂靜的河流，前人在上游，我在下游。我們一樣曾經生長，曾經呼吸，終於老去。時光靜靜地向前奔流著。

當然這種了解只是一種詩意的解釋，眞正的解釋也不一定能令人完全滿意。就像人對空間的了解也是游移不定的。在孩子的眼中，世界大一些。以前看家鄉附近的景物，小溪是大河，小屋是大廈，小徑是大路。那時，從家裡到學校的路途，老覺得十分地遙遠，還吵著要騎腳踏車才肯上學。現在走起來不過幾分鐘，而那大河變小溪，大廈變小屋，大路也變成小徑，連爸媽也變得矮小了。在孩子眼中，父母都曾經是巨人吧？

從小我就是怕旅行的人，雖然常作浪跡天涯的夢，到頭來卻是心有餘而力不足。旅行會改變你對時空的觀念，卻不能減免鄉愁於一分一毫。因爲時差，黎明眞可以是黃昏，黃昏也可以是黎明；因爲國別，家鄉倒不一定可以是異鄉，異鄉也斷然不同於家鄉啊！

那一次在紐約看月亮，外國的月亮並沒有比較圓，但是美國的月亮的確比較大，大得令人驚心動魄。不僅月亮大，那裡的人個頭大一些，房子寬闊一些，器物花草，連喝水的茶杯都大。住了一個月回來，老覺得自己住在火柴盒裡，看到什麼東西都想推遠一點。

說來是對空間的感覺改變了。雖然走過的地方不算多，我卻常在某時某刻，不知自己身在何處？老想著怎麼會在這裡呢？我不是應該在那裡嗎？這種感覺總在初到異地時特別強烈。如果不去刻意紀念這一地那一地，我們不都是同在一地——在宇宙之中，天地之間？

後來，我發現另一個陌生的空間。那時沉迷於觀星，買了星座盤，也有了望遠鏡，又有一個研究天文的朋友，他老給我寄來各種星球的照片，或有關幽浮與外星人的報導。那些清冷冷的圖片，在在提醒我宇宙的廣大與神祕，又強制我改變時空的觀念。我常下意識地排斥這些圖片，那是如何魅惑荒涼的世界，令人無法安定在舊有的世界中。一個荒謬遼遠的新天地啊！令人寒傖與軟弱。

但是，從此我也有新祕密。每當在喧鬧的街道上奔走，偶爾也會抬起頭來瞄一眼靜好的天空，如此便得到暫時的慰安。有時在夜晚，眼光望進星空的深處，我看過獵戶座華美的金腰帶，指認過群星的方位，也看過什麼是「滿天星河光破碎」，什麼是「北斗錯落長庚明」。聽說宇宙中的星球超過百億，而且不斷有新的星球形成；又聽說月球上才眞是萬籟俱寂，那個零分貝的世界會逼得人發瘋；而火星上的天空是寶藍色，土地是酒紅色，適合人類居住。對於那些虎視眈眈而又高深莫測的小眼睛，我總是感到惴惴不安，那裏也許是人類未來的故鄉啊！

而我的仰望是如何的憂傷，用情於天又是如何寂寞的事業，我頹然地放下望遠鏡，誰能承受得了這巨大的愛戀呢？是啊，蒼天之下，我是膽小之人，不敢探視雲層背後那個無邊無際的世界。「在我頭上，群星之天宇；在我心中，道德之律則。」這是康德終身的仰望，也將是我終身的疑惑了。

用情於天太寂寞，通常我用情於人。人處在時空的坐標中，不由自主地四處奔竄，我們以為自己是世界的主人，其實，另有一個冷漠而強大的主人在操縱著我們。我們不過能夠決定要愛什麼？恨什麼？所以，我對人恆常有情。祇有在短短的一剎那，我會惶惶然錯愕起來，而不禁徬徨四顧：我們到底是誰？又身在何處呢？

——原載一九八六年十一月二十六日《聯合報》副刊

輯三

頓挫

所以，
你可以理解，
我為什麼不介意把一首歌，
記得不很清楚，不很完整。
因為語言與曲調都不是最重要的，
最重要的是生命。

最後一日

祖父過世後三年，我在他的書桌抽屜找到一本日記和兩本新舊黨證。他是民國三十九年入黨的。

過世前他每天坐在這張書桌前寫日記，彼時他已八十二歲，身軀傴僂到只有小學生的高度，卻猶然坐得端端正正。任何聲音都不能干擾他，因爲他兩耳全聾，幾乎生活在幻想的世界裡。自從大祖母小祖母相繼過世，他一直是神情恍惚，哭笑無常。

我特別把日記翻到大祖母過世那一天，整個過程卻只有兩行「當晚十一時二十分，關店就眠，當中叄仔下床摔倒，十二時別世，運去新厝安放，觀她容顏與在生無異」，也許人越老，感情的反應越遲鈍，又或者，那是另外一種心理防禦，一切以沒有反應爲反應。

沒有反應的反應，這不就是這三年來，我對祖父死去的木然狀態嗎？也只有到今天，才有勇氣去碰他的東西。這三年來，心裡未曾起過波瀾，如今看到他日記中屢屢提到我時，熱淚才噴湧出來，其中有一段這樣寫著：「借陳君腳踏車去車站送孫女芬伶，去買米糕拾貳圓給與芬伶。」記得那天回鄉返臺中，正排隊買票時，他不知從哪裡冒出來，靜靜地把米糕遞給我，然後坐到候車室的長椅上，與我遠遠相隔，卻不說一句話，一直到看我進月臺才離開。他靜靜坐著笑著，彷彿在欣賞這饒有趣味的人世，笑容裡滿是和煦喜樂，有人稱讚他是「漂亮的老人」。

這樣斯文有禮的人，誰會想到臨終前幾年性情大變，原來他是那種晨起灑掃，從街頭掃到街尾的人，後來卻會厲聲責罵鄰居，故意刁難人；原來他很愛乾淨，如今卻喜歡撿拾廢紙回來，不管好壞美醜全數貼到牆上，從客廳一路貼到廚房，又從廚房貼到臥室，又把一生得到的獎狀匾額，包括總統國父照片，全部釘到牆上而且專挑在深夜工作，家人忍受著午夜釘錘之聲，睜眼難眠卻不敢制止。有時，他在漆黑之中，緩緩來到我床前，我不敢睜眼看他，他的呼吸就像一個已然瘋狂的人。

一切的變化好像是從那次選舉開始，他從三十九年加入國民黨，熱中於政治活動，歷任過鎮代、鎮代主席、農會理事長，他是忠於時代的人，卻不知時代已經改變。

自從鎮上第一個黨外候選人出現，他每天必到選務所理論，企圖說服那個候選人捐棄歧異的思想。因爲他鍥而不捨的苦勸，那人一看到他就躲起來。有次半夜再上門去勸他，他乾脆關門不理，祖父氣憤之下，搬起一塊大石頭，把鋁門窗砸破一個大洞。事後那候選人報警，當警察來抓人時，他坐在二樓自己的房間，擺出他當年當主席的架式，指揮家人說：「叫他上來見我。」警察看他是年近八十的老人，只要他到局裡作筆錄就放他回來。

好像是從那次開始，他的神志更加紊亂，有次跑到我任教的學校來找我，頭戴呢帽，身穿藏青色西裝，猶如三、四十年代的鄉紳，脖子上卻繞了兩圈佛珠。助教通知我來時，他已經把帶來的一大包棗子，分給周圍的每一個人，那些人又一個個退還給我，祖父不知道，現在的年輕人不喜歡吃棗子了。

我捧著一袋棗子，帶他逛校園，他叨叨告訴我許多日據時代的事情。他說當年皇太子到臺灣，那時祖父是保正，他因此有幸能列隊歡迎他，眾人匍匐在地，不敢仰視。但他卻偷偷瞄到皇太子英武的容顏，影像深刻一生難忘；又說，他年輕時代初到東京時好興奮，懷著朝聖的心情徘徊在皇宮四周，彷佛生在一個繁華盛世幸福的人。又說，他一生最後悔的是，不該娶妾，造成兩個女人的痛苦，然而，故人已死，一切太遲。

他自顧說著，完全忘記我的存在。前幾年他又跟旅行團到過東京，那次他卻迷路，四處亂鑽，說的日語沒人聽得懂，眾人費了好大手腳才把他找回來。不知道他是否去找那個繁華的夢土呢？

後來才知道，那一次選舉，他又去砸黨外候選人的招牌。家人爲了逃避警方的訊問，才把祖父送出來避風頭，沒想到他卻悠哉游哉地來逛校園，吃棗子，好像全然忘記那回事。

一個忠於時代的人，卻無法適應另一個時代，他似乎離地球這個星球越來越遠了。過世前那一個除夕夜，大家做陣喝酒說笑，長久沉默的他，猛然起身站得筆直，頭仰著唱一首日本歌，我們都靜下來，父親低聲說：「那是公學校的校歌」，的確，祖父那時的神態猶如一個小學學童。

接下來，他慷慨地發表一段演講，我們笑著爲他鼓掌。記得青妹小時候最喜歡模仿祖父的臺語演講，一開始是「各位先生女士，本人周順龍向您問好，我決心爲鎭民效勞，全無個人私心……」，最後用「以上」結得簡短有力；青妹把他那剛硬憨直的腔調，學得唯妙唯肖，我們總是笑得捧肚子捶心肝。可是，此刻聽他演講，卻遙遠得好像來自另外一個星球。

過不久，他就去世了。聽說那一天早上，他好像早有預感似的，穿上自己準備好的黑衣，戴好佛珠，並叮嚀家人，死後必得火葬，供進佛堂。那一天，他飄然遠去，去到那個有櫻花有梅花的國土。

祖父的喪禮是我見過最感人的葬禮。那一天沒有樂隊的喧囂，也沒有達官貴人來到，多半是幾十年的老鄰居，有的才解下圍裙，有的匆匆趿上拖鞋，趕來燒根香。會吹口琴的小叔公，是祖父最疼愛的小弟，他臉上戴著墨鏡，穿得一身白衫，走到靈前仰頭說：「阿兄，生前你最愛聽我吹口琴，今日你我兄弟相別，我要吹一曲你愛聽的〈人生〉來送你，你要注意哦。」說完，他就賣力地吹著，身體雙腿隨著旋律起伏跳動。那琴聲是那樣悲戚又是那樣優美，在場的人無不淚流滿面，表妹還因此哭昏過去。叔公吹完口琴，頻頻問：「阿兄，你有聽到嘸？你有聽到嘸？」

因爲人生是那樣無奈與悲苦，我想，祖父不管走得多遠，一定能領會這亙古不息的弦音。

——一九九二年二月．選自九歌版《閣樓上的女子》

（本輯作品均選自《閣樓上的女子》）

南國

大老婆與小老婆

吾鄉在日據時代娶小老婆的風氣很盛。那時頂港人常笑下港人，說下港人只要有一根蔥，就想娶細姨；遇到此時，下港人馬上頂嘴說：「誰叫你們頂港查某都來下港賺呷？」

我認識的老一輩人就有許多人擁有兩個老婆，這其中以做代書的林桑最具代表性。林桑在地方上是所謂有頭有臉的鄉紳，你從他的打扮可以捉摸出幾分來，他的身上永遠是一襲筆挺的西裝，聽說都是外來貨，絕非鎮上的土師傅做得出來的，他又有一輛進口車，成天在窄小的巷弄裡兜來兜去，老遠就聽到他按喇叭的聲音。他在街坊之間的人緣不錯，這得歸功於他說不盡的笑話，和一副長年保持的好心情，因此擁有所謂「一百分的笑容」。

他的大老婆我是早見過的，瘦小個子，滿嘴銀牙，一臉苦相。早些年，她還會來跟母親哭訴，並到處討教降服男人的辦法，這幾年鮮少見她出來走動，大概是上了年紀，偃旗息鼓，而且這幾年她的美容院生意極好，孩子也很爭氣考上大學，她漸漸變得安靜，沒有怨言。

我們一直對林桑的小老婆很好奇，想像中的小老婆應該就像電視上成天搽指甲油、買鑽戒、愛撒嬌的孤狸精；要嘛就像後巷的詹醫師，他的小老婆是日本婆，一頭黃毛，細綿綿的白皮膚；再不然像木材店的二娘仔，是個濃眉大眼的布農族女人。

有一天，小妹大驚小怪地喊我，說林桑的小老婆正從我們家走過，我仔細一看，那女人長得矮矮胖胖，皮膚可不是普通的粗黑，你只要被南部的毒日曬過，風雨颳過，就會有那種金屬般的光澤。她的長相平庸，跟一般的農婦沒有區別，我的幻想於是破滅。

聽說，林桑的小老婆在庄腳養豬，種果樹，大老婆還負責教養孩子，一個治內，一個理外，於是林桑就有體面的西裝可穿，拉風的車子可開，和一副長年不變的好心情了。

舞者盈盈

蕭家在吾鄉曾有過輝煌的日子，蕭老先生做過兩任鎮長，開設的醫院遠近馳名，蕭家的女兒個個美麗，雪白的皮膚好像消毒過一樣，一律是杏眼瓜子臉，彷彿是莫底里亞尼筆下的女人，屬於秋天的古典美人。

蕭家最小的女兒叫盈盈，盈盈從小就喜歡跳舞，全身充滿舞蹈細胞，尤其是芭蕾，更與她那古典優雅的氣質相稱，很早就有人預言她是明日的舞星。這也正是盈盈從小的心願。

爲了實現這個心願，盈盈中學畢業便到臺北求師學藝，準備投考藝術學院。不幸的是找到一個才氣平庸脾氣奇粗的男老師，更不幸的是她後來愛上他，他卻不愛她。

愛情的規則很奇怪，如果你不被崇拜尊重，便會被歧視侮辱。盈盈的初戀從一開始就被墮入地獄，有人親眼看見，練舞的時候，那男舞者用腳拚命踹盈盈，狂暴地罵她「笨蛋！」而盈盈只是鄉下出身的純情女子，她不以爲是老師錯了，命運錯了，只以爲是自己錯了。

盈盈被送回家鄉時，已經發瘋，然而她並未全然喪失理智，在刹那的清醒裡，她自殺好幾次，有一次從三樓跳下來，摔斷一條腿，從此不但不能跳舞，連走路都有問題。

蕭家的沒落好像是從這時開始，蕭醫師明顯地變老，美麗的女兒一個個嫁到異國，華麗的宅院成個空殼，醫院也關閉了。只有偶爾會在夜裡傳出一些怪異的叫聲。

再一次看到盈盈，是在國小的校門口，她全身披披掛掛，看不出到底穿了幾件衣服，臉上塗著五顏六色的油彩，長髮綁成好幾束辮子，她正在舞蹈，用她那已然跛掉的腳，彷彿是原始部落的女祭司，口中還喃喃自語。在南國的豔陽下，她像是一個自焚的人，火團也似地掙扎著，滾動著。

黑豆情史

在鄉下有一種價格很賤的豆子叫「黑豆」，而黑豆之所以叫做黑豆，是因爲他有一身黑得像甘蔗皮的皮膚。其實他長得更像黑猩猩，寬而方的肩膀，垂下一雙特別長的手臂，腰很長腿很短，笑起來一張大嘴幾乎要咧到腮邊。

黑豆已經十五歲，還唸五年級，他的成績每年都該留級，尤其是算術固定是吃鴨蛋，但是老師對他法外施仁，放了好幾次水，只因爲他在球場上的表現，無人可以替代。笨重的黑豆上了球場，就好像大力水手吃了菠菜，無比神勇，他那過長的手臂投起球來，變化莫測，令人難以招架。每次比賽，黑豆總是爲學校贏得獎牌回來。

那幾年正是棒球最風行的時期。自從紅葉、巨人棒球隊拿到世界少棒冠軍，在校園裡，棒球隊員是一群新貴，他們穿著漂亮的球衣，吃營養午餐，享有一般學生沒有的特殊禮遇。而黑豆是最被看好的棒球明星，有許多人說，他即將被美和棒球隊吸收，免費直升美和中學，而美和中學剛拿下世界青棒冠軍。

黑豆雖然在學校備受側目，他每天還是傻呼呼玩著他最喜歡的布袋戲，從來不聽課。

爲了挽救他的功課，老師將他安排到全班功課最好的女班長旁邊，要她幫他補習功課。經過一學期，黑豆的成績一直沒有進步，倒是女班長的抽屜裡多了許多禮物，有的時候是一本故事書，有的時候是一些小髮夾小玩具。

女班長是個漂亮而驕傲的女生，但她不會像其他女生一樣兇巴巴地罵他「大狗熊」「大笨豬」，只是從來不正眼看他，好像他根本不存在似的。

小學畢業的前夕，黑豆進美和中學的事有了變化，當時只有一名獎助名額，卻有許多人爭取，黑豆的教練一再向校長力爭，卻拗不過另外一位老師的關說，他的兒子棒球打得比黑豆差一點，成績卻在前三名。最後，黑豆就被剔除。當這件事決定的那一天，老師紅著眼睛告訴黑豆這個消息，黑豆還是傻呼呼地笑著。

小學畢業後，黑豆進入一家鐵工廠當學徒，女班長考上省立女中。從此，就開始一段愛情的跟蹤。女班長每天通車到屏東上學，黑豆清晨從她一出門便開始跟蹤，一直到她上車為止，黃昏又一路跟蹤她回家。如此日復一日，經過好幾年，這期間，他也曾面交幾封情書，但卻被退回來。

黑豆工作的鐵工廠位在鐵道旁，他把退回的情書摺成紙飛機，往飛馳而過的火車上擲去，紙飛機有時候飛進車窗，有時候擦撞車身摔下，有時候則被車輪輾平。

有一天，下著毛毛細雨，黑豆扛著一堆鋼筋從鐵工廠出來，這時剛好是女班長常坐的那班車經過，他猛一轉身，高高擎著的鋼筋碰到電線桿上的高壓電，黑豆當場被電死，結束他短短十八年的一生。

——原載一九九〇年三月二十六日《自立早報》副刊

花前

我們靜默地跟著公公上山。沒有人問爲什麼要在大清早擠進大片的賞花人潮中。賞花原是很美的事。在《細雪》影片中，四個姊妹花般的姿顏，花般的裝扮，走在滿山滿谷的櫻花林中，美得教人歎氣。可是，對我來說，無意中發現的花總比有意的賞花更美，像那回在霧社，沿著山坡而下，看到一大片白茫茫的梅花林，心裡驚動得想大叫出來。

然而，今天我並無賞花的心情。公公前陣子檢查出肝硬化的毛病十分嚴重，自以爲不久於人世，說了許多喪氣的話。那一天，還是我回門的日子，婆婆與家人穿著華服背著公公相擁痛哭，連一向冷靜的德古也在我面前第一次掉淚，把我這剛進門的媳婦嚇壞了。大家都想讓公公快樂一些，公公也努力使自己快樂起來，這也許是促成這次賞花的原因吧！

我們走過團團簇簇的花叢，櫻花開得極爲繁盛，杜鵑更是燦爛，畢竟是春天裡的花，有一種特別豔麗放肆的美。但是，最引人注目的不是花，而是四處飛竄的肥皂泡泡。這裡到處可見賣肥皂水的小販，小孩子幾乎人手一瓶，一面跑著，一面吹泡泡。

那七彩渾圓的泡泡像煙一樣到處亂竄，跟花一樣多，也跟花一樣脆弱。它們玩著一場很絕望的追逐遊戲，沒有人可以追到彼此，也沒有人可以停止自己的追逐。它們穿過花間，穿過樹梢，很努力地使自己存活，最後卻像歎息一樣地消失。它們好像在說：「讓我死去，永不回來！」

不知道是誰的發明，要在這開滿春花的山上，吹著七彩的泡泡。最先發現這個遊戲的也許是個哲學家或詩人；或者是誰無心的遊戲，造成令人驚異的效果，於是，賞花人便一個接一個，對著春天的天空，春天的花朵，吹出幻化如夢的泡泡。

我們坐在花下休息，豔紅的花色照得人眼睛油亮起來，臉色也嬌豔許多，站在這樣淡沱的春光裡，每個人都像熱戀中的人。

公公沉吟著說：「還記得那年跟你母親到阿里山，沒想到山上那麼冷，呵！那種冷法，我們衣服穿得少，只好縮在旅社裡不敢出去。」

婆婆紅著臉說：「還不是你嘛，說了不知道多少次，就是不肯多帶衣服。」

公公又說：「唉！玩過的地方也不算少了，這一生——」

我看見幾個泡泡撞上公公的頭髮然後破滅。

在上個花季，我與公公婆婆還是陌生人，與德古還是點頭之交的朋友，但此刻，我們卻有著微妙而親密的關係。公公婆婆很努力地想拉近我們之間的距離，然而到底是樸實拘謹的人，表達上總是僵硬生澀的。人與人的關係好像樹上的花，每一朵看來彼此孤立，但由整棵樹來看，它們卻彼此依附不可分離。人的遇合，也像花的遇合，不可預知，也無法控制。

公公又說：「記得剛結婚不久，就被日本人徵去當兵，你母親又要伺候婆婆，又要帶小叔，那時家裡好窮，眞虧她——」

婆婆說：「可不是，每個晚上都是哭著睡著的。那時才不過二十歲。」

婆婆年輕時很美，長長的頭髮，白白的瓜子臉，更動人的是她堅忍的個性與細膩的心思。當她知道公公的病情，便悄悄地對子女說，丈夫死了，她也要跟著去。也就是這樣，我對她一直有著敬畏。

公公又說：「明年，帶著孫子來看花，不知有多好！」這一句像問話，也像自言自語。

一個大泡泡撞上公公的臉頰，又迅速地破滅。

「是呀！有個小孩多好。」婆婆很怕我是八十年代的新女性，排斥生孩子。德古看著我，笑得人傻了。

一個小泡泡幾乎要吻上他的嘴唇。接著，我看見更多的泡泡朝我們飛過來，我站起來拉著德古便往前跑。

我們繼續往櫻花林深處走，公公不知什麼時候也拉著婆婆的手，我們各各攜手前行，一路沉默，而花正開得熱鬧。

時隔兩年，公公的病情出醫生意料地漸漸好轉，婆婆的身體卻越來越壞。孩子出世了，我與德古忙得團團轉，沒有人想再去看一次花，也沒有人提起那個花季。我卻是在一個大雨滂沱的深夜，悠悠然想起這件往事，只覺得像夢一般不眞實。

——原載一九八九年一月二十五日《中華日報》副刊

玫瑰花嫁

他們是在民國四十一年結婚的，到明年剛好滿四十年。四十年來，我參與他們的婚姻，在她們的婚姻中成長，如今我也有了自己的婚姻，更覺得其中有一大段心事，反反覆覆，層層疊疊……

那該是四十一年的春天吧！母親穿著租來的白紗禮服，新做的髮型像伊莉莎白泰勒在「朱門怨婦」中的造型，她將嘴唇描得小小，眼睛畫得大大，以至於在照片中顯出大吃一驚的樣子——結婚照有時看起來像畢業照，明明扭捏不安，卻得莊重自持。迎娶車隊從屏東開往潮州，一向會暈車的母親，往車窗外擲完扇子，先哭了一陣，然後一路吐到父親的家，一夜未眠的她，眼淚與穢物弄髒了心愛的鑲珠手套，那手套是她走遍屏東市委託行才找到的。

結婚照中的父親，穿著粗條紋西裝，梳著七分頭油油亮亮，這一身亮麗的打扮還是難掩他憂鬱的氣質，那年他二十五歲，長得像詹姆斯狄恩，愛打網球棒球，常常泡電影院，有一本粉紅色的日記簿，上面記載他的戀史、徬徨，還有幾首短詩。他原有個女朋友，只因八字不合不能結婚，那女子是他在球場上的搭檔，長得健碩活潑，可惜這段戀史終究成爲遺憾。聽說在婚前的一夜，父親在天井裡兀自抽菸沉思一直到天亮。照片上的他，眼眶下陷，比母親還小的嘴唇似乎微微顫抖著。

婚姻的開始通常是甜蜜，哪怕是陌生的男女，婚姻將我們回歸男人與女人的一對一關係——剛結婚的父母親不知如何稱呼彼此，婚前總共才見過幾次面，說的話不到二十句。母親說到這裡抿著嘴說：「我總喊他『喂』，要不然就挨近他身旁，直接把話說了。」婚後好幾年，父親才喊母親「林妹」，那是她的日本名字，意思是「認命」；母親則喊「欸」，那是發語詞，也像驚歎號，就暫充名字。

我總愛問：「難道就沒有比較浪漫或者有點甜蜜的事嗎？」母親又抿著嘴說：「就那麼一次，我說天涼了，沒有大衣穿，其實我也並非那麼需要一件大衣，不過有件事可以共同說說也是好的，看他爲我做事，心裡總是歡喜，你爸爸聽了我的話默不作聲，面上一陣烏一陣暗，過了不久，他把大衣給帶回來了，後來才知道那件大衣足足花去他一年的薪水，他那個人哪，很深意。」

婚後一年，大姊降生，剛做爸爸的父親，對小嬰兒充滿新奇細膩的感情，他在日記上寫著「趴在床上看著小小的嬰兒，不相信那是我的孩子，就爲這不相信，發呆很久。」父親的日記大約在大姊滿周歲時中斷，因爲過不久我就降生了。

那時家中人口浩繁，吃飯得敲鐘分配食物，四〇年代的臺灣，人人得了飢餓症，飯量奇大，配給的米又粗又黃，很快就米缸見底，嬰兒喝米漿，大多數的人吃番薯籤。父親每天騎一個多小時的石子路，到鄉下教小學，很快地被石頭顛出胃潰瘍，生活的壓力讓人無氣可出，父親越來越沉默，母親越來越嘮叨，他們都來自破碎的家庭，不知道什麼叫愛，他們正要開始學習。

婚姻的開始其實是充滿險境的，年輕是致命傷，性別差異是致命傷，不認命更是致命傷——有好幾次，母親半路攔下父親的腳踏車不讓他出門，父親推開她，還是走了，這一走，非到夜深人靜不可，他總是躲到電影院裡，連看好幾場電影，也許是電影看太多，給大姊取的名字有點洋味，只因迷上艾娃嘉娜，大姊的名字也有個「娜」。

從我有知開始，母親就常跟父親賭氣離家出走，「出走」這件事在那時的女人心中，大約帶著轟轟烈烈的性質，她不見了、她自由了、她恐慌、她想念、著急、擔心，於是她又回來了，這種短期的抗議帶著一點毀滅性也帶著一點甜蜜，一直到她發現這行徑無濟於事，才不再興起逃家的念頭。

對於這種抗議，父親通常沒有反應，應該說不知如何反應，他自己的母親曾經爲了抗議離家二十年之久，他習慣了。因此母親只有無趣地自動回來。記得有一次在街口玩，看到好幾天不見的母親突然出現，手裡拎個包袱，她牽著大姊跟我，各給我們一個牛博士泡泡糖，我那時還覺得挺高興的，離家出走後總會得到額外的禮物，一個牛博士泡泡糖要五毛錢哪！

如果在婚姻中，女人要在男人身上尋找浪漫熱情，男人要在女人身上尋找溫柔體貼，那注定是要失望的，我們常看到的是，女人結婚越久越強悍，男人越來越古板無趣——生了五個孩子之後的母親，也許覺悟到這點，因此變得強大起來，她不再離家出走，轉而要重整這個家。那時的臺灣也開始變了，人們一面喝美援的牛乳，穿外國救濟的衣服，一面蓋工廠、開商店，一時之間，家庭中冒出許多時髦的東西，席夢思床、咖啡粉、假睫毛、冰淇淋、牛油麵包……

也許母親聞到這股新鮮的氣息，她把家裡的廂房改成商店，把豬舍夷爲平地，柴房擴建爲小朋友的房間，於是，一家規模不小的藥局開張了，她變成鎮內最年輕的藥房經理兼藥劑師，頗通藥理的母親開拓另一條財源，使我們在五〇年代就擁有第一架電話、第一架電冰箱、第一架電視機，還有許多奢侈的進口衣飾。

在經濟上，父親漸漸變成次要的角色，但他也不能不承認母親的魄力與才幹。從那時起，他常帶著釣竿失蹤一兩天，不過，從海邊回來，他總邊打瞌睡邊看店，有時還幫忙進貨，打掃環境，據母親說這是她感覺一生中最如意的一段時間。

妻子在經濟上精神上獲得獨立，不但不會威脅丈夫，反而更容易得到平等的愛——卸除傳統家庭壓力的父親，在生活上更爲悠哉，釣魚、種花、養狗、打球、練字；而母親變得更爲開朗、自信、更懂得如何妝扮自己，她的店裡總是高朋滿座，時而日語時而國語時而臺語，甚至是客家話山地話，她都能朗朗上口，上至鎮長校長，下至賣豆花收破銅爛鐵的，都是她的好朋友，有人說她更像民眾服務站的站長。

三、四十歲是婚姻的疲憊期，男人覺得壯志已消卻不服氣，女人覺得青春不再卻不甘寂寞——當我知道有人暗戀著父親，緊張得常作噩夢，那個女人不漂亮卻很年輕很清純，她常帶我們出去玩，教我們唱歌，在父親面前卻含羞不語。那時年紀尚小的我，抓住一些事實的尾巴加上許多幻想，事情就變得具體眞確。每當看到那個女人，我心裡既感激又痛恨，感激她了解父親不爲人知的好處，痛恨她故意討好我們。也許這一切都是幻想，但是千萬不要小看一個十歲的女孩，她已足夠監視父母。

至於母親，幼稚的我，認爲她好像胖了一些，在我追求百分之百的純美標準，她應該不具危險性。後來我才知道事實並非如此，然而那已是時移事往了！比較罪惡的是，那時常作母親亡故或病危的夢，醒來之後哭泣不已驚悸不已，以至於那幾年的心境猶如在墳地裡，啊，對母親的愛居然是這樣強烈且悽愴！

據我的監視，父母親應該沒有背叛過彼此，一方面是他們的道德觀念太強；一方面是他們的感情越來越好。每當父親因公出差時，總是帶著一兩個小孩，每到一個旅社，第一件事便是打電話給母親，同行的人都笑他帶小孩很是不方便，從那些旅遊裡，我知道一些已婚男人的婚外遊戲。常常我們正要入睡時，同行的人來問父親要不要參加「特別節目」，父親總說：「不行，有小孩在呢！」年幼的我依稀體會特別節目不是什麼好事，夜裡醒來幾度找尋，父親總是在房裡。一直到讀大學，孩子們還是喜歡到旅館去突襲他。後來出國旅遊機會漸多，他每到一處便給家人發一張明信片，張張都是工整的鋼筆字，他都是這樣度過異地的漫漫長夜嗎？

然而，我總想在父母親之間找出一些浪漫美麗的愛情事蹟，結果常令人失望，他們跟一般的柴米夫妻並無兩樣，閑時靜靜相對，怒時互打冷戰，他們甚至從來不過結婚紀念日，也很少相偕外出。只是備受母親呵護的父親，體態容貌比一般人來得年輕，除此之外，毫無蛛絲馬跡。只有一次，當祖父闔目去世那時際，全家人慌亂悲泣，父親卻避而他去，只見母親鎮靜地替祖父梳洗換衣，額上的汗水一顆顆掉落下地，等到一切就緒，才見父親出現，臉上的皺紋加深許多。第一次我對他感到失望，母親卻淡淡地說：「他心腸太軟，怕見死亡，縱使是父親，也不敢面對。我可以替他，我不怕！」這時我才能稍微了解，夫妻之間的包容可以到什麼程度。

轉眼四十年就過去了，他們兩人在面貌、身材、脾氣、地位的競賽漸漸拉成平手。母親年輕時豐滿豔麗，父親清癯斯文，中年時母親七十公斤父親六十公斤，老年時兩個體重居然一樣，都是六十九公斤，面貌一般慈祥，脾氣一般平和，地位互相制衡，這歷程可得花上四十年。

當我第一次帶德古到家裡時，德古與父親都是木訥的人，兩個人卻相談甚歡，母親在一旁耳語：「你不覺得他有點像你爸爸？」看著那兩個越看越像的男人，我彷彿穿透三生三世的時空，不由得一陣悲一陣喜，原來所謂的姻緣竟是這樣子的！

我原有過獨身的打算，也曾發過兩個誓：第一不當老師；第二不嫁讀中文系的本省男人，因爲他們最有大男人的嫌疑。沒想到拖到三十來歲還是攻進圍牆，而圍牆裡的那個男人，居然既是中文系的又是本省籍的。最可笑的是，我也輾轉曲折地執起教鞭，造化戲人，這些事給我最大的教訓是：最好少發誓。

結婚那一天，母親拿出她當年出嫁戴的手套，我套上它，它潔白如新，乳白色的小珠珠，好像是淚水凝結成的，我彷彿看到母親離家時哭泣的臉容。我問母親：「您認爲爸爸是個怎樣的人？」她想了一下說：「他是一個很聰明很有修養的人。」這不太像是妻子的評語，比較像是老師的評語，我又問：「那您覺得德古是個怎樣的人？」她說：「太瘦了！不過是個好人，你放心去嫁吧！」

母親爲我套上手套，婆婆卻送我一大束玫瑰，在婚禮進行中，我比任何一刻迷惘——也許婚姻只是這樣，明明知道玫瑰有刺，卻要去捧它，最好得戴上手套才行。

隱約之歌

近來，心間常飄過一段旋律，待要抓住它，卻是無法回憶，這種朦朦朧朧的感覺倒也很美，好像圖畫裡的留白，言有盡而意無窮。

很久了，一直是這樣，把一段旋律和另一首歌的歌詞錯置一起；或者把兩首不同的歌詞硬湊成一首；或者，只剩下旋律，歌詞一片空白。我曾經是愛歌而且會歌的人啊！如今沒有一首歌可以唱得完整，最完整的一首大概是催眠曲，只因每天都要對兒子重複唱好幾遍。想當初在演唱會面對著千百聽眾唱歌，現在只剩下一個聽眾，歌聲中總不免帶點淒涼的況味，把催眠曲唱得那樣哀婉，那樣專心，想來不覺好笑。

因此，可以想像我老的景況是如何了，恐怕還是喜歡聽歌，只是會一任錄音帶流轉，並不介意它唱些什麼，也不真正在聽，要的只是讓音符充滿，銜接一些散落的回憶，把我帶回願意停駐的年代裡。當然，歌詞還是一片空白。

這種景況，有點像小時候，好奇地趴在電唱機旁，看著唱片旋轉，不知道在唱些什麼，卻往往聽得入神，那裡面往往有很輝煌的想像，那時，常跟祖母去看歌仔戲，短腿懸在半空中，看著裝扮豔麗的生旦對唱，他們似乎把我對人生的遠景，種種的癡情與幻化，一一唱出，祖母流淚了，我也跟著流淚，雖然，我不確定他們在唱什麼。爲此，常自嘲有一副敏感卻早衰的耳朵。

我之愛歌，大概是跟愛人有關。器樂是天籟，聲樂是人籟，器樂能夠發出人聲不能達到的境地，但那畢竟是機器的聲音，而歌聲卻美在它的有限——它從人的心肺，柔柔長長地牽引出來，那是有血有肉，活生生的聲音，我是不能不私心偏愛它的。

美妙的歌曲通常以歎息做爲結束，那正是夢境的開始，而非夢境的結束。一首歌最吸引人是在將熟未熟之時，這時百聽不厭，總是迫不及待地學曲調背歌詞，但是，歌曲容易被歌詞拘限，往往歌詞唱熟，那首歌也就失去魅力。於是只好不斷找尋新的冒險，新的旋律。一個愛歌者通常也是個探險家，他永遠不會滿足於已經征服的歌曲。

我之愛歌，大概也跟往事有關。小時候喜歡聽小祖母唱歌，她酒樓出身，卻是賢慧的女人，她有好歌喉也有好相貌，到底是愛她的人，還是愛她的歌，我也弄不清楚。

她也是懂得歌的人，每當聽完一首歌，她便鄭重地下評語：「你聽，尾音不清楚，聲量不足嘛！」或者說：「嗯，你聽，字詞抓得多準。」因爲她，我很早就曉得注意歌者的音量與咬字。

我常想像她在酒樓裡，托著月琴唱歌的情景，聽說她年輕時長得像胡蝶，圓圓臉有深長的酒窩。家人似乎從來不提這段往事，她也從來不說，一直到她死後，才有人說出她的身世，我乍然知道，有種往事皆非的感覺，她怎麼可以不怨不悔不泣不訴？而仍然幽幽地吟著歌調，讓往事成風。祖父一定是愛上她的歌，才愛上她的人，這樣想著，更覺得無比悽豔。

那時，姊妹們也都喜歡唱歌，我們常圍繞著鋼琴，四妹彈琴，二、三人合唱。我們最常唱的一首是〈遺忘〉，滿心陶醉地互望互笑，啊！多年之後，那首〈遺忘〉的歌詞多半被我遺忘了，合唱的人也分散在天涯海角，而那些長髮飄散，漫拾野花輕歌過田野的日子，卻怎麼也忘不了。

我之愛歌，大概也跟不善說話有關。從小，大人便說我悶得像個皮球。我這個性遺傳自父親，他每到當眾發言之時，總是先脹紅了臉，老半天才吐出一個不完整的句子，每當看他憋話憋得坐立不安，我總是很想哭。

語言於我，便是這樣漸漸失去意義，起先是它背叛我，現在是我背叛它。也許是補償心理，我特別喜歡聽別人說話或唱歌，對於歌曲經常有著飢渴，無論是技巧嚴謹的歌劇，還是天晃地動的搖滾樂，或者是吟吟哦哦的小調，甚至是只有曲調、沒有歌詞的無言之歌，我都愛之若狂。

其實，我的生活常常是很枯寂的，生命的色調也很黯淡，每當心情低落時，我就對自己說：「來一首歌吧！」說這句話大約有俠客「來一壺酒吧！」那樣的豪氣，於是，就調出一段歌曲，或是高吟，或是低哦，它能改變生命的情調，甚至令人感到幸福。

所以，你可以理解，我爲什麼不介意把一首歌，記得不很清楚，不很完整。因爲語言與曲調都不是最重要的，最重要的是生命。

讓我再聽下去，那些陌生模糊的歌曲，像夢囈般地吐露飄逝的夢——有一些事物我不想再傾吐，有一些願望從不死去；有一些愛戀使心靈變得脆弱。而那深刻絕望的歌，比什麼都美麗。

——原載一九九〇年三月二十九日《中華日報》副刊

鷥　生

三疊

織錦地毯

夜訪的朋友剛從國外回來，帶來許多美麗的地毯。她把地毯一張張攤在椅背或地上，一下子把我的陋室變成波斯王宮。每張地毯都有一個故事。對於習慣席地而坐的民族，地毯有實用的價值，更有精神的意義。

她指著最漂亮的一張織錦地毯，告訴我它起碼有一百年的歷史，曾經屬於一個小島上的女人，在那裡每個女人從小便爲自己編織一張織錦地毯，通常它是鮮紅色，圖案特別瑰麗，質地特別柔細，華麗的鑲邊垂有小穗子。結婚那天，她把地毯鋪在地上，與新郎同坐其上行禮，對飲，結成夫妻。

這張地毯跟著她一輩子。臨盆之際，她躺在上面輾轉掙扎；成長中的孩子在上面翻滾嬉戲；當死亡來臨，它裹著自己的身體直到地下。

一張地毯便是一生。我想著那地毯上的女子，她的容顏如何由嬌嫩轉成枯槁，她的夢想如何由遼闊無際，縮小至六尺長的天地，她黑色的呻吟，紅色的歡愛，銀色的眼淚，金色的祈禱，似乎都織進那張地毯中，永不褪色。

此刻，癱軟在椅子上的地毯，在昏黃的燈光下，依然閃動著明豔的色澤，猶如一個垂死的美人，那樣的悲涼。

我不禁發出歎息。生命如此簡單與集中，未嘗不是一件美好的事！也許一個人自認爲經歷許多風霜，看過許多繁華，卻仍然找不到生命的焦距。

那個小島上的女人，至少已對準焦距，並攝下人生的美麗圖像，就因爲它是唯一，乃顯得深刻。

只是，不知熄燈之後，這張地毯是否會像魔毯一樣凌空飛起呢？

第二生命

「音樂是我的第二生命。」

講臺上的女孩用這句話作爲演講的開頭。臺下隱隱約約傳出笑聲，這句話對於年輕的他們來說太嚴重了。

可是，那個女孩很認眞且緩慢地說出熱愛音樂的心路歷程，她從小時候學鋼琴，中學吹法國號，大學卻迷上搖滾樂談起，到如何沒有一天可以缺少它，以及如何在音樂會中忘情地吶喊舞蹈。羞澀的笑容與明亮的眼眸相互暉映著，一個純樸且天眞的女孩啊！

面對這個不到二十歲的女孩，我卻有一絲慚愧。這輩子愛過的東西恰似千帆過盡，在這方面，我是個不忠實的情人，「存而不有」一向是我的哲學。我也曾發誓要練好鋼琴，也曾立志要當舞者，又想成爲現代的南丁格爾，當然，我更熱愛文學，但是，我從不以爲文學是我的第二生命。

其實，我連第一生命都曾厭棄過。一個拿過刀子想自殺的人，怎麼會去想什麼是第二生命呢？

然而，人不僅是需要第一生命，也應該創造第二生命，甚至第三第四生命。

在校園裡，常接觸到一些活得不耐煩的大學生，他們告訴我如何自殺卻不成功，以及生命多麼無意義的心事，從他們身上，我看到年輕的自己，每一次都令我想痛哭一場。

也是從他們身上才更確定第一生命的確沒什麼意義，也沒什麼價值，有價值的是第二生命。如何讓第二生命超越第一生命，這是一場有限與無限、虛無與存有的戰爭。

「所以，音樂是我的第二生命。」

那女孩又用這句話作為演講的結束。這時，臺下響起如爆炸般的掌聲。

怕

從小，我就是個膽小的孩子。

怕生，在人前說不出話來；怕黑，停電的時候，第一個尖叫的一定是我。然後是怕鬼，怕老師，怕死。小學二年級，遠足到山地門，眾人皆蹦蹦跳跳過吊橋，只有我趴在吊橋上發抖。班上的同學幾乎都愛打躲避球，只有我看到球就蹲下來抱頭哭。

長大之後，怕考不好，怕交男朋友、怕分離、怕失敗……怕的事情越來越多，也越來越複雜。

媽媽常說：「『生子』就是『生驚』」，一個母親注定要在驚怕中度日，因為她學會了愛，且因愛而軟弱。

何止是生子，生命本來就是一場驚。差異的是，有人在驚悸之中，逆著風雪前進，有人卻因此躑躅不前。

我曾看過一個身經百戰的沙場老將，只為過馬路，卻嚇得面孔扭曲，他那驚懼的神色深深烙進我腦海；我也曾看過一個怯懦的女孩，在臨終之前，臉上卻有著勇士赴死的從容安詳。

怕。

眾人皆有懼。因此，應該原諒一個人的詆毀、恐嚇、攻擊，因爲，他也許只是因爲懼

眾人皆無驚。因爲，我們皆有母親有信仰有智慧，她會撫平我們的心悸，帶我們到一個無憂無懼的境地。

一扇永不關閉的門

趙滋蕃老師的家總是鬧哄哄的，學生一到那裡，都變得惡形惡狀，百無禁忌，有開冰箱的，有烹茶的，有搜刮零食的，有寫作業的，有敲鍋煮菜的，在七嘴八舌中，誰也聽不清楚誰的話，卻沒有一個人肯閉嘴，大家的年齡都縮水了，倒退到聒噪貪吃的「口腔期」。

老師一貫是笑嘻嘻的，很少說話，笑開醬紫色的南瓜臉，漾起一百分的笑容，抹一把他那貝多芬式的亂髮，說這房子快變成「青年活動中心」了。這還算是客氣的，這間毫無裝飾的宿舍，做過學生包水餃吃湯圓的會場，也做過逃家者的避難所，還做過老學生的新房，大紅的囍字四處張貼，經歷數年，他也不去撕它。他自號「苦瓜和尚」，門上卻貼個大囍字，被人笑破嘴，他並不在乎。

只有在大家酒足飯飽時，他才保有一絲爲師的尊嚴，這時，大家安靜下來，聽他用「偉大的國語」，談「咖啡館哲學」，他那因不容易聽懂才偉大的國語，時有智慧的火花迸出，聽不懂的可以打瞌睡，聽得懂的，眼睛亮得像星星。

他說一個國家的文化水準，表現在兩件事情上面，一是保護智慧財產權，一是有三扇不關閉的門，第一扇是牧師的門，第二扇是醫師的門，第三扇是老師的門。所以，不管大度山的風如何瘋狂，趙老師的門總是日夜開放，就算出門，也讓學生自由進出，當然，他的藏書也是我們的圖書館。

我曾經是那麼頑劣無知，他卻慷慨地為我打開一扇門——剛上他的課時，我老是翹課，因為實在聽不懂他那鄉音濃重的話語，以為他不知道，他卻跟學姊說：「教那個有藝術氣質的孩兒來上課。」

他上課有個特色——通宵達旦，出口不能自休。上他的課得自備餐飲，從午餐上到晚餐，從晚餐上到消夜，還得爬牆回宿舍。有人帶情人、太太來上課，有人帶咖啡餅乾，以備長期抗戰。如果有人提醒他：「老師，現在已經凌晨一點了。」他總是說：「沒關係，我還撐得住。」大家都撐不住紛紛趴在桌上掛免戰牌，他還是精神奕奕地講下去。

我在讀研究所時，犯了個大錯，違反不許兼差的規定，偷偷在報社上班，後來良心不安，自動向所長告解，沒想到他勃然大怒，要我立刻辦理休學。所長的作風一向嚴苛，同學因此也嚇得不敢跟我多說話，還有人在一旁煽火，落井下石。這時趙老師說：「來，我替你寫一張證明。」結果寫下一張很童話式的證明書：「此人沒有問題，沒有曠課，請原諒她。」

後來辭去工作，變成用功的學生，才發現他是個憤世嫉俗的政論家，野心勃勃的批評家，雍容大度的美學家，熱愛生命的小說家，是成功的老師，卻是失敗的丈夫和父親。他自稱是「生命學派」，堅信「文學最深度的表現是頑強的生命力」；「文學最大的關注是人的生命，最原始的素材是活生生的人。」因此，他的生命形態是波瀾壯闊大氣如虹的，他創作文學，也創作生命，一生在矛盾中求統一，在不可能中求可能，他老說自己是「最不規則的不規則動詞」。

因此，他特別要求我們要「勇敢」、「頑強」。他說中文系的學生只敢說「你要」，不敢說「我敢」，一個民族太強調「溫柔敦厚」，而缺乏「飛揚跋扈」的銳氣，會漸漸喪失生命力，所以，他提倡「老鷹」的精神，敢於飛翔敢於征服敢於蔑視。

看來，他對學生有點縱容。其實適度的縱容，對學習文學的人是有幫助的，只有在寬闊、自由的環境裡，才能激發潛能，容許想像力的飛揚。他常能一眼看出學生的稟賦，原來拘謹保守的人變成活力充沛的批評家，原來桀驁不馴的人，變成機智靈活的記者，對於愛好創作的人，他能令他們野心勃勃，信心十足。

有的時候，他相當嚴格。他教導我寫文章，首先要將一切歸零，忘記所有看過的文章，寫過的字句，不要借別人的光照亮自己。第一要先從標點符號學起，因爲那是文章中的文章，也是文章的表情之一。他說好文章是「有話要說」，壞文章「只是想說話而已」；他又堅信「吃什麼就變成什麼」，因此不准看不夠好的作品，說看一流的作品不一定變成一流，但看三流的作品一定變成三流。就這樣，我書架上的流行書刊全被丟進垃圾桶裡。

很少見過像他那樣純粹的人，做什麼事都全神貫注，愛憎也是百分之百，絕無商量餘地。他的原則是「一個時間一個地點只做一樣事」，因此連發脾氣，也是十足火力，瞬間爆炸，就算追打一隻蟑螂，也是一副氣壯山河的氣概，很少人能忍受他的壞脾氣和大嗓門。他愛小孩愛看卡通，認爲「天眞冠冕一切德行」。所有虛強聲勢巧言令色的人，他一律歸爲「壞人」，看到壞人絕無好臉色，常當面破口大罵，令人下不了臺，可知他的敵人遠比朋友多。他最常說的一句話是：「看他能拿我如何？」

只有對學生，他總是無止境地包容，不管是多麼淺薄的意見，他一定耐心聽完，然後笑容可掬地說：「孩兒，不是這樣子的。」做錯事情，學生難過得要命，他卻說：「犯錯也需要勇氣。」

奉行「簡單的生活，深刻的思想」的趙老師，結果經濟一場糊塗。朋友有難，他二話不說，當場抽出腰帶，那條皮帶是當年逃難用的，裡面有個密縫，可以藏不少鈔票，他常從裡面拿錢濟助朋友。聽說在亞洲出版社當編輯時，收入頗豐，他自己只拿出一小部分，其餘的放在抽屜裡，任難友來拿。

他一直到死時，家人還一直住在租來的破舊公寓，看黑白電視，存摺裡只剩下一萬餘元，躺在病床，朋友學生不斷來看他，枕頭被單下塞了好多錢，可惜他已不省人事，我想，他也不在乎。

他原是學數學的，意外的進入文學圈，對數字有著高度的敏感性。他說一個作家的創作生命平均只有二十一年，不知他從哪裡得來的數據？他又算出天才與作家的壽命指數，大約跟七的倍數有關，常常是四十九、五十六或六十三，他因此下結論，他無法逃過六十三歲的大關，他果然死在六十三歲。又算出毛澤東的死期、軍事強國武力的比例，皆十分詭異，卻常常命中。他隨身攜帶小小的計算機，不時按來按去，口中喃喃自語，忽而莞爾一笑，忽而青筋暴露，最後的結局常是計算機被摔得解體。

人們常說他是一流的頭腦，二流的修養，三流的身體。血壓之高一直保持世界紀錄，這大概也跟他的壞脾氣有關，偏偏肉一定得吃肥的，酒要喝白的，就這樣，病一發作，便全身癱瘓。就算躺在病床，他的脾氣還是大得很，身體已經不能動彈，眼珠瞪得直要跳出來，遇到治療的折騰，他還一副要跟誰理論的樣子，可是，手是不能動了，嘴巴也插滿管子，在加護病房，醫院老掛紅單子，他卻撐了三個月才走。那時，正是春天的中午，四周無人，他靜悄悄地走了。

病發前，他的視力變壞，幾成瞎子，他卻說：「因為我看不見，我看到的世界好美好美。」他又要人一定要轉告我：「一定不要放棄寫作。」我的個性一向消極，膽子又極小，能夠寫到現在，這句話一直給我莫大的力量。

因此，雖然他去世已有四年多，總覺得他未曾離開過，有些人用生命寫詩，也將這首生命的詩注入別人的生命裡，這個有著深刻靈魂頑強生命的人，全心全力地走完他的一生。也許偉大的不一定是完美的，神祕的不一定是神聖的；也許歷史上將不會有他的名字，可是，他那誠摯的聲音卻深入人心。而他那扇永遠爲學生開著的門，一直不曾關閉，因爲那裡面有勇氣有希望有理想，令人一旦窺見，就無法忘懷。我這一生，曾有那麼一扇門爲我張開，終於敢肯定生命的價值，眞理的力量。不管門外的風雨如何強勁，門內的人已得到安全。

——原載一九九○年九月五日《中華日報》副刊

廣播年代

一直喜歡廣播甚於電視，這點可以證明我是耽於懷舊的人。

聽廣播與看電視是兩種心情，異樣感受——聽廣播如同面對老友，適合一個人泡杯茶，在靜夜裡細聽傾訴；看電視如結識新歡，只宜大庭廣眾同樂樂。電視像報紙，浮光掠影，可以漫不經心，一掃而過；廣播像雜誌，五光十色，可以淺嘗，亦可以慢嚥。

我得承認我是歷史悠久的廣播族。打從兒童時期，聽廣播一直是重要的生活插曲，那時，電視還不普遍，家裡有一部電唱機，四方箱子四隻腳，上面的音箱都已發黃，蓋子掀起來可以聽唱片，下面是收音機，調起頻率來會發出爆炸的聲響。那一個神祕的箱子曾給我們帶來許多歡樂，現在想起來，好像在描述一件古董。

在鄉下，鄰里間雞犬相聞，廣播的聲音可以左右逢源，像我們鄰居，每到下午必聽「阿西俱樂部」，類似現在的脫口秀，他們那邊笑聲震耳，我們這邊也笑得牙齒直打顫，眞是一家烤肉三家香。有時祖母從天井經過，抓住一個片段，也不禁止步莞爾一笑，那畫面回想起來很溫馨也很古典，像鄉愁一樣。我常在午睡時，聽鄰家的廣播睡去，醒來已是另一個節目，而彼時，暮色四合，炊煙正起，眞有黃粱一夢的感覺。

祖母的最愛是歌仔戲或黃梅調，她是凌波迷，喜歡躺在床上聽廣播，一面搧著印有美人的紙扇。我躺在旁邊一面背賣藥的廣告，什麼「黑狗丸」、「八寶粉」、「老人咕咕嗽，小兒嚶嚶嚎」，一面研究她臉上的表情。老人好像已不善於表情，哭的時候像笑，笑的時候又像哭，大部分的時候是面無表情，令人懷疑她是否還在聽，偶爾牽動一下嘴角，或跳動一下眼皮，或停止搖扇，我知道劇情正到精彩處。

大姊和我最喜歡聽羅蘭的「安全島」。我們同睡一張床，同看一本書，當然也同聽一個節目。那總是在睡前，她那溫婉卻略帶沙啞的聲音響起，我們便枕著頭發起呆來，有的時候是一句溫暖的話語，有的時候是一段令人安靜且安全的音樂，爲我們結束茫然的一天，也陪我們度過寂寞的十七歲。

經過十幾年後，見到羅蘭，聽到她的原音重現，那眞是既遙遠又親切，激動得如同見了故人，竟羞澀得忘了如何寒暄。

那也正是廣播劇的興盛期，像「薇薇的週記」、「藍與黑」、「白賊七仔」，聲音表情十足，特殊的音效也很豐富，開門聲，上樓聲，槍聲，雨聲，一點也不馬虎。像有一次聽到男主角被槍擊，像鞭砲般的槍聲響起，接著是身體落地聲，呻吟聲，最後居然還有斷氣時的振動聲，眞是恐怖！這時女主角歇斯底里地大叫：「啊！你就這樣離我而去了嗎？」

前不久，電視短劇取笑廣播劇的誇張與手忙腳亂，令人發噱。正因爲那時演廣播劇的人是很嚴肅的，才會顯得那麼荒謬，有點像卓別林一樣。

我常趴在收音機前學歌。有一回聽完歌唱節目，剛學唱一首「女兒圈」，接著無意中聽到初中放榜名單，那裡面有我的名字，不禁在唱機前歡呼。所以那首「女兒圈」的歌詞，一直記到現在，其他的歌詞倒是記不起了。

不聽廣播的時候，唱機可也不准閒著，唱片成天轉個不停，老大聽西洋歌曲，老二聽古典音樂，老三聽藝術歌曲，大家得排班一個一個來。圓圓的唱片圓圓的夢，小小的唱針小小的心願，旋轉出音符旋轉出流年，搭配著豔麗的唱片顏色，潑辣的橙紅，青澀的蘋果綠，沉悶的緋紅，正是五、六〇年代的情調——有點頹廢有點浪漫。

好像不過是幾年間，錄音帶席捲音樂市場，接著是雷射唱盤，唱片倒成了古董，一大疊一大疊堆在角落。老家蓋新厝時，不得不把幾十張老唱片清理掉，那裡面有我最喜歡的電影主題曲，各年度十大排行榜西洋歌曲，看它們塑膠封套破裂，滿布灰塵，看它們被埋葬在垃圾堆裡，好像在告別一個古老的年代，很悲壯的。

後來，進傳播公司做事，曾參與製作廣播節目，那是一個由歌星主持的歌唱節目，我負責替她選歌、撰搞，也整理一些聽眾的來信。第一次進錄音間有點失望，這麼簡陋的設備就能製作出那麼精彩的節目？甚至勾勒出許多人的夢想？扣住許多人的心弦？就只是一間白白的密不通風的小房間？

才知道聽廣播的人大多是單純而且寂寞的，因爲單純所以可能是沒有其他娛樂；因爲寂寞才會相信甚至迷信廣播。他們之中有很多是工人或中學生，大多是一邊工作一邊聽廣播，日復一日，從國歌到「三至六立體世界」，就是他們的一天與世界。

廣播節目散播一些溫情與忠誠，令你有種患難與共的感覺，這是電視所不能取代的。當你正在午夜夢迴，耳際響起「你寂寞嗎？需要朋友嗎？」「愛是什麼？愛就是給他一個微笑」，這些呼喚，令人很難再武裝自己。

而大多數的主持人其實是苦哈哈而且報酬十分菲薄，他卻必須負擔聽眾的苦樂，這有點殘忍。我曾參觀一些私人的錄音間，裡面堆滿藥品與電器，其中伸出一枝長長的麥克風。主持人一邊作節目一邊作生意，他同時還得回成千上萬的聽眾來信，不時要來一段笑話。所以我現在聽廣播，總是特別有耐心特別體諒，一個粗心的電臺主持人總比細心的政客好，我總相信這點。

想起那段聽廣播的日子，好像在回憶一首老歌，不敢相信時光是這麼快速的流逝，世事是這麼快速地變換，而歌依然美好依然纏綿，現在事務煩雜，少有聽廣播的閒情，偶爾在計程車上聽一段廣播，也常是斷章取義。

不過，廣播節目似乎很善待我們這些跟不上時代的人，它能保存一些老掉牙的傳統技藝，像講古、相聲、國樂總不會受冷落，做了一、二十年的節目依然青山常在，吳樂天、白銀阿姨、羅蘭，一切跟孩提時沒有兩樣，在收音機前能留住記憶留住歲月，這令人十分感激。

廣播節目當然更貼近愛好追求流行的人，流行歌流行話，新人新搭配，一日無數回，硬要灌進你的腦袋裡。現在的主持人多半年輕，沒三句就哈哈哈，一副樂天派，令人聽了也年輕起來。有一回搭公車，收音機正播放廖峻跟澎澎的脫口秀，結果全公車的人笑成一團；還有一回，居然聽到某大法師講經，聲音的世界眞是無限寬廣啊！

現在收錄音機的體積縮小，人們的耐心似乎也減少了，垃圾筒裡常看到廢棄的隨身聽，也許它們還會說話還會唱歌呢！

小妹是個廣播迷，她迷歌星也迷主持人，更擅長修理收音機，不過也弄壞好幾部。她曾把一架弄壞的唱機拆開來，那以前被認爲是月宮寶盒的收音機，竟只是一些電線和一塊磁鐵的組合，聽說那塊磁鐵即是廣播器，所有的聲音都發自那裡。它的樣子像一座倒扣的皇冠，看起來灰灰黯黯、冷冷冰冰的。小妹用那塊磁鐵吸迴紋針和髮夾，它的吸力特大，你得很用力地把它們「拔」下來。

每回看到那塊磁鐵，總有一種空虛的感覺，不知爲什麼。

——原載一九九一年二月十二日《中央日報》副刊

閣樓上的女子

跟她眞正認識，是在她的婚禮上。

那次婚禮很特別，就在東海大學的陽光草坪上，不過是簡單輕鬆的露天茶會，沒有請帖，也沒有主婚人，趙滋蕃老師暫充介紹人。聽說這個婚姻並沒有得到父母的同意。她的父母希望她嫁得更風光更體面，而她選擇的是，一個英俊卻一無所有的男人。

她的家人都沒有出席，朋友都算是她的家屬，爲她化妝，爲她奔走，學弟妹還組一個合唱團爲她頌詩唱歌，趙老師慷慨地讓出宿舍，充當臨時新房，這個充滿反叛精神的婚禮，令大家興奮莫名，她的臉上卻鮮少笑容。

從外表上看不出她的叛逆性格，清湯掛麵的長髮，圓圓可愛的蘋果臉，看起來只有十七、八歲，一副稚嫩無辜的樣子。那一年，她二十五歲，研究所還沒唸畢業。她的婚紗是用獎學金縫製的，便宜的布料，自己設計的款式，簡單脫俗。鞋子是地攤買來的廉價品，身上沒有一件首飾，她甚至沒有披頭紗，頭上只套了一圈玫瑰花圈。趙老師致詞時，她似乎哭了，分不清是喜悅的淚水還是悲傷的淚水？

她的自我介紹通常是這樣的：「我姓郎，不是狼來了的狼，是郎君的郎。」她的手腕上有幾道十字形的刀痕，當我注意它時，她若無其事的說：「用刀割的，每當戀愛時我總想死。」那一天，我在日記上寫著：「在一張天使般的臉孔背後，有著令人不安的熱情，她必然是十分任性的，不是眞的想死，甚至是怕死，只爲了事情違逆自己的心意，懲罰自己也懲罰別人。這樣的人又是善變的，她收集她的刀痕一如收集寵物，當刀畫下去時，必有些東西爲她所拋棄，她必須靠這種懲罰來增加決心。一個外表纖弱而倔強的女孩。」

這已是八年前的往事。她的婚姻只維持了五年，據她說在結婚第二年時，就不斷幻想著再戀愛，就只是幻想也夠神魂顚倒了。在這五年中，她學畫學陶藝學皮雕，始終沒有學會作菜，也沒有生小孩，只得到一種怪病叫「類風濕性關節炎」，那是非常磨人的絕症，聽說最後關節退化變形，免疫系統破壞，患者常因服藥變成月亮臉，這對愛美的她，無疑是個可怕的錯誤。

她簽了一張很荒謬的離婚證書，證書上只有兩個條件：第一，我們還是好朋友；第二，我可以隨時回到屬於我們的家。她的前夫，很有良心地附加一個條件：「所有的財產均分」。在她的想像中，她只是需要流浪和談一次心靈上的戀愛，沒想到簽完離婚證書不久，前夫又再婚了。

這個跤摔得很重，那一陣子病情急速惡化，常常在夜裡打電話來哭著說：「二姊，我快死了，這次是眞的，我快死了。」於是，所有的朋友爲她擔心，提供偏方，尋找良醫，她有本事令她周圍的人團團轉。結果最後使病情好轉的卻是一場戀愛，一個毛頭小伙子，用幾首夢囈似的情詩，幾次顧盼，就把她從死亡的邊緣搶救回來，這算是哪一種奇蹟呢？

她從以前的華屋搬出來，孤零零地住到我住的公寓頂樓上，病得死去活來，也愛得死去活來。在破舊的頂樓裡，只有一張床，四面牆壁，唯一的裝飾是自己大大小小的照片，這是她從舊有的家唯一搶救到的東西。她似乎被世界遺棄，所擁有的只是殘破的身體，一面潔淨的天空，和幾張照片。我卻覺得她應該是快樂的，也許極端的快樂緊鄰著極端的痛苦，而有時，毀滅與解脫是不可分辨的。

以前，她連燒壺開水都不會，跟她去買東西，習慣性地把手上的東西交給別人提，她已習慣被伺候。偶爾去看她，窩在床上，吃養樂多餅乾度日，天氣一變冷，她的話題都是「痛」，聽得你也跟著痛起來。

現在，她得一跛一跛地去看醫生，購物，找房子，煎藥，學著打理自己。問她爲什麼不讓男朋友代勞，她說不願意成爲他的負擔，每次見他，仍然打扮得漂漂亮亮，不再喊痛。

她說：「我已經習慣痛，也不再怕痛，但是，除了痛，我總得做些什麼吧？」她一直想創作，卻一直交不出作品，後來她發現自己就是最好的作品，於是她選擇了劇場，在舞臺上盡情地展現自己。

老實說，她並不是頂好的演員，她常陷入自我的世界，那個世界與現實隔絕，在舞臺上，她扮演的仍是自己，一個永遠的茱麗葉，等待著她的羅蜜歐。內心奔放，外表矜持的她，在舞臺上，更顯出這種不諧調。

而她，畢竟是屬於舞臺的。看了她編導的戲〈第一次當我看見你的臉〉，敘述一個男人夾在兩個女人之間的糾葛，那男人在魚缸前看到另一個女人的臉，像夢影一般的出現，他說：「我好想永遠抓住那個影子。」這個衝動，令兩個女人陷入痛苦的掙扎中，這種掙扎不容易被男人理解。戲的發展越往後越深刻，越抽象，最後只看到女人扭曲的肢體與無言的抗議。在那些無言劇的背後，我彷彿看到她靈魂的顫動，一個以愛情爲信仰的女子，一張如夢影般的臉，就能概括她生命的全部，這樣的專注和瘋狂，我不禁在劇場中戰慄——上天毀了她的身體，她又重新塑造一個。

當戲結束時，她戴著一頂墨綠色的法蘭絨帽，微跛地走向我，我說：「眞想親你一下。」她投進我的懷抱，並送上她的臉，我們的眼睛都濕潤了。

同性的情誼也有極限麼？女人也可以彼此欣賞？甚至可以爲知己者死？以前我懷疑，現在我相信。如果一個人曾經徹底孤獨，又如果一個人已漸漸地忘記自己，她必定可以將別人等同自己。我們的友誼，從陌生、猜疑、了解到相知，歷經了近十年。十年來，多少的好友離散，甚至死去；又有多少的新歡萍水相聚——樂莫樂兮新相知，悲莫悲兮生別離——一路的風雪，一路的顛簸，而我們居然還在一起，還在一起，不就應該互道珍重，感謝上蒼麼？

她還是不會作飯洗碗，成天吃養樂多糖果，而且是食不知味的那種，她會一面大吃大喝一面說：「其實我是不喜歡吃的人。」她真忘記自己正在吃東西。她不太正常，不喜歡上班，只喜歡閒蕩，不喜歡結婚，只喜歡談戀愛，喜歡用腳丫子勾人，亂拋媚眼，大聲地唱情歌，喜歡開快車，跳熱舞，喜歡貓，不喜歡孩子，如果好長一段時間不見人影，一定是在談戀愛，只有在戀愛淡季時才會出現，嘻皮笑臉地訴說她的愛情悲劇，教人哭也不是笑也不是。

三十幾歲了，梳兩條小辮子，穿著輕飄飄的長裙，撐一把美濃油紙傘，哼著歌走在雨中，也許是走在夢裡——一個拒絕長大的女人。看多了成熟世故正常的成年人，玩股票，炒房地產，搞人際關係，而這個一無所有的女孩卻說：「我現在比較正常了，不太想戀愛的事了。」什麼是正常？什麼是不正常？我也被她弄迷糊了。

——原載一九九〇年十月二十五日《中華日報》副刊

浮塵筆記

眼 眸

到霧峰，最好在黃昏，下著小雨，心裡略有感傷時。

那麼，在毫無心理準備之下，看到宏偉破舊的宮保第，以及荒廢的菜園，也許在一聲歎息之後脫離了現實。再看看那些盤花疊層的雕刻，令人炫惑的光影變化，心裡便得到平靜。似乎一切的古厝，不只是廟宇，都有這樣的宗教氣氛，被膜拜的是歲月。

宮保第在同治初年建造，算來總有一百多年了。

最喜歡古厝的天井，以前老家舊房子也有這樣的天井；我們在這裡種花賞玩，打水洗衣，它是家族的育樂中心，是曬衣場，也是運動場。可以想像這樣的深宅大院，當時有多少香花大樹？多少冠蓋雲集？多少環珮叮噹？

如今來去的只有風，也許還有薄得像影子一般的霧。這裡原是因霧得名的地方，它的原名是阿罩霧。

此刻的荒涼虛靜，令人感到空虛極了。在過往的日子裡，這幢華宅曾與繁華爭，與歲月爭，與天地爭，如今是無爭的了，也正因為無爭，才是無限。

在陰暗的門廊中穿梭，我的心中似有期待，似有尋覓。上回來霧峰拜訪古厝的女主人，她是十幾年來失去聯絡的中學同學。讀初中時，每當她大笑，清脆的笑聲似乎牽動一長串風鈴，許多人回頭看她，那裡面也有我。現在她牽著一個小女兒，清亮的大眼睛裡依然有著小女孩的光輝，一對永遠不老的眼眸哪！令人猜不透的是眉宇間若有似無的憂鬱。

我們坐在蓉鏡齋的石階上聊天，聊的多半是往事，她的小女兒在青石地板上跳房子，從天井望出去的天空幽深而溫暖，四周靜極了。有很長的一段時刻她一直沉默著，垂下的側臉清麗而幽怨。她似有滿腹心事，我卻不想問，人在中年之後，有許多事是不用談，也不能談的。

她帶我去看一個養荷花的石缸，數十年來缸內的水一直沒換過，缸水接近青銅色，濃密的水草中潛游著一群蝌蚪。我們的臉浮現在水面上，那像是百年前的我們，蒼老而寂寞；那又像是百年後的我們，陌生而虛幻，也許虛幻的不只是人，最虛幻的是歲月。

我忽然了解她的憂傷——這幢古厝困住了她。一個來自長江邊岸的女子，只因愛上一個瘦瘦的臺灣青年，進入一個古老的家族，因而在一張複雜而細密的人際網中掙扎。然而她要的人生只是一點點愛情，一點點溫暖與夢想，這些都跟這間古厝無關，跟榮華富貴無關。她甚至連一句臺灣話也不會說，從此，她更沉默了。

古厝的歷史有百年，人的歷史有多長？喜怒哀樂的歷史有多長？我帶著她的寂寞離去，此刻，在古厝中，似乎又染上她的憂傷。快步地走過景薰樓、蓉鏡齋，輕快的步伐，驚起一群麻雀。遠遠的荒草堆中，有一座西式涼亭，和一座花棚，破爛得幾乎隨便一推就要崩倒。

再也不能忍受這古厝的陰鬱與苦悶，現在我要快步離去，再見吧！一切的繁華，一切的凋零，一切的愛戀與一切的虛幻。

在暮色中，似乎有一對憂傷的眼眸，藏在那面花窗之後，那扇朱門之後——望我。

紅牆歲月

一個鹿港青年告訴我他的故事。他讀理工，一心想出國，因爲他從小就恨鹿港，討厭那些神怪的迷信，討厭繁瑣的習俗，討厭鄉人逃避現實，他認爲鹿港是一個已經死亡的城鎮。後來他愛上一個本地女孩，她是鹿港文化的產物，古典脫俗，會彈琵琶會畫畫。只爲迎合她，他瘋狂地學拉胡琴。我見過那女孩，看來明明該是他靈魂的另一半，從沒看過那麼相配的一對。可是女孩始終沒有愛上他，倒是他的胡琴技藝早已可以開演奏會了。其實，陰錯陽差的何止是愛情，那女孩後來嫁到別的城市，他卻留在鹿港教胡琴。

很鹿港的一個故事。我曾到過他家，在窄窄的巷道中一間好長的古屋裡。他的祖母還裹著小腳，告訴我她小時候，家門口便是大海，現在海水已經退到幾公里之外了。搬張短凳，斜躺在紅磚牆上，聽老祖母說滄海桑田的故事，覺得自己也變老了。

這次來鹿港，嘗試著去找他的家，卻再也找不到，鹿港到處是那種窄巷道長房子；也曾嘗試去尋找古老的「元昌商店」，去看它華麗的樓井；還有傳說中嘉慶皇帝曾投宿過的「日茂行」，至少再看一眼辜家的大和古宅，可惜都已迷不知津渡了。

這種迷失的感覺也很好，在一個既陌生又熟悉的小鎮，失去了時間與空間，像一粒浮塵落在哪裡便是哪裡。錯過的美景實在太多，反倒不在乎。鹿港最美的時期，應該在道光年間，港口淤塞開始，就好像一個紅顏美到頂峰，豔麗得令人眩惑。我曾看過一些清末民初拍攝的照片，那才是臺灣的本色，中國的本色，我找到一種衰頹卻淒豔的美。可惜那時代我也已錯過。

在現在鹿港人心裡，這種淒豔之美已轉化成一種悲壯。他們力圖保存傳統建築與技藝，與外來文化作長期的抗爭。一個有回憶的民族夢想就不致落空。鹿港人不僅活在回憶裡，他們也有一種新的夢想，新的堅持，他們更有種執拗的脾氣，對細節特別講究，一座神像的雕刻，一塊餅的作法，甚至連罵人也講究。

走在早期的五福街上，我的心在漫遊。這條街原有五段，每一段售物性質不同，現在雖沒有這麼嚴謹，還約略看出舊時規模。有一家豆腐店夾在好幾家新興商店中，是一間古式街屋建築，店裡的豆腐小巧而結實，與一般豆腐差別很大，大概也是傳統手法，真是固執得可愛。

這一切都不在計畫中，胡亂闖進一家佛具店，在牆角看到一座布滿灰塵的土地公像，它是用舊的手工打造，造形十分莊嚴典雅，有人說挑神像如同邂逅愛情，關鍵在前五秒，我可說是第三秒就決定要它了。

我興奮地問店主：「這個神像賣不賣？」他搖搖頭說：「不賣！」接著說：「你要就送你吧！這是客人拿來換新，丟那裡好久了。」我驚訝得說不出話來，在桌上留下一些錢就捧著它走出來，碰見同伴，不斷地說：「你們相不相信，他說要送我哩！」

捧著這尊神像，在回臺北的路上，想著，人們出來旅行，也許只是在找尋某些奇蹟或遭逢某些奇遇，有的人找到，有的人落空，我想，我已找到。

淡淡春暉

「一、二、三、四、五、六、七」每次帶我們出門，母親總要數上好幾遍。「好奇怪呀！爲什麼老是數來數去，我們又不是牛。」妹妹說。她剛上過〈怎麼少了一頭牛〉那一課。

如果問母親，她一定會說上一大串：「你們要知道，你們一共有七個，七個哦！只要眼睛那麼一閃，很可能就丟掉一個。像上次搭火車到高雄，我把你們一個個拉上車，最後發現老四不見了，這可怎麼辦？找來找去，才看到她上了另一輛車，正在對我招手呢！還有一次，睡覺前點來點去，就是少了老大，天啊！那已經是深夜了，我跑到街上找，戲院找，夜市找，一邊喊一邊哭，回到家，天都快亮了，正急得不知怎麼辦？忽然靈機一動，彎腰到床上的梳妝臺下一看，果然，她睡著睡著滾到裡面去了，呵！嚇死我了。」

母親常說她好像在對付「一軍營的兵」。不要看我們一個個長得斯文秀氣，站出去好像很害羞很有禮貌，在家裡可是兇悍無比，雖說是女孩子可也好打架，而且專喜歡用腳互踢，踢得我們一個個都是蘿蔔腿，不但如此，我們偏好打群架，一個推一個，然後扭成一團。母親說我們簡直是一團橄欖球隊。

孩子打架的主要原因是「分配不均」。誰多了一個玩具，少了一塊糖，就會吵得天翻地覆。爲此，母親很早就立下一個規則，買東西一定同樣的買七份，做衣服一定是同一塊布料，同一個樣式，誰也別想多個蝴蝶結，少個釦子。結果我們在家也得穿制服，誰也別想占誰便宜。

我有一張小時候的照片，一排小女生，一式的花洋裝，每個人頭上都有一個別針，我那時才上幼稚園，可也知道爲自己爭人權，我的別針是小黑人掛著一副大耳環。記得母親爲了讓我們都有一個別針，幾乎找遍了鎭上所有的百貨行。

吃飯也是麻煩時間，尤其是大家庭裡，大鍋飯大鍋菜，菜老是不夠吃，母親每每在吃飯前先把菜分配好，肉切成幾塊，菜分成幾份，一個吃多少，皆嚴格執行，使得我們有口也難辯。她從不要我們誰讓誰，因爲根本做不到，她只是公正嚴明，讓我們找不到漏洞。

也許是小時候爭多了吵煩了，不好意思，我們現在特別禮讓，每有好東西，一定推來推去，彼此互相取笑「好虛僞哦！」

那時，家裡做生意，老房子狹而長，爸媽在店裡忙，中間隔著天井，叫人老叫不到。媽媽於是發明一種叫人的方法，她在店裡安裝一個電鈴，並列出一個表，每個人都有一個固定的訊號，譬如大姊是「三長兩短」，我的「兩短三長」，小妹的「三長」，如此，只要鈴聲大作，被點到名的趕忙奔赴，母親之講求紀律可見一斑。

爲了訓練我們整潔的習慣，從上小學之後每個人都分配工作，星期日全家上下總動員，由父親擔任清潔隊長，帶我們打掃庭園。我們常常一面唱歌一面工作，不但發現勞動的樂趣，而且發現各自的長處。譬如大姊對插花最有一套，她才十來歲便喜歡種花買花，插花也能自創一流，可以稱之爲「意識亂流」；三妹最有設計的美感，舉凡挑選布料家具，裁剪窗帘，她都能一手包辦，家裡的陳設經過她的布置總是特別漂亮；至於我，因爲常唱歌也練成一副不好不壞的歌喉。我們常自比爲《小婦人》中的四姊妹，老大「梅格」漂亮賢慧，老二「喬」最性格，老三最愛美，老四多才多藝又最善良。

在母親嚴明的紀律下，我們享有公平的待遇，可也常感到被疏忽被冷落，尤其在少年時代，種種的苦悶與寂寞，常歸咎於母親。後來年歲漸長，才了解要公平且仁慈地對待別人，是一件因難的事。我們容易偏愛溺愛濫愛，感情更需要嚴明的尺度，否則容易迷失自我。更何況我們只有一個母親，當然會把一百分的期望放在她身上；而母親卻有七個子女，她只能平分她的愛，縱使我得到的愛只有七分之一，也遠比我給母親的愛多得太多。

四妹與我同時結婚，母親硬是辦兩份同等的嫁妝，不管是一針一線，一雙鞋一條項鍊，總要做到公平，還頻頻問我們：「這樣可以嗎？還喜歡嗎？」我們眞的已經不在乎不計較了，我們已經長得好大好大，可是，她還是堅持著。

日復一日，她的容顏變老，原則卻越來越少，她似很少再堅持些什麼，就連生氣也喜歡保持沉默，尤其是當她抱著孫子時，面團團，髮蒼蒼，笑嘻嘻，簡直就是一個沒有脾氣的老祖母。現在，我們七個孩子，分散在各地，她可是一頭牛也不用找，更找不到。有時候打電話回家，她老是摸不著頭腦地問：「你是芬伶還是芬青呀？怎麼聲音聽起來都一樣。」

我想她是老了，老得分不清我們的聲音，可是，她的兒女可記得，她公正又仁慈地愛著她們，讓她們健康地成長。她們如果沒有變得自私，那是因她曾要求她們寬大；她們如果沒有變得怠惰，那是因爲她曾要求她們勤奮。她們也會永遠記得，母親出門時，張惶地找尋自己的孩子，心裡老是默數：「一、二、三、四、五、六、七」，不管年去歲來，這幅影像永遠不會淡去。

母親有一雙嬰兒般的手掌，皮肉柔細肥軟，手指頭又粗又短，五指合攏時，掌心便凹進一個窪，母親說那是「金窟」，這種手是會裝錢的，一輩子吃用不盡。

可是，這樣的手還沒摸過多少錢，母親便吃過許多苦。小時候家境雖不錯，她的母親卻被父親趕走，接著繼母進門，把所有的家事全部推到年紀過小的母親身上，她的手被炊飯的煙薰過；被養豬的餿水泡過；被刮傷；被鞭打，卻依然細白柔嫩，像出淤泥而不染的白蓮。

她生過七個孩子，又要經營一家藥店，大家庭裡有數不清的家務，她的手洗過尿布，數過鈔票，搬過貨物，卻依然細白柔嫩。只是中年以後發胖，手背上多了好幾個肉窪，更像胖娃娃的手。

她喜歡各式各樣的戒指，戴上戒指的手更顯得華貴，就像是貴婦人的手。生活的磨難並不在這雙手上留下痕跡，只留下甜美。

在記憶中，我們並不常牽手，就算現在我們親暱如朋友，出門時我也只喜歡挽著她的手臂。以前我常想，也許母親不喜歡拉我的手。

後來，我做了母親，才了解什麼是「生我鞠我，長我育我，顧我復我，出入腹我」，這種緊密的相依之情，誰又沒有過呢？

從小我便爲自己的手感到自卑。我的手雖最像母親，可是皮膚較黃，指甲又被啃得支離破碎。就掌形來說，它看來粗魯拙稚；就掌相來說，它代表著懶惰與意志薄弱。我也有個「金窟」，只是比較平淺，淺得一個銅板便能將它填滿，它可從未帶來任何財運，卻將我的弱點暴露無遺。多麼盼望有一雙纖細修長屬於藝術家的手掌，因爲如此，我總是小心翼翼地不讓人看到我那令人傷心的手掌。

曾有幾次我與母親核對彼此的手掌，多奇妙！它們的形狀大小幾乎完全一致，只是我的比較枯黃粗糙而已。我遺傳了父親的長相，卻遺傳了母親的手。我們有著相似的手掌，卻有著全然不同的命運；我們可以相同，也可以不同，但是我們的心是如此靠近。

如今，我的孩子也有一雙與我相似的手掌。我很喜歡用自己的手包住他小小的手掌，奇怪的，他並不掙脫，他也喜歡讓我握著。他的掌心也有個迷你「金窟」，剛好可以裝下一顆健素糖。

也許有一天，我的手再也包不住他的手，他必定會找到一些情緣的線索，在我們相同的手掌裡；他也許也會忘掉我怎麼生他鞠他，長他育他，顧他復他，出入腹他，但他必定會再找回一些愛的記憶，也許就在他孩子的掌心裡。

從此，我的手便有一種嶄新且神聖的意義。我還是那麼羞於展示自己的手，也羞於去握母親的手，可是，有許許多多生命的奧祕在指間，在手心裡。

輯四

微溫

我會棲息在玫瑰花心中，
以愛戀的姿態窺視你的行蹤；
但也許不久會潛進幽深的海底，追逐銀白色的飛魚；
有時候我會坐在一個空洞的房間裡，
靜靜看著窗外來往的人群；
或者棲息在廚房的瓦斯爐上，
等待著跟滾沸的湯一起蒸發。

今夜，心情微溫

我們活著，因為有一部分在死去

某個夏日，看完長沙窯展，走到植物園的荷花池畔，炙熱的陽光照得人恍惚如夢，十里風荷四面埋伏而來，有種騷動自地面而來，我的內在有一小塊在崩解，我無法描述其中的變化，只有讓自己陷入冥思中。

上次來這裡大約在二十年前，也是在酷熱的夏日，我穿著藕色的旗袍，大姊穿著橙色與黑色圖案的旗袍，我們都很年輕，一路唱唱笑笑來這裡拍照。我看見舊日的自己向荷池這邊走來，這不完全是幻覺，只能說是了解，我變成一個冷靜的觀察者，她像玻璃一般透明，我的眼光可以穿透她，洞悉她的身體與心思，完完全全明白她爲何哭爲何笑爲何愛，但對於此刻的自身，卻朦朧無知，不知身在何處。

現實世界是心靈的作用還是物質的變化？這段日子來我沉迷於古器物研究，終日面對那些瓶瓶罐罐，有系統且有規模的物品的世界，它們發散的磁場，可以與傾城傾國的美女相比，那些染有古董癖的人，戲稱自己罹患一種不治之症，但你也可以說這是腺體的作用，跟情慾的發動一樣。

我特別鍾情那些古器物背後的故事，當唐代的窯工第一次燒出窯變的銅紅釉時，他們驚呼而逃，還以爲窯裡鬧妖怪；在宋代，人們相信定窯白瓷磨成粉，吞服之後可以治病；有一個收藏古瓷的巨富，爲了他那一千多件的收藏居住在陋巷簡屋中，並到處宣揚小宇宙理論，他認爲物質自身是一個小宇宙，與人類的磁場交互感應。

這個時代，一半人否認物質，一半人否認意識，結果兩者皆落空

我們的確生活在過度物化的世界，居然企圖利用藥物扭轉心靈，抵抗死亡。聽說有種藥物叫「忘憂解」，它可以使你的激動平息，冷靜地處理日常事務，最重要的，它能改變你對事物的看法。我們窮其一生不就是在找尋某種眞知灼見嗎？然而只要一顆忘憂解，你就能新看法新境界。

試想有一種藥物可以解除情愛的痛苦，當你的面孔發熱心跳加快，焦躁的情緒令人廢寢

忘食，某人的影像盤據你的腦海，他的出現牽引你的視線，快樂夾雜痛苦一起發作，只要一顆藥丸，你的腺體分泌改變，性慾降低，世界變得繽紛多彩，那人的影像卻變得扁平扭曲，再無光體圍繞。

如果愛慾是腺體的作用，那麼世界上一半的文學藝術作品是由間質細胞創造的。如果所有的生命現象俱是物質作用，人是物質，愛是物質，物質亦是物質，那麼你還需要憂傷嗎？

那個人向你走來，他頭上擦著強生髮油，身上穿著POLO襯衫，腳上穿著Bally皮鞋，手上戴著精工錶，手提著小羊皮公事包，你愛上他，你能說那些物質不正在散發某種力量嗎？又，那個人坐上富豪汽車，開向他的辦公大樓，他坐上電梯，走進辦公室，在電腦上Key進密碼，他正在打一份電子書信，並一面喝下一杯伯朗咖啡，然後作了幾下甩手操，他打了電話給你，說「我愛你」，那天晚上，他與你溫存，並掏出一枚鑽戒向你求婚。

你說未來什麼都不要，只要擁有一塊小小的地可以種種花種種菜，於是，他訂購一戶郊區的房子，離上班地點得開一個多小時車程，你們覺得一切值得，但種出來的花被蟲子吃掉大半，種出來的菜吃不完，太多送給朋友和鄰居，原因是你家的冰箱太小。於是，你想到生個孩子，孩子生下來果然可愛，說話呢呢喃喃，不時搬弄小指頭兒，爲了這個，每個月採購他的尿布和奶粉，提得手膀扭傷，你甚至沒有時間好好看完一份報紙。

這是個陷阱，認識與幻覺惡性循環。當你的步履越來越沉重，走路時呼吸越來越喘急，你甚至聞到自己發出腐臭的氣息。這時你發現昔日相識的人們揮著大軍向你逼近，當你踽踽離行時，很久以前那個缺齒的鄰居小孩，還有頭上長著癩痢的同學，他們向你迎面跑來，對你說：「喂！你笨重得像頭大象！」

你還看見舊日的自己，大約六七歲吧！臉色黃黃的，頭髮也黃黃的，醬油吃太多的緣故，不知爲什麼她的眼中老是汪著一泡眼淚，你問她：「怎麼了？」她說：「我的狗死了，吃老鼠藥死的，鑽進水溝拖都拖不出來，好髒好臭啊！」那是你第一次看見的死亡。

某日你正在烤吐司，看見十三歲的自己靠在陽台上發呆，你又問她：「怎麼了？」她說：「天空爲什麼這麼藍呢？我的心在下雨。」

希臘哲學家赫拉克里脫把朋友接待到他那平凡而陳舊的廚房時，對他們說：「進來，這裡也有神祇。」

從沒想到我是個好廚子，二十五歲之前沒有動過鍋鏟，二十五歲第一次煮飯，就燒出一桌好菜，我的煮菜天賦令神仙都要嫉妒，不用看食譜，專門開創新菜色，讓你的眼睛鼻子嘴巴都要發出驚歎！

我的靈魂棲息在廚房中，那裡充斥著嗅覺與味覺刺激，酸甜苦辣樣樣齊全，我絕對相信神祇居住在這裡。我可以燒出幸福的滋味，熬出眞善美俱備的好湯。然而，我仍然覺得憂傷。

於是某日，我買了一台天文望遠鏡，在無人的高樓上朝向天體，當我看到放大的扁平狀月球和獵戶座的光燦腰帶時，我的心澄明如水，我覺得釋放之後的心靈可以忘記你，像愛你一樣愛自己。

我看見我的生命形成一條波動的光線，起初，它緩慢平直地跳，偶有小小的起伏，它跟足踝的起伏有關，跟車輪的滾動有關，偶爾它攀高一下，不久就直線下墜。

至於你，你是誰？什麼像貌？在什麼地方？那都不重要，我早將你視同自我的一部分。

偶爾我的動線作扁盤型地旋轉，偶爾形成螺線型上升，我的軌跡跟行星的移動相呼應，有一段時期，我始終圍繞你旋轉，生命動線構成如曼陀羅花，但在旋轉三千多個晝夜之後，我決定離開你，以拋物線快速地擲離你的軌道。

我的生命圖形如許燦爛詭祕，今後你看到的我，將只是斑斕星點，在星點與星點之間你可以連接一條虛線，但你終將失落我的軌跡。

我會棲息在玫瑰花心中，以愛戀的姿態窺視你的行蹤；但也許不久會潛進幽深的海底，追逐銀白色的飛魚；有時候我會坐在一個空洞的房間裡，靜靜看著窗外來往的人群；或者棲息在廚房的瓦斯爐上，等待著跟滾沸的湯一起蒸發。

然而
物質與心靈互相轉換的鑰匙是什麼？

我想到運動。像粒子與粒子之間碰撞，產生新的質量，我必須像射出的箭，不斷往前奔馳；或者如彩蝶奔波於花叢之間；或是跳躍；或是舞動；或是滑行；直至進入孤獨的核心，那便會獲得奇異的力量。所以，我無法再等候你，或者沉耽於幻想，我必須前去完成我的生命圖形，也許有一天我會再以連續的拋物線與你交會。

我想到再生。像細胞的增殖，舊的死去，新的再生，必須徹底將自我分割，讓過去的自己跟現在的自己劃分清楚，你只存在於此時此刻，眼前當下的一切即是眞理，心靈的亦是物質的，物質的亦是心靈。像蚯蚓般柔軟，分裂又再生，再生又分裂，只爲鑽進柔軟的大地，找尋它眞實的心。

我想到感應。宇宙是不可支離的大蜘蛛網，我在這一端，你在那一端，憑藉細弱的網絲可以感受你我的存在。我們必須像新生的細胞一樣敏銳，並且盡情地生長。我可以從遙遠的一端對你歌唱：

夜間之盡頭萬物回返至我的自然，當新的
白晝開始，我帶它們再進入光明

故經過我的自然我帶一切創造前進
且旋滾在時間的圓環內轉動
但是我並未被這開創的工作束縛
我在而且我留心觀察這戲劇性的工作

我們歷經數千劫之別離，卻未須臾分離

再回到那個夏日荷池吧！二十年前的荷花與二十年後的荷花並無兩樣，但你可以想像嗎？當雀鳥在荷葉上跳動時，整個水池好像在晃動，荷花卻筆直不動，只有水紅的透明的花瓣一瓣瓣剝落。

——一九九六年．選自遠流版《熱愛》

（本輯作品均選自《熱愛》）

藍天，再見！

弟弟的同學藍天在某日清晨被射殺十七槍倒斃於家門口，其時弟弟正酣睡於療養院，因爲車禍癱瘓的身體因此跳動了十七下。當我們告訴他這個消息，他早已失去清醒意識乾枯的雙眼露出怯懼的陰影，虛弱地說：「不要說了！」

作案牽涉的層次極高，地方角頭一下子全部都逃匿躲避風頭，在那個以無煙囪自豪的南國小鎮，涉案的人物其實皆畢業於某幾個學校，生長於鄰里，攀親帶故可以組成一個同學會或同鄉會，一時人人自危草木變色。這些昔日被鄉里排斥的青年，留在本地發展出各樣的新興娛樂事業，以KTV、賭場、六合彩結合的鄉村休閒活動，在搖曳生姿的椰林中點亮了五彩繽紛的小燈泡和霓虹燈，並揚起粗暴的歌聲。

弟弟在國中時結成的幫派，其中二人在逃，三人在牢，藍天被亂槍射死，弟弟則於兩年前厭棄生命飆車投入車流自盡，以致醫生宣佈腦死放棄治療，沒想到在昏迷三個月之後他居然清醒，如今已是半個植物人，其時他才二十八，結束他短暫暴戾的青春時代。

冬天的果園盡是掉落腐敗的蓮霧楊桃及香蕉，一只只腐爛的水果像一個個撲火而亡的青年，無人撿拾無人歎惜，離土地最近的最先腐爛，南國的果園因此成了殺機重重的墳場！花果如果知道土地即將拒絕它的生命，恐怕寧願自己的種子飄流到大海，絕不願再讓土地長出血腥的花朵。而那些嗜血的青年，活著的目的只是如何讓自己死得徹底，死得壯烈，死神猙獰地狂笑，人們掩住耳朵。

槍聲響起時是在清晨六點半，附近早起的居民誤以爲哪家喜慶燃放鞭炮，目擊者但見一群身著華服的青年大少魚貫而出，多麼像是迎娶的隊伍，帶頭者西裝革履意氣風發，頗似新郎模樣，尾隨者儀容整齊、神情凝肅，先後進入兩輛黑色的禮車，人們心想這是多麼堂皇的迎親隊伍！

藍天的母親哀嚎持續十分鐘之久，才引來鄰居的圍觀，她抱著兒子破碎的頭顱，衣服被鮮血染紅了一大片，她的眼睛早已瘋狂，失神地大叫：「殺人像殺豬啊！我跪下求他們，但他們眼睛眨都不眨，人都死了回來補射三槍，完了，什麼都完了！」

弟弟彷彿在說，藍天你怎麼要去應門，縱使那些人來頭不小，你應該知道死亡已經接近你，我們的血液流著死亡的尖酸微粒，它讓我們的眼淚乾涸，內心冰透，洞視以笑容包裝的嗜血者。嗜血者從來不走前門，前門即是地獄之門，你還記得某某就是死在前門嗎？我們早晚都是要死的，但是我不選擇前門不選擇後門，我要讓自己死在自己的掌握中，你實在太傻了，藍天。

「小時候我最喜歡徜徉在故鄉的田野中，青山綠水照亮了我的心靈，溫暖了遊子的胸懷，啊！果園的寧靜氣氛讓我忘卻煩憂，植物的生長力量讓人處於希望的狂喜中，我多麼希望永遠躺在故園的懷抱裡！」這樣的字句不是常常出現在許多人的文章裡嗎？寫這些文章的遊子畢竟都沒有留在故鄉，紛紛湧向大都會，大都會對於鄉下人恒是謎一樣的神龕，在膜拜它的同時厭棄自己，文明最可怕的是製造一個比自身更高一等級的價值體系，讓自身與它作無盡的追逐，失敗者永遠是人類，因爲凡人必死。

鄉間沉悶的空氣特別容易孕育罪惡的花朵，青年們以刀槍作爲新玩具，胸前揣著一隻黑槍，如同簇擁一窩新生的小鳥——墜落吧墜落，如花果般墜落，掉得粉身碎骨。也許可以找到新的樂趣，打破人生的無聊！我多麼喜歡觀看死前的掙扎，我將親吻死屍一千次一萬次，你看過人皮燈籠僵鬼屍厲的嘉年華會嗎？現實的人生比任何小說精彩，我不再需要什麼眞知灼見，什麼教條禁忌，讓我們來玩死亡的遊戲！

弟弟遺傳了父親靈巧的手指，自發性地寫出好書法，筆法體格跟父親一模一樣。自殺前他曾有一幅字得過獎，斗大的「望鄉」兩字，下面的小楷是蘇東坡的詞：「忘卻成都來十載，因君未免思量，憑將清淚灑江陽，故山知好在，孤客自悲涼。 座上別愁君未見，歸來欲斷無腸，殷勤且更盡離解，此身如傳舍，何處是吾鄉。」

弟弟躺在病床上呆呆地看著自己寫的字，我問他還記不記得，他一下子搖頭，一下子點頭，我說：「我很喜歡這幅字，送給姊姊可以嗎？」他看著字軸許久許久，然後搖搖頭，看我流淚，把臉別了過去。他最不喜歡看人哭。

弟弟彷彿在說，我已活在一個無嘈雜無糾紛的世界。人的社會是按照十八層地獄的模式排列的，一個階層是一個地獄，不是人間創造地獄，是地獄創造人間。昨夜枕上，我又聞到故園的馨香，甜美的往事以漲潮的速度湧向我，生命美得讓人痛苦，再見，藍天，我不屬於你的世界，也不屬於任何人的世界。

聽聽海啊！

她臉上刻滿風霜，六十幾歲新寡的婦人，憂傷如網緊緊的裹住她。

她，外表沉靜，內心像一團火焰，是夜裡清醒日裡作夢的女人。

那是婆婆與我，南極與北極的遇合，在海邊度過一個極爲苦悶的夏天。

「你聽，今天的海浪聲吵死人，風浪這麼大，船肯定是不出海了。」婆婆說。

「我們一起到海邊走走吧！」我又一次提議。

她多皺的臉又掀起一層波摺：「阮從來也不到海邊。這裡的女人都是這樣。」

她看了我一眼，希望我打消這個念頭。

終日我們兩個穿黑衣的女人，蓬首跣足，跌坐在屋前的空地聽海發呆。

屋子裡停著公公的靈柩，我們一起守靈已有十幾天了。往往哭過一陣後，就沉默地剝著花生殼，無意識地將花生仁往嘴裡送，花生多得可怕，自己田裡的花生快淹到家門口，沒時間也沒心情收成，鄰家又老是一簍簍送來，這是花生收成的季節，似乎要跟悲哀的葬禮對抗，生產量多得十分糜爛與殘酷，令我們措手不及。總得有人吃掉它呀！婆婆皺著眉頭吃花生，滿地的花生殼，像一堆飛蛾的死屍。

如果路過的人看我們，大概會以爲是同一個人，一樣的坐姿，一樣的動作。

從來沒跟婆婆這麼親近過。雖然從這裡就可以看到大海，卻一刻也沒到過海邊，我總幻想什麼時候偷溜到海邊，拋掉滿心的悲傷，迎著海風，讓心跟著漁船遠行。我的計劃是那麼周全，什麼路徑、什麼風景、什麼站姿、什麼嬉戲一一設想分明。然而我終究沒有機會實現，終日只是悒悒地望著大海那方發呆，細聽海浪呼喊的聲音。

爲什麼婆婆對那一片婆娑大洋無動於衷，如巖石般鎮定地守著這簡陋的村屋？她年輕時長得秀氣斯文，村裡的人都說她過不久就會待不住漁村，跑到臺灣去學時髦。誰知她終究留下來了，一留就是六十幾年。她年輕時的照片看來美麗得就像隨時就會換上羽衣飛走的仙女，臉上輪廓鮮明，氣質脫俗，是個有個性有主見的女孩。然而，才不過十年，照片裡的她已失去飄飄如仙的氣質，臉上已有強悍堅忍的姿態；再十年，她變得風霜刻露，手腳粗壯，在兒女群擁中像棵老樹；再十年，她就老了，跟一般的村婦沒有兩樣。

在她身上已找不到作爲她自己的特徵，或者是女人的特徵，如同久經歲月的化石，只剩下一葉淺淺的印痕，隱微幽深。就是眼前這片乾枯的土地，洶湧的大海，吸乾了她的青春與自我。

這也是爲什麼我沒有太多地爲死去的公公哭泣，而爲作爲生者的婆婆悲哀，公公在時，她如影隨形地侍奉公公，公公死後，她什麼也不是了，終日惶惶惑惑，在廚房、房間、客廳無意識地穿來穿去，好像在找什麼重要的東西。

如果我選擇的不是出國而是留在澎湖陪她，也許過不久就會跟她一樣對那片只有咫尺之隔的大海視若無睹，每天習慣性地操作勞務、掘花生、撈海草、祭神拜祖；再不久，我的語調中會有本地的腔調，跟街坊鄰居談論天氣、孩子、漁船、吉凶禍福；再不久，我就會忘了自己的家鄉，什麼血型星座、曾經作過的夢、寫過的書；再不久我就會跟婆婆完全一樣了。這也是爲什麼每當望著婆婆微微佝僂的背影，常常怔忡恍惚、泫然欲泣。分不清是她是我。

我不願不願啊！我慶幸不久就要從這塊黯淡的土地逃走，逃到異國遠走高飛。

在那段日子裡，我們單獨相對的時間很多，我覺得自己沒有帶給她一絲一毫的安慰與改變，反而她內在的生命在壓迫著我，她悒鬱的眼神，壓抑著的悲哀，輕細緩慢的走路姿態，作家務時忘我的快動作，以及如同呻吟般的語調，她的一切強而有力，令我想故意違背她。

譬如說她明知我到美國勢在必行，卻一再千迴百轉地說：「你阿爸，知道你要去美國，很傷心的。」或者說：「想到你要去美國，我憂煩得整暝睡不著。」或者常常如夢初醒地問：「你眞的要去嗎？」她似乎希望我會說：「阿母，我就聽你的話不去了。」然而我只是為我自己辯解。

又譬如說，我想重新佈置房子，將公公的遺物搬走，換上新家具，她不反對，等到家具要送來時，她卻像小女孩一般地哭泣：「阮嘸！阮嘸！」

於是我們什麼都不敢做，只能坐在門口吃些那永遠吃不完的花生，望那不知所以的遠方。

那就聽海吧！海在唱歌，海在跳舞，海在喚醒心靈之耳，海在盤算一場驚心動魄的逃亡，海在反抗，反抗天空反抗大地，以千手千足反抗無所不在的命運。

婆婆又說：「你聽，海浪聲。」

幾十年來，她這麼聽海度日，聽命運對她的安排，他們之間似乎有什麼祕密私語，她的臉因而有了海般的皺摺，海般的波動。

細細地聽海啊！

遠方在呼喊；你可以安排一種新的生活方式，說另一種語言，換另一種風姿，不同的花草樹木與空氣，它們都有眼睛有手腳，將以跳舞之姿歡迎你。

細細地聽海啊！

公公說：我沒事了，我穿新衣新鞋要走了，我今日託夢與汝，將我葬在海邊，就像昔日常常到港邊迌迌，汝們要守著我，好好看顧汝母。汝的事業心莫再那麼重，查某人要認命，莫要再寫作文，寫作文只有傷身體，對人生無啥路用，我在生時汝不聽我話，在死時要聽我一回……。

再過不久我就將到遠方，帶著不知什麼的罪惡感四處漂流，去找尋不知什麼的夢想——悲莫悲兮生別離，我曾披上黑衣泣涕漣漣；樂莫樂兮新相知，我如戲子卸下彩妝輕歌遠颺。

如今我已身在異國，初初搬來這房子的第一天，門前有一大叢向日葵突兀兀地迎人，在暮色中顯得落寞無主，也許舊主人是大陸來的中國人，才會種這種似乎帶著人性的花朵，頭角崢嶸，搖首擺尾，遠遠看去真像一群人並排站在那裡！或許花也會認主人吧！過不了幾天，它們紛紛頹然倒地，金黃色的花粉撒得四處碧血黃花。

我常悒悒地坐在門前，望著那叢花發呆，有時將風聲聽成海浪聲，有時將那片無垠的草綠望成海藍，有時將路人望成穿黑衣的女人，那叢花裡住著故人，住著大海，住著鄉愁。

聽聽海啊，看今天他將告訴我什麼?!

輯五

入夢

你我訴説彼此的夢境，
你的夢通向我，
我的夢通向你，
我們在夢的列車上相遇。
在這世界上，
還有人願意傾聽你的夢，
就不該對生命絶望。

凝望男樹的女樹

樹木有男有女，亞沙如此告訴我。

亞沙住在科威特，她說那裡的棗椰樹大約有兩三層樓高，外形就像台灣的椰子樹，長出的果實看似檳榔味如棗子，公樹和母樹經過受精才會長出果實，纍纍的卵果高掛樹端摘採不易，往往任它掉落滿地，一棵樹可長出幾十公斤的果子，吃不完的做成蜜餞，樹液還可釀酒，喝起來聽說有殺蟲劑的味道，眞是既怪異又肥沃的樹。我飛義大利途中在阿布達比機場買到形似蟑螂的不明蜜餞，原來就是亞沙所說的棗椰樹長出的椰棗。棗椰代表它植物的屬性，椰棗則是外形味道類比棗子的小名，中文之奧妙就在一字之顚倒。

棗椰是沙漠之寶，另外兩寶是水和駱駝。亞沙說故事像放電影，聲色形容俱足，讓人彷如親見。她想勾引我到沙漠去，並且已經上鉤了，因爲我窮追棗椰樹不放，她說如果母樹沒有公樹就不會結果，我邊聽邊大笑，質問她：「亞沙，你故意騙我的是不是，你知道我會去科威特求證的。」亞沙說：「眞的啦！我的鄰居只種了一棵母樹，一直沒有結果，大家都勸她種一棵公樹受精，吔，是你無知，木瓜樹也是一樣，有公樹和母樹，你不知道嗎？」爲此我特地多方求證，有些人告訴我木瓜確有公樹母樹之分，有些人卻斬釘截鐵地說沒有。書上的記錄更令人失望，《辭海》與《植物圖鑑》皆無木瓜樹的蹤跡，《辭源》描述的簡直看不出什麼是木瓜，什麼「落葉灌木」、「先葉後花」、「花頗美豔」，我記得老家院子裡種著木瓜樹，老老實實一點也不美麗，而且打光棍一輩子，每年照樣長出果實，就是長不高。至於棗椰非土生土長的植物，記載更少。眞相到底如何？可惜亞沙回沙漠去了。

亞沙把我的心靈帶到沙漠，常常我對著《植物圖鑑》和沙漠如失戀般發呆。書上說棗椰沿著有水的地方生長，枝葉並不濃密，遠遠看去只看到粗又直的長樹幹，飄著幾片扇形的葉子，看起來大同小異的棗椰，種類多達四百多種，可能沙漠地勢氣溫反差極大，滋長出適應不同環境的棗椰，苦澀的土地長出的天堂之果，是上帝對沙漠子民的垂憐。沙漠看似單調卻變幻無常，令它產生變化的竟然是水，只要一場豪雨就會回復到「天地玄黃，宇宙洪荒」的境地，沙漠的前身是大海，因爲雨水不再來臨，劇烈的陽光令生物死絕，岩塊碎裂，土石粉化，被水所拋棄的荒枯大海，是愛情的頂點或是終點？所謂「地老天荒，海枯石爛」，愛情直到這裡就要灰飛煙滅了。

亞沙住在人造綠洲，每天她什麼都不做，只是到鄰居家喝茶，呑食一大堆的茶食和故事，一手端著茶杯，一手做著拼布。黃昏時，許多婦女會從家中走出，靜坐著對沙漠的夕陽沉思，沉思中的女人使天地爲之凝結。亞沙不看夕陽看女人，她沒有宗教信仰卻不執著，經歷過波斯灣戰爭練就逃難的本事，皮箱裡早已裝好所有重要的文件，隨時可以一走了之。亞沙跟丈夫從來不談愛，兩人在一起自然就有夫妻的爭吵與默契，像兩棵棗椰樹逐水而居相互依傍，棗椰並不合抱，它們是獨立的個體，從外貌上也看不出雌雄，然而如果缺乏另一半就不會開花結果，它們如何尋找彼此繁衍後代，據說是根脈相連，但憑東風之力，雄樹才能將精子傳送到雌樹的花朵中，也許就在沙暴中完成轟轟烈烈的傳宗接代儀式。

傳說中的夫妻樹指的是兩樹合抱糾結一體的靈樹，所謂「枝枝相覆蓋，葉葉互交通，中有雙鳴鳥，自名爲鴛鴦」，完全是人造的神話。樹木合抱是因地理環境或靠得太近，使得兩棵樹往相反的方向生長交纏在一起，它們最後變成一棵樹，卻依然各自開各自的花，各自結各自的果，只有糾纏並無性愛。棗椰樹並不合抱，一棵棵又粗又直霸氣十足，保持若干互不侵犯的空間，但自有看不見的性愛存在。男人與女人的關係也應如是，必須先是獨立的個體，飽嘗風霜與孤獨，獨自亭亭生長，一株兀自花枝招展，一株兀自養精蓄銳，它們或許相隔遙遠，但總會找到彼此，雄樹雌樹沒有固定對象，通常沒有；也許有，有時兩棵樹離群相依，那就暫時守住一夫一妻制，時日長久，兩樹自然滋長成一片樹海，於春之末夏之初，日烈情熱，把沙漠燃燒得熱氣騰騰，綠意蛇行蔓長成一條長長的林河，中東近東，但有沙漠處，皆見棗椰林海。

如果你進入棗椰林中，會被綠色的巨網罩住，它們的枝葉若即若離相互掩映，正午的陽光與天空被篩出一塊塊蜜蠟結晶，看久了眼睛就糊成一團，不久你將迷失於錯落交織的林海，那是一座詭異且死寂的沙漠神殿，有著高大的廊柱和曲折的迴廊，然後聲音從四面八方來襲，混雜著情愛的低語、花粉簌簌亂飛，花朵綻放，果實爆裂……，彷彿是一個剛出土的廢墟，有著千言萬語，悠長的歷史欲細細傾吐，這時你聽見逝去的愛以低語在空中飄蕩，它在說：「我已非我，你已非你，愛與不愛有何分別？愛是不愛，不愛亦是愛，分離與聚合有何分別？你早已不應該再追尋愛情，因爲在我之後，你已無愛，在這世界只有少數人能擁有眞愛，你將我們珍貴的奧祕棄置一旁，投入庸俗的情愛與婚姻中，漸漸失去你自己，你敢面對自己？敢嗎？」這時你如癡如癲狂奔於神殿之中，掩耳大叫：「你是誰？你在哪裡？」聲音沒有斷絕，它重複地說：「雖然我已死去，但我已在永恆之中，你卻被死亡的憂傷緊緊包裹，因爲我的死，你痛恨死亡，欲與死亡爲敵，卻不知道你自己正在死亡之中，我們的距離越來越近，你懂嗎？」你被那些話語電擊不能動彈，掩面哭泣，最後逃出那片魅幻的森林。你再度看到冷靜無情的沙漠，辣紅的夕陽正惡毒地欲燃燒棗椰林，燃燒吧！把一切燒光，就在此時此刻化爲齏粉解決過去未來的糾纏，然而夕陽漸漸消褪，崩落的石塊從淡綠色變成黃色，再變成淡紫色，人們的臉從金黃色變成褐色，再變成一團黑霧，像罩著一頭黑紗，他們靜穆地離開沙漠回到自己家中。溫度急劇下降，沙漠冷得像墳場，棗椰林如同緩緩移動鬼影，而你是誰？哪裡是你的家？這種空幻感皆是錯覺嗎？就如玄奘當年所說的：「時聞歌聲，時聞哭泣，若聽取時，往往誤入歧途。」

在沙漠中，你的聽覺與視覺加倍靈敏，時時超越現實，沙漠的無時間性無空間性，令人肉身碎裂，心靈飛出體外，棗椰是沙漠隱藏的性幻想創造成的樹林，海枯石爛的愛具體顯現，集合著純眞與自由，寂靜與喧鬧，一個集體的夢，夢中沒有嫉妒。

人類的集體性幻想充滿嫉恨，他們閹割了樹木的性別，仿造虛僞的婚姻制度構築夫妻樹的神話，合抱在一起的就是夫妻嗎？夫妻一定要成爲一體？樹木多是雌雄同體，它們自身繁殖自己，比人類文明的進化更早一步。

沙漠是最原始也是最文明的，才會長出那不敢以三十二相相見的男樹與女樹，一尊尊兼具男相與女相的觀音如來，它們不是雌雄同體，而是男相與女相俱在，彼此消融在彼此之中。

文明的社會是分裂的，樹木的生存受到威脅，漸漸失去男相與女相，而成爲自體繁殖的雌雄同體，它們是現代文明的活標本，獨自完成開花受精結果的大業，結出纍纍寂寞的果實。

確實，如果你走到山林中，可以感受到樹木的殘缺與孤寂，一株株保持安全距離，一株株長成掙扎的姿勢，一株株兩無關愛，看似自足，其實荒涼。不像棗椰樹那般伸展自如，飄拂多情。

如果我走進沙漠的棗椰林中，迷失向路，請莫要尋我，我已在男樹與女樹的凝望低語中忘卻自我。

——二〇〇〇年十月・選自九歌版《戀物人語》

（本輯作品均選自《戀物人語》）

酸柚與甜瓜

味覺的記憶很奇特，比視覺記憶更強烈極端，當然它更個人化，自私霸道，就像詩一樣。

接近詩意的味覺記憶像鑽石一樣稀少，我憎惡柚子的味道，但有一回在橫濱港邊喝到柚子酒，清甜香郁，帶著淡淡秋意，那是一次味覺的高峰。

但我要敘述的是在味覺之內，更在味覺之外的東西……

父親從南部來看我，帶了十幾個葡萄柚，把小方几堆得壘壘滿滿，蜜油色外皮帶著嬰兒般的粉紅面頰，顏色眞美，可惜是我最厭吃的水果。

十幾個葡萄柚的美色照亮黯淡的室內，空氣中也帶點酸辛的芳香，我告訴自己學習去吃葡萄柚，實在捨不得丟掉這麼美的水果，更何況是父親的餽贈。

古書上記載柚子，都帶著過度美化的神話想像，《呂覽・本味篇》就說：「果之美者，江浦之橘雲夢之柚。」雲夢之柚想必是外形美麗引人遐想，或者只是傳說中的謬誤，因爲古人對柚子的味道也沒有好感，「似橙而酢」，是呀！柚的難吃就在它有酸酢的味道。

台灣盛產的痲豆文旦算是柚中極品了，但吃柚的程序尤其令人感到生命的不耐煩，首先得費盡吃乳之力去掉那層厚且笨的皮殼，還有那永遠剝不乾淨的白皮和難纏的薄膜，結果只吃到一小撮有蠟味的果粒，眞慶幸只有中秋節才吃柚，孩子們多半吃兩口，興趣只在那個可以當帽子戴的皮殼。

葡萄柚更慘，光有個美麗的外表，味道比白醋更單調尖利，怪不得有人發明許多吃法，加糖淋蜜，灑鹽摻水，只爲豐富它的味道。但我已發誓去接受它，嘗試第一個葡萄柚時，對半切開，用湯匙挖幾口就放棄了，果肉酸腐糟爛，酸得可以割舌，最後轉成無盡的苦味。果汁像螢光指甲油一樣，到處沾染顏色，十隻手指又酸又苦，眞眞可怕的水果！

「你眞的不要這婚姻了？你就不能爲孩子想一想。」父親說話總是低頭不看人。

「就是爲孩子才想這麼久，沒辦法了。沒有感情，婚姻就不應該存在。」我的語氣堅決。

「先提離婚的人就是不對，女人尤其不能，我們那個時代的觀念就是這樣。」

說到這裡，再說不下去，也找不到話說，父女傾談的經驗幾乎沒有，如果不是因爲婚姻大事，父親不會專程來這一趟。

沉默不知多久決定不再談婚姻。我請父親為我口譯龍瑛宗先生的日文作品，父親日文底子極好，書法自成一格，七十歲了還是只看日文書籍，他有一股夢幻氣質，我卻遺傳了他怯懦的憂鬱，我們是兩個不同時代的人，這種感覺令我感到漠漠的悲哀。

其中有一封龍瑛宗先生寫給哥哥的信，父親先唸一段日文，沉吟一會再用臺語說：「這一段是說『雖然我在這裡事事不如意，但人生是枷鎖的連續，個人的痛苦只有盡量忍耐……。』」

父親隔天早上走了，留下十幾個葡萄柚，和滿室的空寂。

那也是我生命中很低沉的一段日子，心情鬱悶時就去切半個葡萄柚，吃兩口就丟，吃的時候嘴裡心中都是酸苦，年紀越大越怕酸苦。

我想改變一下吃葡萄柚的方法以及對葡萄柚的印象。比照吃麻豆文旦，四分法切兩刀然後剝皮，想盡辦法讓果肉脫殼而出，結果被我捏得一團稀爛，身上手上地上都是螢光指甲油，最後狂奔進浴室。

日子過了十天，除去一些已經潰爛丟棄的，還有九個，九個！難道這樣酸苦的日子永遠過不完嗎？天天我望著那些葡萄柚泫然欲泣，終於在一天早上，連看也不看一起丟進垃圾筒。

酸利的味道曾經對我是個美好的記憶。十幾二十歲時，考試考不好，買一袋酸李子，讓牙齒振振作響，考試考好了，買一袋生芒果，一片一片吃來咔咔有聲，酸得想唱歌劇。戀愛時嗜吃梅子，書包中恆常有一大包，呼吸中都有梅子的氣味，書上有梅子的粉紅印漬，世上有什麼東西比梅子更香艷刺激？

爲何這些美好的記憶都轉成畏懼？不僅是酸，苦辣之品皆不愛，光喜歡吃個甜，越甜越好，大概迷信糖份令人快樂，心情振奮與否完全依賴血糖濃度。有一陣子我是「巧克力」的信徒，另有一段時期是「奶油蛋糕教派」，現在則是「甜瓜主義者」。越甜的瓜像哈蜜瓜、香瓜、木瓜這類不帶一絲酸味的水果越得我心，開發各種瓜果的甜度，依序是：美國進口香瓜、日本哈蜜瓜、台灣黑柿木瓜、七八月的西瓜。在這當中小玉西瓜、黃色香瓜是下品，難得嘗到糖份的幸福滋味。

生命的滋味有時會一百八十度翻轉，只是不知道在哪一時哪一刻。

昔日的執念爲今日揚棄；昔日的幸福成爲今日的痛苦；昔日的美夢恰是今日的噩夢。

對甜瓜的美好記憶，大多來自婚姻。婆家的人愛吃甜瓜，冰箱中老冰著各種瓜果，尤其是澎湖的甜瓜，乾荒的土地種出來的瓜果特別甜美，形狀品種都與台灣不同，有一種迷你的卵形瓜叫「紅龍」，長得就像恐龍蛋，果肉如胭脂，甜如蜜糖；還有一種體形稍大，不知叫什麼名目，有一次婆婆特地從澎湖老家帶回一個，獻寶似地說：「妳沒吃過這個，台灣沒有的，特別帶給妳吃。」那一天我一個人獨享那個甜瓜，味道已經忘記了，只記得雙手用力一握，瓜卵破開，嫣紅的瓜色活生生如滴血，那是一種奇特的經驗，感到被寵的幸福，如今卻成爲心酸的回憶。

我以爲已然忘記，一直到看到錢選的〈秋瓜圖〉，那個經驗又從四面八方圍攏而來，錢選用最濃的墨色畫出有瓜紋的卵形瓜，再用次濃的墨色畫掌形的瓜葉，最後用很淡的墨色畫幾莖秋草和藤花，那只瓜好像有重量有香氣，集寵愛於一身，直要從畫裡滾出來。畫上題有詩句：

金流石爍汗如雨，剪入冰盤氣似秋
寫向小牕醒醉目，東陵閒說故秦侯

瓜甜心苦，這首詩寄託了畫家的亡國之哀。詩中的「東陵」指的是秦侯召平，在秦亡之後歸隱東門種瓜耕讀，召平所種的瓜特別甜美，時人稱之爲「東陵瓜」。錢選畫瓜果，畫出瓜果的靈魂，眞正的甜美往往是帶著濃濃的苦味。

甜蜜與痛苦有時不是相互滲透的嗎？在越痛苦的時候，回憶往事，所有的罪過都被原諒，所有的陰影也消失了。小悲哀只有大悲哀能治療，小快樂只有被大快樂吞沒，而甜蜜的時刻未嘗不隱藏著痛苦的因子呢？

「人生是枷鎖的連續，個人的痛苦只有忍耐」，再讀到這句話時，不覺心酸淚落。

蒓鱸解

起先幽深如黑潭，但有騷動自中央起，可以感覺水底下有無數張嘴在呼吸，水面冒著晶亮的泡沫，最先浮起來的是一隻雞翅膀，很伶俐地滑動半圈，然後停下來，就好像一隻雞划水划累了，伸出一邊翅膀，半蹲半浮著休息，也許它就要整個浮出來了，這樣期待著的時候，水底突然冒出好多好多的嘴，張得大大的，還不斷咕噥著，那是蚌殼，像蝶翼一樣撲個不停，滾動著滾動著，這水面簡直要炸開，它們一起歡呼：「醬瓜雞翅蛤蜊湯！」

熬湯與炒菜是人生兩種不同的境界——炒菜譬如青年，宜眼明手快宜浪漫奔放；熬湯如老年，宜老僧入定宜沉潛內斂。炒菜講究的是外功，熬湯講究的是內功，其過程如煉丹藥如作實驗，等待又等待，觀察再觀察，不到最後一刻，絕不能預料調味之頂點與效果。

吃菜有餘力才談得上喝湯，以前在鄉下，沒有閒情品嘗好湯的滋味，有時候根本就沒湯，物質缺乏，大家拚命搶菜吃，哪來的餘力喝湯，只記得過年過節有一道酸菜排骨湯，料多湯少，等於是一道菜，內容物被撈光之後，只剩下一點濃濁的酸汁，向隅者拿來拌飯墊底，消滅殆盡。儉省之家不知湯滋味。

學熬魚翅羹之後，才知道好湯之費力難得。一根魚翅硬如狗啃的玩具骨頭，泡它一天一夜仍未化開，只好丟進電鍋裡再熬它一天一夜，依然不爛哩！就像前人說的：「煮也煮不爛，熬也熬不熟，急得小和尚直發愁。」一再死煮苦煮終於讓它崩潰瓦解，鐵杵磨成繡花針，抽著絲吐著白沫跟筍絲、蟹肉、香菇相濡以沫。煮好的湯用上好的細瓷碗盛著，像捧著一大塊琥珀，熱氣蒸得人眼中含著淚光，想到過去幾天的煎熬，的確是想下淚。

迷上熬湯之後，就會鑽進牛角出不來，因爲它變化之豐富猶在炒菜之外，可以創造可以發明，菜有食譜，湯少有食譜，它實驗的空間大，同樣的材料由不同的人煮，味道就是不同。

我最恨火鍋湯，有些人以爲內容越豐富，熬的時間越久越好，殊不知被煮之物早就走味，氣血衰敗，絕對是下湯。

喜歡發明一些新的湯品，實驗性極強卻難獲共鳴。試過黑豆加黃豆熬豬腳，有人說聞起來有皮鞋的味道，湯的顏色也高深莫測；又試過番茄加排骨加豆腐加馬鈴薯，爲的是維他命ABCDE俱足，可是這個湯敢喝的人還眞少。

煮魚湯得取法李漁，他認爲吃魚的講究首在一個「鮮」字，再一個「肥」字。像鱘魚、鯽魚、鯉魚都是以鮮取勝，適合作湯品；鯿魚、白魚、鰣魚、鰱魚以肥取勝，適合作膾品。他說：「烹魚之法，關鍵在於火候適宜。火候不到則肉生，生則不鬆；火候過甚則肉死，死則無味。」魚湯的鮮味就在初熟的一剎那之間，啊！這眞深得我心。

我燒魚湯步武李漁之後，一尾魚、一段蔥、一滴油，如同精神戀愛一樣講究純粹，等水一開作料丟進三分鐘就得熄火，那時一鍋湯宛如清水游魚，保持本相之美。多一分少一分都不行，其準確度只有賭徒才抓得準。

燒素菜湯得向狄韶州學習，當年蘇東坡吃了一碗他燒的「蘆菔羹」而大爲嘆服，寫了一首〈狄韶州煮蔓菁蘆菔羹〉如下：

我昔在田間，家庖有珍烹；
常餐折腳鼎，白煮花蔓菁。
中年失此味，想像如隔生；
誰知南嶽老，解作東坡羹。
中有蘆菔根，尚含曉露清；
勿語貴公子，從渠嗜膻腥。

此味好湯的材料是剛從田裡摘下來的蘆菔和蔓菁，亦只是講究材料新鮮。蘆菔不就是蘿蔔嗎？蔓菁即蕪菁，大頭菜是也。這味湯清之又清，極具去腥去油的效果，又能幫助消化，怪不得《山家清供》記述，「菜菔羹」也說：「景客驪塘書院每食後必出菜湯，青白極可喜，飯後得之，醍醐甘露未易及此。」

好湯也講畫意，蘆菔羹青白可喜，賈寶玉在病床上只想喝蓮葉羹，那是貴妃賈元春省親時喝過的一味湯，需用銀質「湯模子」壓出一個個形如蓮葉的麵餅，再澆以上湯燒製，燒時要借點荷葉的清香，一汪清水中飄著一朵朵碧綠可愛的蓮葉，這裡面畫意十足，光想想就可以去火消暑。

這之所以我很難欣賞西餐的湯頭，好喝的極多，但是多半濃稠如泥，不具想像空間。日本料理的湯就光有畫意，一缽黃水中飄著一朵裂開十字的香菇，令人想到雨季或原子彈或世界末日；或者三兩張油綠的昆布自由變形如現代畫。湯名也極雅，什麼「月見吸」「秋物吸」，但大都吸不出什麼味道來。據說日本料理講究無味之味，那實在太玄，離脾胃太遠了。

胃口壞的人愛談吃，人老了才寫食譜，這恐怕也是補償心理作祟。佳餚在回憶中更顯甜美，就好像愛情一樣，這令我想到寫吃的人都是逃世者。張翰的「蓴鱸之思」，思想的豈僅是蓴羹鱸膾，竟是起了遁世歸隱的念頭。我在讀古人的食經時，想想他們寫作的時間多是殘暮之年，不覺自笑老之將至。

——原載一九九七年十二月二十四日《自由時報》副刊

六歲寫眞

「媽媽，你愛過我嗎？」

「憨人，怎麼問這個五四三的問題？」

對童年的記憶停滯在六歲——之前無記憶，之後不願記憶。只知道自己是愛哭不討喜的孩子。可六歲時的照片明明白白顯示母親公平強沛的愛，幸好照片中的我並不太糟糕，所以你可知道那張照片對我的意義多麼重大。

我還記得拍照的那一天早晨，新年的鞭炮大聲鼓噪著，姊妹們正在進行一場搶奪大戰，爲的是每個人都想在新衣上別一枚胸針，大概是先前只爲大姊準備一枚狹長葉子鑲水鑽的別針，六歲的我跟四歲的青妹兩腮鼓鼓的不敢哭，捽頭捽腳誰也不肯退讓，大人都說新年第一天不准哭，否則早就哀鴻驚天。母親幫我們一一穿好新衣新襪新鞋，光是撕開的包裝袋和鞋盒就弄得滿地狼藉，她自己衣服還穿不整齊，匆匆忙忙跑了好幾家百貨行，進門時不停拭汗，手裡拿著兩枚胸針，蹲下身來爲我們別上，我最麻煩，滿頭鬈髮打了無數個死結，光梳這個頭就不知殺死多少寶貴時光，尤其是在新年早晨，又等著拍照片；大姊說：「不要梳了，反正怎麼梳都像鳥窩！」青妹則哭喪著臉一邊玩她的胸針：「要照了沒，來不及了啦！」母親弄完我的頭髮，再給才滿週歲的宜妹換衣服，好在她還不會說話，否則也會跳起來要一枚胸針，我們都遺傳了母親愛美愛妝的個性，六歲燙頭髮，天哪！看來還是我獨領風騷。

母親擺平了四個女兒，自己已無心妝扮，只是白襯衫配素色窄裙，腳上還穿著高跟拖鞋，照片中的母親清麗靜定，看不出心裡有一絲紊亂。大姊站在後排，小小的臉蛋像精工細描的古典美人，淡色的洋裝淹沒那枚胸針，可淹沒不了她的美麗。倒是坐在前排椅子上的我，稚氣未脫，那枚小黑人別針不像飾品倒像玩具，鬈髮被梳平了像一頭亂草，唉！愛美過頭只能造成反效果。青妹靠在母親膝蓋上，肚子圓滾滾的，兩頰的肉都快掉下來，她剛獲得健康比賽第二名，勝利都寫在胖臉和胖腿上，小金龜胸針相比之下顯得特別渺小。宜妹坐在母親膝上，一身閃閃發亮的錦衣，一對圓滾滾的眼珠，是個很俊的娃娃。我還記得那布料摸起來嘶嘶作響，母親有「戀布症」，對質料及顏色很敏感，我們的衣服式樣很簡單，可以看出質料和顏色都很柔和細緻，母親的愛就在這些細細瑣瑣的細節裡展現。對母親來說，美就是愛，愛就是美。

「媽媽，我小時候可愛嗎？」

「好可愛，我最喜歡在你們睡覺時，一面搧風，一面輪流看你們的臉，每一張臉都不一樣，怎麼看也看不厭哪！常常看到忘記睡覺。」

利嘴的祖母重男輕女，她叫我「菱角嘴」，叫青妹「綠豆椪」，我總覺得那是致命的缺陷。後來看照片，我的菱角嘴遺傳自祖母，看起來不醜嘛！可是醜醜的自我形象一直深植記憶。大人對小孩的眼光太苛刻了，動不動就說要帶小孩去整形，母親可從來沒說過。六歲時的照片，總算讓我安心，不漂亮但也不醜，小小的身軀坐在椅子上離地還有幾十公分，小小的鞋子，小小的手掌，原來人之初都是足不落地的小仙子，被母親抱著寵著，明白這個，往後的痛苦又算什麼？

「孩子，你愛過媽媽嗎？」

「不知道。」

對兒子的記憶同樣停滯在他六歲——之前如銀線穿珠，粒粒分明，不敢記憶；之後如棉裡藏針，事事刺心，亦是不敢記憶。放在玻璃墊下的兩張照片都是六歲前後，一張是幼稚園的園遊會化裝表演時拍的。孩子的個性跟我完全相反，不喜歡被打扮，對衣著毫無興趣。我常需很有技巧地哄騙他才肯乖乖就範，那天我將他打扮成彼得潘，小紅帽上插了一枝羽毛，是我從市場雞販附近地上撿回來的雞毛，蘋果綠的短袍用大號的T恤改成，腰間繫的細帶兩端各黏一根雞毛，領口和裙襬滾著鋸齒狀的花邊，是剪壞一件洋裝的代價，我一向不擅工藝裁縫，眞不敢相信那件「大作」是我完成的。兒子作這樣的打扮眞是可愛，他比我漂亮多了，從小抱出去，人人都說是「品種改良成功」的結果。他被讚美慣了，時時顯示愛嬌的表情，那天大概也覺得自己特別討人喜歡，跳上跳下，帽子鞋子不知踢到哪裡去了，光著腳丫子，拍照時特別演出，一隻腳前一隻腳後，擺了一個渾然天成的姿勢，正午的陽光照得他全身發亮，宛如天使降落人間，每當看這張照片我感到恍惚，這眞是我的小孩嗎？我眞的能夠擁有這麼好的小孩嗎？他的眼珠在黑夜中亮得像寶石，他的話語如同天語綸音，我愛孩子，孩子也愛我嗎？

從小他就是不黏人的孩子，送到保母家從不哭鬧。我第一次遠遊他不到三歲，看到我回來，眼睛微濕墊著腳尖慢慢朝我走來，五分鐘後就開始玩他的新玩具；第二次遠遊他已四歲，我抱著他依依難捨，不小心刮掉他小傷口的結痂，他痛得哇哇大哭，我只有狼狽逃走。回來時他一再說：「大陸會下雪不好玩。」好像藉此自我安慰母親棄他而去。我一再地從他身邊逃走，他已慣於別離，移居台北後，更加認同父親的權威性格，母子的感情不像以前那般親密，有一天他終將如我忘記母親如何愛我的事實，問我：「媽媽，你愛過我嗎？」我收藏這些照片，是愛的印記，也是一切一切的答案。

「孩子，想跟媽媽再跟以前一樣住在一起嗎？」

「等我再長大一點。」

孩子已經很懂事了，知道現在他屬於父親，我擁有的只是他六歲前的照片和記憶。一歲之前他只要我不要別人；兩歲時常說要跟媽媽結婚；三歲時難得跟祖父母出去玩，一路上一直叨念：「媽媽一定很想我。」老遠地從北海岸的公共電話亭撥電話回來說：「媽媽我很快就回來了。」四歲時睡前遊戲說故事總要一小時，等他睡著稍離開幾步，他又跳起來。有時偷溜出來看書，他亂七八糟套上衣服褲子又撲到我身上；五歲跟我到美國教書居住一年，下大雪時，我們倒退著走路去上學，上兒童圖書館，吃一塊錢兩大片的披薩，他說要跟媽媽永遠住在美國；六歲，他說長大後要蓋一棟有電梯的大樓，一個人住一層，他住樓上我住樓下。我問他：「那你的太太孩子住哪裡？」他說：「還沒想到，以後再說啦！」

玻璃墊下的另一張照片是一年級暑假一起去新加坡玩拍的照片，在動物園裡，看完黑猩猩表演，我愛上了黑猩猩，調侃兒子：「猩猩比你厲害吔，會算加減乘除又會掃地，你還不會呢！」他氣急敗壞地打我一下，不過後來我們都各自抱一隻黑猩猩，還照了一張價值不菲的觀光照，朋友每每看照片都要笑：「坐得好正，笑得好僵，還是黑猩猩可愛。」照片裡的兒子，嘴角微揚，短短的腿坐在椅子上，離地也有數十公分，小小的人兒，小小的臉蛋，停格在某年某月某日，一個母親和她的孩子甜蜜地交會。

誰會記住這些？除了母親，只有照片。何年何日再相會？除了照片，唯恐在夢中。

——原載於一九九九年十二月七日《中華日報》副刊

瓶之腹語

……我沉溺於流蕩的線條，並冥想著虛空……

越早的瓶造型越奇特，有時超乎現代人的想像。譬如史前廟底溝型的汲水瓶就像一枚橄欖，尖尖的底長長的頸，還帶兩只可愛的小耳朵，使用時長繩穿耳，拋擲到河中央，如此才能汲取較乾淨的水。橄欖形的瓶子可背可提，就是無法站立，平時大約斜倚在牆角，或懸掛在屋簷，飄飄蕩蕩，瓶體極輕極空，上面飾滿漩渦波紋，還泛著一顆顆圓大的水珠，水中有魚乎？水中有鮫人之淚乎？想想瓶子在水上載浮載沉的樣子，美極。

希臘古瓶喜用人物圖像裝飾，有的半蹲半跪，有的飄然直立，然而其中有玄機，四面各一的人物，快速翻轉時，動作連續，好似動畫般，或翻觔斗，或跳躍，或步行，靜中有動，動中有靜，古希臘人的確深懂美感。

日本明治時代詩人將自己的詩燒到陶器上。

白玉瓷器之表皮
有染料之芳香
丹色歡樂之夢
哀愁鈷土礦與蔓草花紋

詩意雖朦朧，倒像是一個人觀賞瓷瓶的喃喃自語，讓人彷如親見。日本人愛陶瓷可謂極矣，為了研燒陶瓷不惜俘虜高麗李朝陶匠，因而開創了日本的陶藝。彼時的赤繪確有哀感頑艷的味道，怪不得說「丹色歡樂之夢，哀愁鈷土礦與蔓草花紋」，瓷瓶正在泣血哩！

莫怪乎有人認為神與壺為一體。台灣原住民多有崇拜壺神的，平埔族奉祀阿立祖，神體即是壺，鼓朋平底，小口，類似油壺。神化身為泥鰍住在壺裡，多麼逗趣的想像！令我想到所有史前陶器，無不端莊肅穆，圓腹平底，大約模仿天體，天圓地方，彷彿有神靈居焉。

中國瓷器最引人遐思的莫過於「紫窯」，有人形容它「青如天，明如鏡，薄如紙，聲如磬」，可惜已成絕響，現代人無緣一見。五代時期後周世宗柴榮在大臣請示皇家御用陶瓷顏色奏章上批示：「雨過天青雲破處，者般顏色做將是。」雨後初霽雲破處的天青色，正是後周世宗嚮往的顏色，那是淡淡的天藍，予人縹緲幽深的感覺，開啟了中國人對理想瓷色的追求，它是以天色爲模仿對象，並寓寄著道家的幽玄思想，道與器合一，說它是雕塑的藝術不爲過。

宋代的「汝窯」即是延續此理想的顚峰之作。藍中泛灰的釉色，隱約可見霞光，那是瑪瑙研成的釉水造成的效果，並均勻地分布細小的蟹爪開片，像是近晚的天空，靉靆蒼雲屯，那到底是如何造成的？後人想破頭也無法再造同樣的效果。故宮的汝窯紙搥奉華瓶，造型敦厚樸素，彷彿只有如此才能烘托美好的釉色，它的氣質不凡，簡直非人間之物。

……我低語，因爲愛；我沉默，因爲回憶著愛……

不知道什麼時候開始，瓶壺淪爲日常生活的器用，從天上降落凡塵。東羅馬帝國的蘇丹迷戀中國的青花瓷器，他迷信中國瓷器一旦碰到毒物就會變色，宮廷裡充滿權力鬥爭，皇帝隨時都有被毒殺的可能，因此搜集青瓷防身，現在特普卡普宮裡收藏著大量的中國瓶罐，傾吐著千百年來的宮廷血海深仇。

西方人第一次見到中國的瓷器，無法相信它是泥土做成的，還以爲是蛋殼，但如何在蛋殼上著色作畫，又捏不破？這個問題想了好幾個世紀才想通，總之，許多人爲之瘋狂，薩克遜王奧古斯都一世，酷愛中國瓷器，夢想著建造一座瓷器城，由於阮囊羞澀，竟用自己國家六百名騎兵，跟普魯士王交換一百二十七件中國瓷器。這些瓶瓶罐罐現在還鑲在德勒斯登美術館的牆上，一整個長廊，但見哀愁的鈷藍與蔓草花紋，沉浸在丹色的歡樂之夢中。

瓶罐沾滿人間氣息，這是無法避免的事，它必須習慣被擁有，被打扮，甚至寓寄著主人的性情。《紅樓夢》中寫到賈寶玉用元影青瓷聯珠瓶插桂花，聯珠瓶是鏤空的雙層套瓶，還帶有玩具的作用，顏色是淡到極點的水藍色，插桂花非常淡雅，這裡顯現賈寶玉天眞又愛美的性格；至於薛寶釵用土定瓶插菊花，帶有隱士的風格，賈母因而說她「太老實了」，土定是宋代定窯的民用品，質粗色黃，造型較次，沒有官用品的精細華貴，曹雪芹以樸素的土定瓶插菊花，暗示薛寶釵清淡謙恭的氣質。眞是什麼人用什麼瓶，什麼瓶插什麼花。

小說家在小說中描寫服飾、餐飲的甚多，描寫花插瓷器的甚少。我看川端康成《千羽鶴》只注意他很細心地描寫瓷器，「黑碗綠茶，就像春天發綠意似的」、「……這是只黑色織部瓷碗，在碗面的白釉上，繪有黑色嫩蕨菜花樣」，藉一套瓷器交織兩代人的愛慾，川端眞是愛美啊！裡面描寫父親的情人千代子乳房上長著一大塊痣，大約有一個手心那般大小，紫黑色的痣上長著毛，女兒對她又愛又憎，長痣的乳房跟繪有黑色嫩蕨菜的茶碗暗暗呼應，令人叫絕。

追溯這些瓶的歷史，只爲哀嘆我們這沒有瓶的時代，當易開罐、鋁箔包的飲料人手一袋，不僅是瓶，連碗、杯子都要絕跡了，偶爾看到老式的黑松汽水瓶，瓶口夾顆彈珠，便要興奮得手舞足蹈；如今常在我案頭的，是一只被丟棄的啤酒罐，想到它曾被人重吻過，也只好供奉到底。讀書寫字疲累時，眼光停留在它身上，透明的瓶身，反射曖昧的光，彷彿在訴說它的一片冰心。瓶中有神乎？瓶色如天乎？瓶如鏡如紙如磐乎？在天地之間，極盡聲色之美，又虛空如君子，靜立如神像的，不是只有瓶嗎？

——原載一九九七年五月十九日《自由時報》副刊

老電影

看電影像坐火車過鐵橋，耳朵裡都是聲音，眼睛裡重疊影像，心裡又緊張又歡喜，但總會過去的，一下子所有的聲色光影俱消散。

我的喜歡電影跟小祖母密切相關，她是個大影迷，跟所有的影迷一樣，分不清台上台下，最恨在看電影時吵她，一部好電影可以從年頭講到年尾。在許多年前的鄉下，她也算是時髦女性，喜歡坐三輪車、吃夜市、讀租來的小說漫畫，一邊看一邊抽菸。她當然也愛美，梳妝打扮一早上，只爲出去逛半個鐘頭，她能欣賞中秋月、七月茉莉、好歌好酒和好風景。冬天釀酒，快手快腳敷一層葡萄一層紅糖，很神妙地總在過年前就變成一罈美酒，我們學她傾著頭品嘗滋味，這時她就要講《火燒紅蓮寺》了，說胡蝶扮演的紅姑，俊俏。說鄭小秋，瀟灑。說劍光閃閃，特效，精采。這部中國第一部武俠片，從民國十七年拍到二十年，一共拍了十八集，許多學子因此逃家想到峨嵋山學劍，許多片廠跟著搶拍火燒片。其時小祖母正青春年少，有人說她長得眞像胡蝶，圓圓的臉，長長的酒渦，額前留著密密的劉海，走過我們家的時候，連曾祖母眼睛都亮了，十九歲嫁給祖父，還是老人家的主意，她從此收斂鋒芒，勤快持家，當一個沒有名分的妻子。那些年月她迷上電影，找到遣憂懷的方法。

大約從五、六歲開始，我們幾個小孩，跟著她征服鎮上所有的戲院，剛開始只知道在座位之間鑽來鑽去，所以記得的電影都是片段的，像《羅生門》中，武士之妻被風吹起面紗，露出秀麗的臉孔，躺在地上的強盜因此驚訝得坐了起來。記憶中這一幕是在一片大草原上，場面壯闊淒美，女人的白衣如流紈，臉龐清麗似若尾文子。許多年後再看一遍，場景居然在森林中的小路，女人的臉呆滯肥胖，欠缺引人殺機的魅力，場面又狹迫無力，令人如遺珍寶。大概是看的片子太多，將兩部片子剪在一塊了。

六〇年代的片子種類繁多，日片未禁，默片尚未退場，台語片盛行，國片正要起飛。我們迷上日片《愛染桂》中的岡田茉莉子，卻不懂什麼叫「愛染桂」，總想到桂花時節的愛情，劇情早忘光了，怪不得有人喜歡收集本事，要記劇情比記歌詞還難；還記得卓別林餓得沒東西吃，把皮鞋當牛排切來吃，默片的奇幻可以當卡通片來看；黑白片的《茶花女》，不知是否嘉寶演的，只覺得她病到後來讓人痛苦不堪，太憔悴也太老了，當然這只是小孩的看法；眞正震撼人心的是希區考克的《鳥》，一群怪鳥飛來，啄去人的臉孔，虛幻得如此眞實，每當一隻鳥出現，有人就拚命尖叫，其恐怖只有日片《牡丹燈籠》可以相比，只有恐怖是不會讓人記住的，還必須拍得美麗，眞正好的恐怖片，絕沒有令人作嘔的鬼臉，僅以氣氛逼人。

小祖母教我們欣賞歌仔戲電影，說「聽歌就聽個尾音，小春美不錯，蓋天鳳就差一點」，她自有一套審美觀，一下子批評那個女人「頭毛散牙牙，沒體統」，一下子批評那個男人「㞗斗兼磕頭」，我們都怕被她的春秋之嘴點到，她偏愛叫胖胖的青妹「綠豆椪」，叫我「菱角嘴」，以前以爲是難聽的綽號，不准別人叫，長大才知道不算貶詞。

小祖母以我們的小母親自居，到哪裡都帶著我們，她的年紀只比母親大一些，大約是身世相憐，她跟小外祖母特別談得來，我們也叫「阿媽」，她比小祖母更花稍，鬢上常別朵金花，在戲院旁開一家美髮院兼賣圓仔湯，我們看完電影就去吃免費的圓仔湯。她們兩人則比髮型比衣服說個沒完，我們一叫「阿媽」，兩人都回頭應聲，然後相視而笑。

接著是《梁山伯祝英台》旋風來了，我們陪著小祖母看了一遍又一遍，全本黃梅調都會唱了，姊妹們就扮演起來，表妹扮梁山伯，我扮祝英台，青妹扮銀心，說到：「什麼？英台是個女的！」表妹說成：「什麼？英台生個女的！」這下子戲唱不下去了，一個個笑倒在地。

黃梅調電影紅了近十年，那也是台灣影迷的黃金時代，生活裡都是電影明星和黃梅調，上至台大教授下至賣豆花的，哪個不會哼上一段黃梅調，什麼《魚美人》、《鎖麟囊》、《血手印》、《寶蓮燈》、《七仙女》、《金玉奴》……，說也說不完，唱也唱不完。

那時香港的電懋公司與邵氏公司打對台，前者人才濟濟，張愛玲爲電懋編的劇本《情場如戰場》，主題曲：「情場如戰場，戰線長又長，你若想打勝戰，戰略要想一想，你若要打敗仗，最好是先投降。」紅遍大街小巷，張愛玲出手總是不凡。

一九六四年，電懋老闆陸運濤，來台參加影展不幸在台中附近墜機罹難，電懋走下坡，邵氏一枝獨秀。我們在除夕夜一領到壓歲錢，就去買一本《南國電影》，一片大棗子，一邊喝小祖母釀的酒，一邊搶雜誌看，直鬧到鞭炮響，新年到。

黃梅調電影熱一過，小祖母突然變老了，整天躺在床上，不喜外出，那時流行武俠片、瓊瑤片、好萊塢片，都是她不喜歡看的。回想起來，那一年的手傷也許是關鍵，住院好幾天，回來時神色慘然，一面哭一面說：「我從十九歲看到你祖父就喜歡，吃苦比吃鹽還多，而他卻沒來看我，連問一聲也沒有，枉費我一世人……。」

在她最需要人安慰的時候，只有我在身邊，卻呆若木人，她的哭聲和我的沉默尷尬地頑抗著，一起沉落到心靈的暗影中。越需要感情的地方越退縮，這大概是她漸漸不喜歡我的原因罷！

小祖母退休，換大姊上陣當領班，她迷洋片，我們也跟著起舞，那時戲院不對號入座，熱門的片子搶不到座位只好站著看，我們背著大書包站著看完的片子有《巴頓將軍》、《誰來晚餐》……。是否腿酸早已忘記了，只記得巴頓將軍長得像國文老師，那一號抱臂的姿勢，讓我們瘋狂發笑。

我們一致鍾情《齊瓦哥醫生》，電影有電影的好，小說有小說的好，反反覆覆不知看幾遍，終於知道什麼叫浪漫，小說人物的生命比眞實人物更強烈，當娜拉舉槍射擊強暴她的男人時，齊瓦哥醫生看呆了，我們也看呆了，就像小說中所寫的：「當你一個身著女童制服的陰影出現在那間房子的暗處時，我這個對你一無所知的男孩，立刻明白你是誰，懷著發自內心的通體煎熬，我意識到，這個單薄的瘦削的小女孩，像充滿電流似的，全身充滿了世上的女性美。我如不當場斃命，此後一生就會充滿悲傷和渴望的磁波。我滿眶熱淚，我內心在哭泣，在發出熾熱，我爲自己，一個男孩，難過得要死，而我更爲你，一個女孩，難過。我整個的存在都感到驚訝，我問自己，愛並充滿愛的電流已是如此痛苦，那麼，電流，激發愛的女人，不知道有多痛苦。」

這樣的情話不會出現在現代的小說文本中，那標誌著一個時代，屬於《咆哮山莊》、《安娜卡列尼娜》的時代，那讓現代人若有所失的時代。這本書並不太老，一九五〇年代，彷彿是上世紀或上上世紀。

讀大學時，霸道的男朋友指定我去看《巫山雲》，伊莎貝爾艾珍妮飾演的癡情女子，爲愛走天涯，落得憔悴而死。這令男人嚮往的女子，卻讓女人心碎。每個人理想中的愛情到底是如何構成的？從小說中電影中歷史中汲取？人的盲目不都是因爲不相信自己是獨一無二的，而愛情是不能抄襲的？

在那不久，每一次看到小祖母，都覺得她更加委頓，她在我讀研究所時過世，那天正是端午節，她忙著替我們包粽子，還綁不到一串，大叫一聲母親的名字，就斜躺在客廳中的沙發中過世了。身邊只有母親和我，母親爲她更衣，我替她梳頭，其實她已無髮可梳，頭禿得厲害，一陣鬱悶，躲進房間發楞，母親因此怪我薄情。每當她需要我的時刻，我就是無情以對，多麼難理解的感情，不能得到她的愛，比得不到母親的愛還痛苦。

她已盡力活著，她付出的愛已超越了她自己，這麼強烈的生命只有強烈的愛才能說明，她是獨一無二的，然而她並不相信自己。

影像之後還有影像，誰知道最後的影像是什麼？電影是談不完的，猶如往事，過了一座鐵橋還有一座鐵橋，眞實人生的圖像往往要在生命結束之後才能完成，電影提早替我們勾勒人生，當我們沉迷在其中時，哪能想到我們也在演一部電影，一部尚未完成的電影。

——原載一九九七年九月十三日《自由時報》副刊

卿卿入夢

那在現實中相恨的，在夢中是相愛的。

就在妳告訴我關於離家出走的夢時，我又夢見我們的老家，每次建築的樣式都不同，特徵卻相同，來去都是人堆人垛，房間很多，房子大得離譜，就算有這麼多房間還是很擁擠，我找不到自己的床，每張床都睡著人，家裡似乎在舉行婚禮，母親笑臉盈盈招呼客人，穿著大花大朵的衣服保持在最豐美時的姿容（夢中母親永遠不老，而我已是滿面風霜倦遊歸來），我問母親：「怎麼沒看到新郎新娘？」母親說：「你瘋癲，新娘就是你呀！」我一面說一面往樓上跑：「我不要結婚！結婚會害死我的。」房子的樓層很多，爬了無數個階梯，仍然爬不到頂樓。

總是這樣，我夢見的大多跟房子有關，而你夢見的多是離開家庭去赴某個男人的約會。你正在整理行裝，告訴丈夫將出差一兩天，他以懷疑的眼光盯你，你背過身去假裝收拾行李，孩子們在樓下玩得很開心，無視於你的離去，如果他們跑過來擁抱你或阻擋你，那麼馬上可以放棄出走計畫。然而一切那麼順利，你踏上北行列車，在某個城市某個房間，那男人焦躁地等待你的到來。爲了躲避別人的視線，你假裝看報紙擋住自己的臉，座位旁邊坐著一個老男人，你怕他跟你搭訕，故意用報紙擋著他，火車前進不知穿越幾站，老男人要下車了，他站起來拿架上的行李，這時你看見他的臉「爸爸！」警駭與大叫令你醒來。

如果父親代表權威與禁制，那麼我夢見小祖母源於何種情愫？在夢中我們談了一些話之後，意識到她早已死去，我問她：「你去的所在咁會艱苦？」她說：「嘸，攏嘸艱苦。」她的影像如同電影的淡入鏡頭慢慢消失，我奔回老家她住過的房間，猶能感到床上竹席之冰涼，坐在床上翻抽屜找尋有關她的身世資料，結果只找到一張她當藝旦時的照片和一紙賣身契，紙上墨跡清晰，字字映入眼中。

一直沒有放棄追尋小祖母的身世，從母親或鄰人的口中得來皆枝枝節節。最近我讀一本有關台灣早期藝旦的研究書籍，不自覺地在裡面找尋小祖母的影像，企圖拼湊她從未描述的一生：從小送給鄰里當養女，十歲被賣到酒家，立下契字：

……立找盡根手膜字人謝亮，三重埔仙境宮百番戶居住，有親生女一。名玉琴，年紀已經十歲，因家中貧苦，日食難度，前向過郡城外陳月鳳宮胎借七五銀伍拾大元，今再找盡去七五銀貳拾伍元，二次合七五銀柒拾伍元，一找杜絕，永無後悔，其女交付銀紙前去掌管使喚，爲妓女，藝妓聽業主裁。保此女係是親生女兒，與房親他人無干，若女子不受鳳教訓，聽鳳轉賣他人，毫不敢出頭阻擋。此係同媒三面言議明白，甘願各無後悔，如有風水不虞，此亦天命。恐口無憑，令立找盡根手膜字壹紙，合前胎字一紙，共二紙，付執存炤，登門進財，萬事如意，手膜甘願。

藝妓多由鴇母延請老師到家中授課，從九歲十歲開始學藝，除學唱曲之外，也彈琵琶、揚琴三弦，有時也讓她們讀書識字，訓練酒量、交際手腕，待至十四五歲時，開始隨養母南下各大城市，一般稱爲「飲墨水」，因爲中南部地主多。第一站通常是台中，作上一兩年，然後南下，呆個三五年，等人面熟了，再選恰當的時機返回台北，整修藝旦間，高張豔幟。藝旦到中南部的主要目的是積蓄資金，打通人面，等到累積足夠的閱歷和名聲，就在台北正式開張。當時文人有詩：

雲情雨亦未曾過，十五輕盈豔冶多；
一墜火坑千萬丈，護花無計奈花何。
未解終身墜愛河，朝朝喜自畫雙城；

可憐身似琵琶大，也抱琵琶學唱歌。

小祖母就在我們居住的南部小鎮，碰上偶爾到酒家應酬的祖父，據小祖母說她第一眼就喜歡他，聽她說這句話時年紀尚小，正在迷愛情小說認爲愛情本應如此。後來才知道舊時代的人不敢把愛情掛在嘴上，小祖母的感情激烈坦率，愛憎分明。這之所以她不曾在我的記憶中泯滅，尚且日益鮮明。

你終於在夢中到達那個城市，經過一次又一次的阻撓與失敗。城市的建築彷如希臘式神殿，你穿過廊柱時，高跟鞋發出驚人的巨響，輾轉尋問，你終於抵達他住的地方，他穿著你喜歡的白襯衫灰色西裝褲，袖子捲得高高的，不知爲什麼你們開始激烈爭吵，驚動許多人來圍觀，基於羞憤，他用小刀劃開自己的手腕（也許他早就準備這麼做），你撲向他用嘴含住流出來的血液……。

在現實你有引人欣羨的家庭：華宅、進口車、長相體面的丈夫、一雙兒女、穿戴不完的華服珠寶，女人至此，尚有何求？然而夫妻之間的對話越來越少，越來越單調，「這樣可以嗎？」「可以。」「要不要到外面吃？」「好。」「貸款繳了沒有？」「繳了。」……。他的話總比你簡短，你害怕有一天他只會用搖頭或點頭回答你。冷戰期越來越長，你們從未激烈爭吵，大多以沉默對抗彼此，剛結婚時是一天，然後三兩天，現在有時長達一個月。

我又夢見我們的老家，這次房子大得更不像話，大概跟咆哮山莊、米蘭山莊一樣大，每個房間設計不同顏色互異，樣樣裝飾皆講究，令人觀看不盡，這房子簡直接近完美。家人齊聚在大客廳裡，我一一點名，每張臉看起來很模糊，但我心中有數，點著點著驚呼：「怎麼大姊沒回來？她不知道小祖母已經死了嗎？」

祖父執意要娶，小祖母執意要嫁，曾祖母素來不喜大祖母，嫌她脾氣嬌縱目中無人，家事又樣樣不會，小祖母自己也沒想到這麼順利被娶進門，引得姊妹淘又羨又妒。那年她十九歲，長得像影星胡蝶，臉頰上笑著亮出兩個長酒窩，大大的鳳眼瞇彎了像要飛進鬢角，進門時大祖母往她身上潑一桶尿。

很通俗也很粗野的情節，裡面卻有人性的眞。總有一段甜蜜的時光吧？年輕瀟灑的祖父，綺年玉貌的小祖母，進門後受到曾祖母的倚重，大祖母因此出走自己創業門店，她雖然大字不識，算盤打得響，這也不奇，所謂「生意仔，精巧巧」，娘家是做大生意的，半條街都是他們的店面，天生的架子大氣魄大，是打天下不是扶家的人材。小祖母丟下胭脂水粉琵琶三弦，獨力扶住一大家，人口繁多啊！光是大姑小姑就六個，大伯小叔三個，後仔五個，大姑小姑都不給作家事，每個都讀到高女，準備做少奶奶。小祖母揹著後仔，一面給翁姑小叔洗衣服，一面刈豬菜餵豬仔，一口大灶，光是飯鍋就有澡盆那麼大，「一天才給菜錢兩元」小祖母嗔怪祖父小氣卻有爲人主婦的扮勢。這樣的日子過了二十年，總算是有情有義的婚姻生活，一直到父親娶妻那年，特地向祖父提出要求，迎請母親回來主持婚禮，他就是不讓小祖母坐大位。那二十年的恩怨沒有人講得清楚，每個人肚子裡都悶著氣不願提起。那時小祖母已上四十了，沒有生育子女，曾祖父母都已過世，失去靠山後，情勢直往下跌，大祖母住進她從前住的大房，小祖母搬出大房住進狹小陰暗的偏房。台灣人的房子象徵出生的順序和地位的高低，二十年來明爭暗鬥，小祖母到底還是輸了。

這次你夢見丈夫跟蹤你，拿著手槍逼問你：「男人在哪裡？」你說：「沒有男人，他走了。」他朝你開了一槍，你倒在地上，卻沒有流血，他說：「我不要你死，我們重新開始吧！」你說：「不！」接著場景突然轉換，你拖著一口箱子在陌生的城市遊走，箱子越來越沉重，你懷疑箱子被掉包，打開箱子，裡面冒出一個人頭大罵：「這是我們的家，不要隨便開箱子！你知道箱子是我們的大門嗎？」所有的人從箱子鑽入地下，那裡的構造如同普通住家，隔出許多房廳，也有電視、冰箱、家具，就是沒有桌子，大家席地而坐。你發覺地面上到處是這種箱子，地上杳無人跡，你想翻開別個箱子找尋那個男人，卻害怕遭到同樣的辱罵。你徘徊於箱子之中，惶惶如喪家之犬。

每天你按時上下班，接送小孩上下學，中午休息時間都在百貨公司度過，所有的百貨公司都大同小異，一樓賣化妝品和鞋子，二樓少女裝，三樓淑女裝，四樓男裝，五樓童裝，六樓家庭用品，地下樓超級市場，每一樓用品都是家庭必需，簡直是大型的家庭陳列館，你以爲找到私密的避難所，卻難逃家庭羅網之中。

我夢見你，我們一起回到老家，咆哮山莊擴大爲曼斯菲爾莊園，房間多得數不清，我說：「越大越好，這樣每個人都有自己的房間。」你說：「留一間給弟弟，一間給小祖母，要大間一點的。」我說：「可是他們都死了。」你說：「你怎麼可以這樣自私，他們活得多麼可憐。」

小祖母晚年住的房間的確很簡陋，家裡頻添新人口，幾個小孩子都跟她擠一床，現在連跟祖父說話的機會都失去了，每天早晨她會送洗臉水和糖雞蛋給祖父，大房裡通常只有大祖母在，祖父一大早就被遣去看管店面，大祖母大剌剌地脫衣洗身並把糖雞蛋吃下。小祖母和祖父在同一屋簷下，咫尺天涯。她窩在床上的時間越來越長（我永遠記得那床竹席，被睡得發亮泛著螢光），小房間的光線昏暗，她就著向天井的窗口讀孫女的童話故事和漫畫書，常常塞錢在我們手裡，不好意思地要我們替她租《機器貓小叮噹》。有一天整理床鋪，棉被裡蜷著一頭響尾蛇，小祖母邊叫邊哭，捉蛇的人來了，不久蛇被剝皮用竹竿掛在門前，據說可以驅走百毒。鄰人傳說我們讓小祖母住在蛇窩裡。

我一再夢見老家，以過度虛華的房子彌補童年的匱乏，大家庭空間不足卻充塞著敵意，你砍我一刀，我砍你一刀，彼此咬來咬去，眞是個蛇窩呀！我從來不相信人與人之間能和平共處，越是親愛的人越是彼此傷害，也許在內心深處從來沒有原諒那個家，才會在夢中不斷回去，回去再造一個新家。

你夢見我無家可歸，提著一只行李箱投奔你，你說：「快丟掉那個箱子，我知道裡面住著一個男人。」我說：「裡面什麼都沒有，我所有的東西都被搶走了。」你說：「我們不要住在這裡，我陪你回老家，我們好久沒有一起坐火車。」我們買了一籃橘子，一起搭南下的火車，在車上分食一個橘子，你說：「好甜，從來沒吃過這麼甜的橘子。」我說：「是啊！好甜。」火車無聲無息地前進，我的嘴以特寫鏡頭不斷嚅動享受甜美的汁液。我們都開心地笑了。

你我訴說彼此的夢境，你的夢通向我，我的夢通向你，我們在夢的列車上相遇。在這世界上，還有人願意傾聽你的夢，就不該對生命絕望。人生而孤獨，孤獨地爲自己的夢輾轉反側，晨起怔忡，卻沒有人會有耐心傾聽別人的夢。然而我知道，我們藉由夢連接了彼此，並治癒了過往的傷痛。我眞的相信心靈自有通道，通向夢的彼端。夢的彼端斷然不會有恨，就算有恨，也會以愛的形式顯現。我們在夢中表達的強烈愛意，才是生命的本意。如果我曾刺傷你，請原諒我吧！因爲我也願意原諒過往的一切，那些曾經傷害我的人，當我夢見他們，總是愛著他們的。在夢中，你無法恨任何人。

——原載一九九九年八月十一日《中華日報》副刊

戀子情結

「游泳眞的可以減肥嗎？」在游泳池中被攔住問話，這還是第一次。拿下蛙鏡，眼前是個年約五十的婦人，身材矮胖，皮膚粗黑，臉上爬滿歲月的痕跡，說話時眼角神經質地抽動。「可以吧?!但要持之以恆……」我說。

「這是我女兒。」她得意地介紹，哦，原來這才是主題。眼前的女孩，年約二十歲，千嬌百媚，亭亭玉立。不管多漂亮的人，在游泳池中都會醜個幾分，戴泳帽讓人看起來呆頭呆腦，泡過水的臉有點浮脹，而且眞正身材好皮膚好的人畢竟不多。只有眞正的美女在游泳池中更美更豔，終於知道什麼叫出水芙蓉。

「好漂亮！」我脫口而出。「是啊！她綜合我跟我先生的優點，但你不知道，爲了她，我付出多大的苦心，就光光爲這學鋼琴吧！從四五歲到現在，不知換過多少個老師，一個比一個住得遠，又要接又要等又要送，唉啊！你不知道養她有多辛苦……。」

「是是是。」「現在我最擔心的是，過幾年她結婚後我要怎麼辦，她不能沒有我的，所以結婚後，我要跟她住在一起。」「不好吧！很少女婿願意跟丈母娘住的。」「誰說的，我聽人家說，打從結婚就一起住，那時，岳父母還不太老，住久了，就算變老還可以慢慢接受，如果一開始就分開住，等你眞正老了，他反而不能接受，不如……」聽她絮絮叨叨自顧自說下去，我感到一種比愛情悲劇還悲劇的未來，笑容變得越來越僵，還滲出苦味來。

一直覺得「戀母情結」、「戀父情結」在中國社會不算嚴重，嚴重的是「戀子情結」、「戀女情結」。所以看張藝謀拍攝的電影《菊豆》，裡面的弒父情節總是怪怪假假的，後來讀原著才恍然大悟，情節被動了手腳。「伊底帕斯」跑到中國就是不倫不類，倒是《孔雀東南飛》、《梁山伯與祝英台》才能讓人一掬同情之淚。這些飲恨自盡的癡情男女都是父母之愛的犧牲者。

不是孩子捨不得父母，而是父母放不開孩子。在小津安二郎的電影中，表達最深刻的就是這種戀子之情，通常是孤獨的老父捨不得女兒出嫁，在《秋刀魚之味》中，父親捨不得女兒離開自己，眼看適婚年齡就要過了，他還猶豫著，一直看到老師的女兒，被耽誤婚期，年華老大變得又兇暴又不快樂，才決心把女兒嫁出去，好不容易女兒出閣了，他到酒店買醉，有人問他：「你穿這麼隆重，剛參加喪禮回來嗎？」他回答：「差不多。」在《晚春》中，父親爲了讓女兒順利出嫁，謊稱將要續弦，讓女兒在不諒解中毅然出嫁。婚前父女同遊，晚上同宿溫泉旅館，女兒看著父親熟睡的臉，潸然淚下。

小津安二郎能將東方人的感情表達得那麼深邃眞實，除了他過人的才華，不能忘記他終身未婚，事母極孝，母親過世不久，他也跟著病逝。東方人的親情才眞的是海枯石爛，九死不悔！

在心理學上，戀父情結連結的是弑母，戀母情結連結的是弑父，而東方式的戀子情結連結的是弑子，愛之欲其生，恨之欲其死，多少自盡的父母還要拖上自己的子女，開瓦斯的、上吊的、臥軌的，生在一起，死也要在一起，想來令人毛骨悚然。殺人一次只殺一個，殉情一次死兩個，殉子一次要死全家，說它病態眞夠病態。

但願天下的父母愛自己多一點，愛子女少一點，給他自由就是給他愛，當然我們的社會也要給銀髮族多一些愛多一些保障，否則不知多少悲劇將要發生在父母子女之間。

走出游泳池，在更衣室裡，看到許多母親爲小女孩擦身體吹頭髮，一個捉一個，活像母猴捉小猴，在溫馨中感到一陣心酸，閉上眼睛，讓蓮蓬頭噴出的水柱灑了滿身滿臉。

櫃子的心

最近搬來個室友，必須騰出一個房間和一只大衣櫃，那間房間平常空著，等於是儲藏室，清出來的妖魔鬼怪眞是令人不敢相信。

首先是玩具大狗熊、多多龍和美國紅蕃造型的時鐘，還有一雙二十年前買的馬靴，簇新的，一次都沒穿過，因爲靴跟太高，包著小腿又緊又不舒服，七〇年代的麂皮馬靴，現在正流行，可惜現在的我比二十年前胖了一些，靴子更穿不下去，眞是一雙令人悲傷的靴子。

還有十幾年前，初入社會的上班服，大多是母親爲我購置的，質料極好，價格極昂貴，西裝上衣窄裙，把二十來歲的少女打扮成中年的貴婦，母親眞是巴不得像吹氣球一樣把我吹大，那種樣式的衣服，五十歲以後我才打算穿。

你看過造型這樣詭異的皮帶？你能想像皮帶的材質如此多樣？蛇皮、壓克力、金屬鍊、小羊皮上鑲著假寶石、蕾絲鬆緊帶，和長五六尺的纏腰?!不知哪個年代，不知中了哪種毒癮，我四處收藏造型特異材質特殊的腰帶，多麼令人羞恥的瘋狂收藏，眞想登報作廢。

還有鞋子哩皮包哩，跟那位伊美黛鞋之女王相比，我的鞋子實在算不得什麼！不過，我的鞋膽很大，什麼奇形怪狀的造型都敢接受。像那雙黑緞細帶上鑲水鑽的細高跟鞋，我沒有任何一件衣服配得上它；還有金蔥編織的平底鞋，買大了兩號，穿起來時有掉下來的危險；另有一雙麂皮作的涼鞋，很墨西哥風，鞋跟像象腿，上面繪有印象派的繪畫，要找一個適合穿它的黃道吉日恐怕是遙遙無期；還有那雙像摻了砒霜似的淺紅色漆皮高跟鞋，有人說看了「實在受不了」。

至於其他的衣服更是光怪陸離，無奇不有。

搬進來的表妹像阿拉伯公主出嫁，什麼布娃娃、抱枕、沙拉油、汽油桶裝的蜂蜜、洗頭洗身各種香精乳液，瓶瓶罐罐，看來這後生可畏，實力不比我差。

物品屯積到某一種程度，得到的不是滿足，而是厭棄。

我嚮往那些過簡樸生活，淡泊寡欲的隱士。

現在上街光抱持著欣賞的態度，只用眼光戀戀地包圍那些誘人的商品，然後就與之訣別，這種態度令我有壯士斷腕的橫絕快感。當然我知道這種狀況支撐不久，不知哪一天，所有的欲望再度萌起，衣櫃裡又會有新的衣服。

一定要有新的辦法制止這些無法控制的行爲。

有一陣子，爲了節制購買慾，採取精兵主義，只買精品，花令人心疼價格買的衣服總會愛惜，而且元氣大傷之後，總要一段時間才會恢復。結果太高貴的衣服穿在身上，讓我覺得自己不配啊！眞像灰姑娘扮演公主，那些衣服最後還是束之高閣。後來走市場路線，只買一百九十九、二百九十九的衣服，穿幾次就丟。那也不是辦法，廉價的衣服穿一兩次就衰敗如枯葉，東塞塞西塞塞，形狀更是慘不忍睹。

好懷念小時候一件白色直筒洋裝，兩片腰子鎖，以下滿是皺褶和蕾絲，那件衣服是教堂美援品中的二手衣，我愛之若寶，從青春期穿到讀大學時，仍然捨不得丟。那時，三姊妹共用一個衣櫃，每個人只有一個抽屜，裡面包含四季衣裳和制服，那時從來不覺得衣服不夠穿。

要回到從前當然不可能，但是我多麼喜歡空盪盪的衣櫃，如果心靈和欲望也這麼空就好了。

結果你知道我做了什麼嗎？我把衣櫃一一上鎖，鎖得牢牢的，擁有一個空盪盪的衣櫃眞好。

空空的櫃子裡有一顆寧靜的心。

衣魂

有一個衣櫃，寄放在記憶陰蕪角落，當我離去，它或許正在傷心哭泣。

衣櫃是家庭權力的角力場。聽說一個男人離婚的理由是每天打開衣櫃時的夢魘，他太太的衣服張牙舞爪占領幾乎全部的空間，而他僅有的三兩件衣服緊貼櫃角，被擠壓成餅狀塊狀，這大大傷害他的男性自尊，與其每天都要面對衣櫃淪陷的恐慌，他選擇的是擁有自己的衣櫃。

他爲什麼不反攻？跟著太太添購衣服搶占地盤？只因他是個名士派，不屑藉衣服妝點門面，結果贏得了風範，卻失去了衣櫃，可見要在風範和衣櫃之間爭取平衡是件多麼困難的事。

如果眞要選擇，女人恐怕會先搶占衣櫃再說，搶贏的總是女人，許多男人面對女人在衣櫃中開疆拓土的威力早就棄甲而逃。男人不屑與女人爭奪衣櫃空間，可並不表示他不在乎，他的權力欲望擴展在別的地方，他總是會反攻的。

剛結婚時，在那個群居的房子，我並沒有自己的衣櫃，單薄的幾件衣服寄居在丈夫與小叔合用的衣櫃，小叔的衣服占去一半空間，丈夫的皮衣、西裝、夾克也頗有體積，我那紅艷的嫁妝，雖然搶盡顏色，薄紗的材質容易被欺壓，原來光華懾人的小禮服被擠壓得風儀盡失，形成虛幻的存在。我只能打游擊戰，生存的方式是無孔不入，皮包、絲襪、手套有縫即鑽；有一陣子嗜買睡衣，只因它的材質薄、體積小，抽屜的邊角，吊衣櫥的下檔，或攤平或摺疊，我選擇這種悲涼的存在方式，因爲意識到在這裡生存不易。

母親生長自舊式大家庭，深諳權力之道，她連夜親自坐鎭，從南部到北部押送一卡車家具和家庭用品，上自床組梳妝台，下至針線剪刀，無不齊備，可惜房間太小擺不下衣櫃，她爲我搶占的基地，總算稍稍扳回一城。可不久我那些小東西紛紛從櫃子上敗陣下來，有人嫌它礙眼，收的收，藏的藏，爲此暗吞不少眼淚。

不久，我的房間也淪陷了，小叔進駐，丈夫與我退居三坪大的小房間，重整格局，勉強塞進一個小衣櫃，衣服總算找到歸宿。其時孩子已出世，衣量暴增，衣櫃裡盡是嬰兒衣服用品，丈夫與我的衣服只能是配角。可孩子的衣物甜美可愛，任誰都會甘心相讓。僅餘的空間就讓我偏愛的長洋裝翩翩飛入，裡面還有一些私密的收藏：母親送我的藍色小化妝箱，裡面裝著象徵圓滿的龍銀和一些母親佩帶過的首飾，戒指上的珍珠已微微發黃，五〇年代的鑲工卻頗有味道；我最愛那一雙母親結婚時戴的手套，象牙白的色澤如新，上面爬著同色系的錦繡和珠花。母親愛美我也愛美，母親的掌型飽滿圓短，我亦如是。戴上手套時指尖是空的，玩弄那一截空令人暈暈然傻笑。有些事眞的神祕不可說，愛的血流不可說，物的餘情亦不可說。

當感情美好時，擁擠也是幸福，孩子、丈夫與我擠在狹窄的空間，自有挨緊的甜蜜與熱鬧，更何況丈夫信誓旦旦將給我們一個寧靜無爭的家園。我緊抱著這誓言，任孩子的玩具衣物淹到床上來，衣櫃一打開總有什物掉下來，我們猶能翻滾嬉笑，寫作時依偎著衣櫃，挪出一尺見方的空間，在稿紙上創造另一個想像的次元。

爲了善用空間，我的衣服盡選那價高質優的中上品，每年還得咬牙切齒淘汰幾件過時的舊衣。倖存的幾件都是精選，可也華美得像裝飾品：譬如一件白色小外套，釘著金色扣子，配上白底紫花的長紗裙，只穿過一次。那一次聽說是舞會，到場時發現大家都穿得很隨意簡素，一時對自己過度裝扮惱怒極了，後來只有讓它在衣櫃中上吊自殺；還有一件櫻桃色的麻紗長洋裝，布料摻著一點絲質，細看暗閃著珍珠光澤，款式很簡單，精采處在後頭，活動的繫帶成X形交叉，從背脊一路爬到腰間，只要抽緊帶子，曲線展露無遺。我總以爲那件衣服不是我的，是屬於另一個浪漫妖嬈的女人，一如電影中的紅衣女郎，只可遠觀，不可了解，眞想看到某個人穿上這件衣服，暗中跟蹤她欣賞她；另有一件黑色繡花V字領長洋裝，是居住在美國那一年買的，胸口開得很低，美國的女裝大半如此，長度很驚人，踩上三吋高跟鞋還拖地，如此不實穿卻流連再三。服裝店就在艾蜜莉・狄金遜生前住過的房子附近，後來看她的畫像，才明白爲什麼執迷於這件衣服，跟她穿的衣服十分相似，是新英格蘭的黑，維多利亞時代的風格，從上世紀延伸到本世紀，倘若衣服也有魂魄，輾轉流離，怕也脆弱得不堪輕觸。我供奉那襲衣魂許久，並添購一雙黑色緞面鑲水鑽高跟鞋，水鑽沿著X形細帶交錯，圍著足踝閃著淚光，美得令人心碎。有一次盛會，穿上那襲黑衫搭配緞鞋，整個人似乎也變成一縷幽魂，許多人的眼光落在我腳上，水鑽確有奪人心魂的力量，我的心快要跳出胸腔，衣縷變得千斤萬斤重，衣服眞有魂魄麼？它不能忍受輕佻的注視，我在宴會中途就逃走了，錦衣夜行，多麼可悲的命運！

我怕別人太注意我，可也忍受不了別人的漠視，眞矛盾！這樣就很難抓到適切的妝扮分寸，我的服裝語言就是如此不切主題，失心喪魂。然而，一縷縷衣衫垂掛在衣櫃時是如此安適，彷彿已經找到靈魂的依歸。誰知道，當我的衣服住下時，我的心靈已然遠走。

心靈是漂泊者、叛逆者，婚姻令女人的心靈更加叛逆，美麗的衣裳只是暫時的僞裝，衣櫃也只是最後的棲息地，不久它將以薄紗之翼起飛，隨著衣魂飄蕩，飛至廣漠無人之處。

現在我獨自擁有一個大衣櫃，體積總有以前的兩倍大，只裝我一個人的衣服。穿衣不照鏡，開櫥不瀏覽，生活變得乾淨無心，我不懷念以前的華服，只是有時翻到孩子剛出生時穿的小襪子，會跌坐下來呆看許久許久，我眞的曾經擁有一個美麗的小嬰兒？他癡戀著母親的懷抱，我癡戀著他的一切，他眞是我的？我生的？我養的？還有那些釘滿珠子亮片的印度燈籠褲、阿拉伯織花毛披肩、重約一斤的密釘珠花圍巾……，那眞是我的？我買的？我穿的？

我遺失了一個衣櫃，那裡有我不忍回首的華美收藏，綺羅往事；還有一襲襲裝載過虛榮身軀的錦繡雲裳；屈辱壓迫和空洞的誓言。我無意加入家庭權力的角力，女人需要的不是一個床位和些許的衣櫃空間，她需要的更多。

有時候想到那雙似乎閃著淚光的鑲鑽緞鞋，當我離它而去，它還在繼續行走，以我不知道的步伐，走向我不知道的未來。

輯六

汝身

當車飄飄前行時，
她覺得世界很實在又很縹緲，
風中有種纏綿的溫度，
她全身的肌膚就像白色的草原，
沒有邊際，沒有阻隔，
只有茸草的清香和明淨的天空，
而世界就像水晶一般透明而澄澈。

玫瑰紅玫瑰白

她在早晨七點整坐上二〇五路公車，手中捧著一個紅陶小花盆，盆內裝滿栽培土，沒有看到植物生長的跡象。一個長相清清淡淡看不出年齡的女子，可能是想在辦公室添點綠意的上班族，也可能在城市的任何地方看到的平庸女子，平庸得令人瞧一眼都懶。而城市人對於互瞧甚有興趣，漫長的等車時間，搭捷運或公車，壓馬路逛街，隨時隨地樂得互瞧，看見他人也被看見。前提是你得有什麼出類拔萃的怪異之處，譬如說鼻子上扎七個洞，掛七個鼻環；或身揹機關槍手拿手榴彈，否則是沒有資格被看見的。

二〇五路公車從起站到終站，大約是一個半小時車程。她準時七點上車，約八點半搭另一班車回來。去程大多是通車的學生或早起做運動懶得走路的老先生老太太；回程則多是穿著時髦很 In 的上班族，他們是城市特有的品種，哪怕是泥腿世俗的先生小姐，都擺出淡漠、矜貴、顧盼自得的樣子。他們各懷心事各創衣格，別針、領帶、皮包、鞋子搭配大多讓人挑不出毛病。

第一天、第二天、第三天、第四天，都沒人注意她，也沒人跟她交談。第五天在去程中途，上來一個老婆婆帶著一個大約四歲的小女孩，這女孩眞愛說話，一上車不久就連說帶唱再加上動作，嘴巴沒一刻休息。當她發現有個捧著花盆的女人，一唱一跳奔向前去，發出一大堆問題：「阿姨，你種花做什麼？你種什麼花呀！」「阿姨，你的花盆怎麼只有土沒有花？」「阿姨，我上草莓班哦！明年就要上熊熊班，我阿媽每天帶我去上學，我喜歡搭公車，不喜歡搭娃娃車……」那女人盯著小女孩微笑卻不答腔。倒是有幾個中學生偷捏小女孩的臉頰偷扯她的小辮子，小女孩叉著手裝作很生氣的樣子說：「誰又搗亂了厂丫？看我等一下收拾你。」惹得一群毛頭少年笑得直要抓狂，這輛無情公車開始有點家庭氣息，載著些許歡笑些許懸疑更加使勁地往前奔馳。

她回到家，打開新買的日記本，寫上日期，並有一行紀錄：「第五天，終於有人看到花盆。至憂鬱，清晨；次憂鬱，孩童；又次憂鬱，下空了的公車。」

第七天，花盆裡冒出綠芽，小女孩已經知道這個阿姨打死也不會答話，指著花盆嚷嚷：「發芽囉！發芽囉！」一些通車生也湊近來看，七張嘴八張舌頭：「什麼花？到底是什麼花？」「我猜是豌豆，做實驗的。」「哇拷，你還在唸小學三年級呀？長個子不長智慧的大白癡。」「我猜是相思豆，女孩子都嘛喜歡一些肉麻兮兮的東西。」另有一人就吟唱起來：

「紅豆生南國……」「ㄏㄨㄥ ㄉㄡ？ㄋㄚˇ ㄋㄧ？你唱日文歌呀？」「小聲一點，你看那個女人是不是精神有點那個，比盆栽更像盆栽，動都不動，也不理人。」「管那麼多，精神有問題的多得是，你精神沒問題呀！」那天，她在日記中寫著：「第七天，一把種籽冒出兩個芽，成功率令人滿意。新芽添新愁，一大堆的問題，卻都沒有答案。我沒瘋。」

第十一天，綠芽長成小枝葉，枝彎曲有節，葉圓中帶尖。「哈！這下看出來了，是楓樹，沒錯，我家也有。」「楓樹？你才是青仔欉，你沒看到葉子沒掌嗎？」「那一定是竹子，你看枝葉與一般不同，有仙氣。」「你才有癖氣，長癬！」「我要看，讓我看。」小女孩鑽進人縫，當她發現公車主角由她變成盆栽時，聲量提高動作也更大了，嬌小的個子滑溜地鑽到花盆前，一出手就去抓枝葉，結果是食指冒著血珠直指上天，並哇哇大哭：「我流血了，哇！」「小搗蛋，誰叫你亂抓，好不容易長出的葉子，會被你弄死的。」經過這麼些天，這盆栽好像變成公有的，人人可以發表意見。那一天的日記她寫著：「第十一天，枝葉成形，可以感覺到生長的力量。」

回程的旅客，有些是固定坐這班車的上班族，漸漸有人注意到女人與花盆，他們以世故謹慎的目中餘光偷偷留意盆栽的變化，卻又裝作沒看見。大多數時間他們在瀏覽公車廣告，觀之不足又掃視錯車而過的公車廣告：「這城市有夢」、「有一天繁華終究會過去……」近來流行公車詩，怎麼讀都好像是抄來的，尤其是抄張愛玲。她在日記上寫著：「第二十天，枝葉葳蕤。有一天繁華過去，我將更適應憂鬱，如同另一層肌膚，在荒老中兀自呼吸。」

第二十三天，兩株小樹交纏在一起，花盆顯得太小，枝葉成扇形逸出盆外。「是小玫瑰呢？我看得分栽，否則養分不足會枯死的，我們來建議她分栽，不過捧兩個花盆，怎麼上公車？」「算了，我看她是啞巴兼聾子，問了也是白問，用比的吧！」於是就比手畫腳，意思是如不分栽，玫瑰會死翹翹。她只是頷首微笑點頭。「我看她不僅聾啞，還是智障，根本不懂我在比什麼。」「誰知道你在比什麼，我看像跳鋼管秀，還抱著車桿，太猥褻了吧？」「咦，小搗蛋妹妹呢？今天怎麼沒來？」「可能沒趕上這班車，怎麼，想她了？」「想你個頭。」她在日記上寫著：「第二十三天，枝葉交纏，要分栽嗎？不必，一切順其自然，欲生則生，欲死則死。小妹妹被爸爸抱著在公車站送公車走，她哭了，阿媽怎麼了？病了？還是……不敢想，我覺得小妹妹不會再來了。」

第三十天，左右邊各長一個花苞。固定通車的人一見女人盆中的花苞，簡直要歡呼跳起來。經過一個月的感情培養，這個盆栽不但成爲公有的，而且比任何一株花還重要。「你猜花是什麼顏色？」「你看它微微露出的蓓蕾，白色啦！」「誰說的，明明有點紅，紅色啦！」「不會是這麼普通的顏色，紫色，一定是紫色。」大家各猜各的，人人臉上都有笑意。兩個小花苞好像是新生兒的眼睛，看見新世界也重新發現自己。她在日記上寫著：「第三十二天，不能相信我已度過一個月又兩天。至歡樂，小蓓蕾；次歡樂，陌生人的愛；又次歡樂，心跳著。」

第三十五天，花開一紅一白，因爲未分栽，有些枝葉呈現早凋現象。葉落紛紛，枝幹長成珊瑚狀，有些新長出的花苞未開先萎。「花開了，眞不容易，原來只是一盆土，誰相信眞的會開花。」「眞美，眞他媽的不容易的美。」「花開會多久呢？你看新花苞才一天不見就枯死了，明天說不定花就謝了。」「謝就謝，你沒見過花謝呀！」「不應當謝，我們的花尤其不應當謝。」「阿炮今天沒來，聽說被退學了。」衆人說到這裡都沉默若有所思。

一個打扮入時的中年婦人挨近女人的身邊低聲說：「我注意你很久了，剛開始我以爲你是瘋子，越來越覺得你是曾經爲愛心碎的女人，你坐在那裡，好像把整顆心整個生命攤開來，我一直壓抑想對你傾訴的欲望，不，應該說是告白——當我看到花開，好像是第一次看見，我控制不了自己哭了，它讓我想到曾經有過的最美的戀情。你懂得的，是不是？」婦人說到這裡還繼續飲泣，車上的人裝作沒聽見，但許多人都聽見了。

那一天她在日記上寫著：「當醫生宣判我只能擁有半年的生命，我用這種方式度過殘存的時日，卻沒想到闖進別人的生命。生命各有姿態，如果這是一次實驗，那麼實驗結果是世事無常，人心未死；如果這是一次行動藝術表演，那麼，觀眾投入，我並不寂寞。」

——二〇〇二年四月・選自麥田版《世界是薔薇的》

汝身

她經歷了水晶日、水仙日、火蓮日、苦楝日終於完成了女身。

水晶日

從小她對身體與觸覺特別靈敏。生長在亞熱帶的孩子，終年承受高溫蒸燻和火辣陽光烤射，使她的身體像海蚌一樣柔軟敏感，受到沙粒雜質刺激便緊張蠕動，只爲形成珍珠般的鑑照；而熱帶植物和狂風暴雨所引發的瘋狂猙獰想像，使她的觸覺超越了視覺和聽覺，觸摸於她如呼吸，是聯結世界的美好方法。

孩子們愛與水有關的一切事物：貝殼、帆船、捕魚網、釣竿和水手帽。他們脫光上身在河流中泳動自己發明的姿勢，水中沉浮著如甘蔗皮般的黑皮膚和如甘蔗肉般的白皮膚。有時他們涉水游過浮有布袋蓮的溪流，一面拔扯花朵與莖葉，一面探測河水的深度；有時他們在海濱戲水，與捲遠捲近的海潮瘋狂地追逐。孩子的肉身令人想起有著清涼的風，競放的幸運草和有風箏飛翔的草原。肉身即是玩具或是遊戲的主體，他們需要不時推拉塞擠，時而匍匐在樹叢裡，時而攀爬到樹上，在這冒險的過程裡，流血和流淚是經常發生的細節，但要不了五分鐘，他們的身體又像初生的小獸，急著要奔跑追逐。

當然他們也知道自己身體的脆弱，只要掉一顆牙就能使他們恐懼得不敢起床，而眞正的病痛來到時，又不時嚷著：「我要出去，我要出去。」當他們聽到同齡的小孩病死或溺死時，臉色蒼白，噩夢不斷，彷彿替那個同伴死一回，尖銳地感受到肉身的痛苦和死亡的恐懼，可是藏在衣服底下有呼吸有血流的肉身，渴望著被保護，但又渴望著冒險。

她永遠記得小學時穿著的那件緊束腰腹與大腿的黑色燈籠短褲，平時被隱匿在短裙下，上體育課時就得暴露在眾目睽睽之下，大多數的女孩習以爲常，但她卻感到如赤身露體般的恥辱，她總是蜷縮在偏僻的一角，打躲避球時常常在操場上大哭起來。

大多數的時刻，她覺得身體是愉悅自由的，整個夏天她穿著圓領無袖的白色棉布衣裙，是內衣也是外出服，因爲不斷搓洗，變成牙白色而特別柔軟，像被一團雲彩溫柔地包圍。她喜歡騎腳踏車，小小的短裙飛揚著露出黑色的燈籠褲，鬆緊帶在她的腰間與大腿勒出殷紅色的勒痕，騎車時感到些微疼痛，可是那並不妨礙她的愉悅與自由。

當車飄飄前行時，她覺得世界很實在又很縹緲，風中有種纏綿的溫度，她全身的肌膚就像白色的草原，沒有邊際，沒有阻隔，只有茸草的清香和明淨的天空，而世界就像水晶一般透明而澄澈。

水仙日

她是經由湘湘才明瞭女人身體的種種細節和美妙。對她而言，湘湘是一切美的標準和極致，所有人與她相比，都會太高太矮太胖太瘦太醜太缺乏說服力，她身高一六二，體重四十六公斤，有什麼比這更好的比例，她的鵝蛋臉在別人身上是平庸，在她身上即是俊俏。她的杏眼桃腮和飽滿稍闊的嘴唇都是獨一無二，但是這些也只能形容她百分之一千分之一的美，她有一種精神的美模糊不定的神祕感，只有她能感覺。

喜歡畫畫的她，怎麼畫也是跟湘湘一模一樣的臉孔，但畫筆也只能表達一二，那未能表達的部分恆然使她迷惑心醉。她甚至看不到湘湘的缺點，其實她的皮膚有點粗黑，小腿有個圓疤，但那都不妨礙她整體的美感。

她深爲自己熱情的注視所迷惑，爲什麼視線總是隨著她的身體移轉，到底是什麼神奇的吸引力發生在她們之間，應該說是發生在她身上，一個人孤獨地啜飲著美的迷狂與痛苦。

她同時感覺到自己身體的變化，渾圓的手臂和大腿，身上凹凹凸凸的曲線，胸前並浮著一股濃濃的乳香，她故意漠視這些，彷彿那是陌生人的身體。寧願被盲目的激情引導到神祕的國度，那裡繁花似錦，芳菲如醉，濃密的樹林裡充滿鳥叫蟲鳴，她就像那隻迷亂的蝴蝶，不知來自何方，不斷往花叢撲去，或者蝴蝶只是想成爲花朵的一部分，因此才有如花瓣般的身姿和色彩；或者，蝴蝶是花朵的影子，更陰暗更震動，牠是天使與邪魔的混合物，是花朵沉默的靈魂。

她常渴望自己有雙翅膀，凡人的身體多麼平庸醜陋，除了湘湘，她看到少女的蒼白與自卑，中年人發著油臭的雙手和肚子，老年人的腐朽之氣，這些都令她無法忍受，想逃遁到無人的世界。

她的世界是如此狹小容不下任何醜陋的事物，只有湘湘，令她覺得值得存活。可惜湘湘無法了解她的熱情，也無法回應她的渴求。或許這樣的渴求本無人可以了解，連她自己也不了解，因而陷入深深的痛苦中。

多年之後，她才了解她是在湘湘的身上尋找自己的影子，或者說是女人的影子，湘湘就是女人與神的化身。而那段青春的歲月，爲了逃避自己已然女人的肉身，藉湘湘遺忘自己，藉湘湘形塑女人的影像，當湘湘逐漸遠去時，她覺得替湘湘活著，並知道肉體沒有界限，縱使生離死別也不能造成界限，肉體的交換融合跟細胞繁殖分裂一樣複雜，一個人身包融了許多人的肉體，那使靈魂感到擁擠與沉重的感覺，只是因爲另一個人身隱形地加入。

火蓮日

而當一個眞正的人身加入另一個人身，那又不是擁擠與沉重所能說明的。

起初像得惡疾，不斷嘔吐又暈眩無力，食慾不振，唾液酸苦，沒有一個地方對勁，有時覺得大概是快死了，說不出的難過與憂傷。

佛教的觀念認爲肉體的死亡，會經歷身體的分解和意識的分解，這個過程如火焚身。孕育生命的過程，母體也會經歷一次大分解大焚身，這分解以胎兒脫離母體時最痛苦，生的痛苦與死的痛苦是類似的，但死亡的痛苦已漸漸被了解，生育的痛苦仍是不解之密，因爲女人不敢說，不能忍受這種痛苦的女人將被視爲恥辱。

她是在生產時，才在床上聽到上一代的女人訴說生產的痛苦，每個人的痛苦差異很大，那些神經纖細、內向敏感的人往往是難產的不幸者，而那些神經強旺，勞動足夠的婦女，有的只覺得「一陣酸痲，不知不覺就生出來了」。

不論什麼樣的痛苦都被隱匿，以至於未婚的女孩對這種痛楚一無所知，她到生產時，才知道「女人是被矇騙長大的」，那不知來自何方的被支解被撐脹的痛楚，亦無止盡地延續，就像千軍萬馬在她身上踐踏而過，而產房只能以地獄來形容，到處是鬼哭神嚎，等待床位的孕婦被棄置在走廊上，高高擎起的雙腿和巨腹，令人想到刀俎上的雞鴨，床位與床位之間，只有一條布簾相隔，這裡的哭嚎連接那裡的哭嚎，近處的痛苦連接遠處的痛苦，陪伴的親人有人撫著佛珠，有人陪著哭嚎。

「不要碰我！」一個孕婦痛苦地呢喃。

肉體分解的痛苦，任何的觸摸只有更加強產婦的痛苦，嘈雜與哭泣讓意識更加混亂，一如臨終之人。

她在經歷一天一夜的掙扎後被宣布難產，事實上她早已進入半昏死的狀態，全身的皮膚血管破裂，意識進入黑暗地帶。在剖腹生產手術中，她彷彿聽到基督嚴厲的宣判：「你因教唆亞當偷嚐禁果，此後逐出樂園，世世代代女人將因懷孕而遭受無人能解之痛。」

在強力的麻醉下，她進入時空的另一個次元，那裡的顏色非人間所有，像陷進一大塊愛玉凍中，另有無數把刀將愛玉切割成不同形狀的塊狀物，世界是由塊與塊銜接而成。數不清的裂痕與吐納，冰冷的時間與空間凍結成一塊分不開的巨大冰岩，無止盡地切割又切割。她想那是意識的圖形與分解的過程，比肉體的分解更細緻更光怪陸離。以至於當產婦看到初生嬰兒不覺嚶嚶哭泣，那其中有大半是爲自己爲生命而哭。

我們的身體會帶來這麼大的痛苦，令人無法想像。人身與人身的融合和分解，生產是具體的展現，而其中的神祕仍無法訴說。少女含納優美的靈魂與人身，孕婦分裂新美的嬰兒，相對之下，愛情與性愛的經驗多麼抽象而微弱，女人因此感到深深的孤獨。

苦楝日

女人身體的老去意味著性魅力的消失。那草原的清香、牛乳的芳香和母體的幽香離她漸漸遠去。只有在某個怔忡的時刻，那從她身體含納而入的人身和分裂而出的人身，仍不斷在呼喚她的名字。而她已記不清他們的名字，不記得也不重要，她已決心一一釋放他們，讓自己得到徹底的自由。

老去的女人不再需要逃避男人的注視，不再需要層層包裹自己的身體，她記得小時候，許多老去的女人就在家門口水溝邊，赤裸著上身清洗她們的身體，皮膚就像被車輪輾過的糟泥巴，顯現強而有力的刻紋和斑點，下垂如袋的乳房，每個老去的女人都是一個樣子，回到某種平等、自由和愛。

不用再忍受生育與月經的痛苦，不用嫉妒其他的女人，也不用再與世界爭鬥，因爲歲月讓一切下垂與下降，而你只有用自己的智慧上升。老女人的智慧是頑童般的俏皮與狡黠，她擅長迴避直接的質詢與爭鬥，以困惑無辜的表情抵擋所有的是非，她的眼光與舌頭變得更爲尖利，因爲要隨時面對年輕人的輕侮。只有在很少的時刻她露出慈祥的表情，許多人以爲那是老年人的寬容，事實上，那是被釋放之後與生命和解的態度。

她從此可以放心地在曠野中行走，在男人堆裡橫眉冷視。沒有人會再搶奪她的美色與肉體，因爲她早已一一將它們釋放。

她的祖母就是這樣，七十幾歲了，無論到哪裡去都要動用自己的雙腿，熱中各種旅遊計畫，她對吃更講究，採集各種養生的藥草，研製健康食品。她更喜歡園藝和養動物，女人天生與植物花草接近，年輕時愛花草只爲愛美，年老時愛花草，只爲享受栽種與植物生長的喜樂，草木的死死生生那樣的自然容易，令老去的女人內心感到安慰，原來死去也可以這麼自然美麗。

她的祖母的死去就像一棵樹木的倒塌，有一天她摔倒在地上，就再也沒有爬起來過。她注視祖母業已平靜的肉體，臉上露出嬰兒般的笑靨，她彷彿看到祖母走進深密的叢林中，在草原的那一端隱沒，那裡有一顆星星亮了又暗了，她回到生命的初始而非歸入生命的終結。

近來她漸漸感到身體有了秋意，肌膚呈現樹木的紋理，並散發苦楝樹的果實氣味，生命多麼甜蜜又多麼憂傷，她迎風而立，臉上展露神祕的笑容。

——二〇〇二年四月·選自二魚版《汝色》

與吃

食事美好，我們與食物的戀史創造另一種永恆。

女人在一起喜歡談吃。談吃時嚴密如講書。怎麼個煮法怎麼個吃法，手續分明。各人各有家門歷史，有時辛酸的談成甜蜜，甜蜜又談成辛酸。在五味雜陳中悟出人生滋味，在烹調中掌握人性分際。青妹談起她家聖誕節宴客的菜單及食譜，可以講上半個鏡頭，每一個細節都不放過；大姊出了幾本美食書，看她每一道菜都要打星星評分數，就知道她以如何嚴苛的標準在當廚房教練。吃事體大，刁嘴之家盡出美食家，我並非美食家，但亦可記錄一些嘴刁之事，略作懺悔。自從學著燒菜，略知入主中饋之苦，嘴早變鈍了，什麼都好吃可吃，然而以前的我絕非如此。

Eve，你說你唯一的興趣與休閒活動就是吃，那是因爲平常沒時間吃也沒法選擇吃什麼，工作時間太長又常有緊急狀況，病人快沒救抽痰插管ＣＰＲ，或者宣告死亡家屬哭成一團，這時際如何吃得下？因此你不吃則已一吃驚人，吃相也驚人，五分鐘扒下三碗白飯，連菜都免了。你總說最好吃的就是臺灣米飯。在那個你寒窗苦讀醫學的島國，人們吃的是又乾又硬又黃的長米，常常吃到一嘴碎石，當你第一次回國吃到家鄉米時，扒著飯眼淚流個不停。你的味蕾太發達，在吃上受不得一點苦。情緒低落時唸著一大串食物名字，都是高熱量吃不得的東西：「我要吃三分之二都是巧克力的蛋糕，我要吃一大筒冰淇淋，我要吃洪瑞珍花生酥糖，啊！我還沒談戀愛，不能吃太胖。」

你發掘城市的奇珍異味：美珍香的火腿、洪瑞珍的三明治、二市場的煎蘿蔔糕、萬益的千層豆乾和魷魚絲、春水堂的菊花普洱茶、寶泉的紅豆麻糬、益珍齋的麻油佬，這個城市以老式的茶點取勝，人們不相信廣告只相信老牌子，這些店大都沒什麼裝潢，包裝土裡土氣，服務態度也不佳，店裡瀰漫著舊時代的氣氛，那些食品似乎蒙著灰又似乎閃著光，就這麼一猜疑一徘徊，在那兒已消磨半個下午，通常它們會有一些招牌食品，擺在收銀台附近，用托盤盛著。譬如說洪瑞珍的三明治，裹以乳白的防油紙，裡面是極爲細巧的手藝，又綿又細的土司一層塗以鮮乳油夾著自製的火腿；一層塗以美乃滋夾以煎蛋薄片；一層什麼都不塗夾以乳酪，它的滋味很複雜，又甜又鹹，又土又洋，吃起來十分軟綿，才咬一兩口就沒了。這些招牌製作份量極少，也有固定出爐的時間，稍一閃神就向隅了。這些老店跟那些賣給觀光客的土產店不同，那種一條大馬路鱗次櫛比，俗麗的招牌標榜正宗老牌本店，一個是西施，一個是東施，它只藏在陰暗的小巷，深藏不露，只有嘴刁的老顧客才找得到。

我的食物史最早期的特徵是刁嘴挑食，正餐不喜只吃外食零食。時值年幼不知人間正味，彆扭古怪討人厭。家裡拜佛吃早齋，長年不變的稀飯、豆腐乳、甜納豆和燙得稀爛的青菜沾醬油。吃到後來我每看到青菜就哭，連帶凡是根莖草葉類如蘿蔔、大頭菜、香菇、金針、苦瓜等皆不吃。很小的時候就常結伴到外面打野食，三兩個不到十歲的小童，跟一群大人擠在早餐攤前，每人各持一根大油條，浸著杏仁茶慢慢享用。有一回碰到父親，竟尷尬地互不打招呼，緊鄰著各自低頭吃自己的。父親的嘴更刁，凡有吃處必聞批罵聲，魚刺也挑得出骨頭來，小祖母也不喜歡他。大姊的嘴雖刁，還算是吃的政治家，家裡的菜挑好的吃，絕不作出討人厭的批評或反抗。她的出路太多了，鄰近幾十公里的美食可以畫出一張地圖並作出緊湊的行程表。點菜的路數更與眾不同，不與我們村俗的油條杏仁茶派同流。早點只吃一片塗著奶油淋上煉乳的烤土司，金橙橙油滋滋香美又不佔胃納，價格超過油條加杏仁茶我們都捨不得點。

我們的便當都是小祖母親手款待，家裡離學校近，可享有熱騰騰的即時便當，每開便當，十天有九天哭，消息傳回家，庭訓百回不轉，母親想到妙方，買來赭紅烤豬肉乾，剪成小長方塊，吃來較接近糖果，這才願意把便當吃完。母親另有一小兒解饞法，我們稱之爲雨天餅乾，每當颱風天不能外食，母親就搬出進口餅乾桶，通常是牛乳味奇香奇濃的日本圓餅乾，中心佈滿大圓點外緣刻有小圓點，那滋味不輸普魯斯特的瑪德萊娜小甜餅，一切的逝水年華追憶都從這裡開始。老大之後輾轉流離與此餅乾相遇，咬之竟有雨水從眼下。

Eve，你留學的那個島國，曾長期被殖民統治，飲食十分複雜，有西班牙海鮮炒飯，回教徒的烤肉串麵餅，美式風味的烤雞，人們尤其喜歡吃甜食，沾滿糖衣的甜甜圈，百分之七十都是巧克力的蛋糕，百分之五十的起司和百分之三十糖份的乳酪蛋糕，吃得人人散發油膩味，那裡長年如夏胖子如林，蒸烤出的油汗使得人人像海參一樣滑潤肥軟，偶一碰觸駭然失去食慾，城市裡流竄著色香煙霧，沒多久你又鑽入某個高熱量的食攤暴飲暴食，四處都是吃的氣氛吃的陷阱。

那裡最多的是海鮮，鍋子大的椰子蟹，土雞大的龍蝦，巴掌大的蚌殼，一兩呎長的海魚，什麼都比臺灣大一倍。活生生的海中生物浮游在大水池中，人們圍在四周各指標的，於是有人快速網撈殺之烹之，粗糙的桌面堆滿魚刺蟹殼，你抹抹嘴順手買一瓶冰啤酒，迎著腥辣的海風開懷暢飲，然後披著南洋的月光以醉步走回家。

我的第二個食物期特徵是狂征暴斂，青少年發育中分分秒秒皆有食慾，胃口奇大品味駁雜。家中有美食，一天還是要吃五頓。通常早餐摸兩下去吃點心攤，十點左右去巡鎮上最好的西點麵包店，買一塊鷹牌巧克力或甜甜圈；中午照例是吃家裡，大圓桌滿滿的菜，通常是祖父、父親、五姊妹一桌，大祖母一個人吃一桌，這時她會端出自備的私房菜，吃不完的帶回店裡，誰也不知道其中奧祕。最後是母親小祖母和幼小的弟弟，這時又有婦孺專享甜爛之品端上來，姊妹們又圍上來吃第二回合，一頓飯非吃它兩小時是不罷休的。

中餐過後午睡，沉睡耗費精力，醒來到廟口吃粒月桃葉花生粽子配肉羹，要不吃盤客家炒粿，它的作法是用大量的番茄醬調味，佐以花枝、蝦仁和肉絲，回想有點義大利風，想換口味就往菸酒公賣局騎樓點碗四川擔擔麵，如此晚餐還是要吃它一大節。當我們的胃納已達飽和，大姊的晚點節目才剛開始，越夜越會吃，她喜食腥羶的羊雜牛雜湯，還有現殺的鱔魚糊，蛇肉、鼠肉、鹿肉亦生猛不忌。一個清秀的小女孩混在一堆油污的歐吉桑中，神色自若地吐著蛇骨，只能說是天賦異稟。

Eve，於是飲食於你便是鄉愁了，每逢假日你開兩三小時的車，到中國城飽餐一頓家鄉味，哪怕只是一碗陽春麵。髒污的街道堆滿垃圾包，前幾天黑幫華人才掃射一家餐廳，食客還是滿坑滿谷排隊入門。你閒遊中國店，買一瓶醬油一塊豆腐幾包生力麵，但你常常忘記吃，只爲醃放著那點故土依戀。平日裡，你端著食盒到餐廳領那一飯一菜，菜食糟爛模糊，嗆人的咖哩胡椒香料令你不斷咳嗽，吃完後胸口鬱結久久不能消褪的想家，便買來一大筒冰淇淋，大口大口挖食，超量的卡洛里令你徹夜難眠。

你最常去的書店兼賣咖啡糕點，馬克杯裝的大杯卡布奇諾，竟有道地的核桃派和肉桂甜捲，夏天裡常有地震颱風火山爆發，突來的搖晃人們不動如山，一任咖啡流瀉至桌面地面，當火山灰自北飄抵城市，好一片白茫茫雪花遍地，你一面啃咬著拿破崙派，糖霜與碎屑齊落書頁，南國的憂鬱竟是如此冰冷，你瞇著眼睛望著窗外的行人撐傘而過，風塵僕僕，火山灰撲滿面，有人手中抱著一束法國長棍麵包，有人提著一籃阿拉伯麵餅，奔赴不可知的前程。每有颱風必定淹水，人們搴裳涉水，一個穿紫色沙龍的印度女子頭頂一籃紅毛丹，飄然夷然渡水，你覺得淒豔欲絕，竟忘了收回晒衣，任它風吹水漂，音訊全杳。

我的食物史第三期特徵是天助自助，二十五歲時小妹搬來與我同住，有家的感覺更有開伙的必要。第一次拿鍋鏟，初生之虎不翻食譜，完全土法煉鋼，有一味自名「鳳爪豆腐」，豆腐抓得稀爛，洒把蔥淋個蛋，快炒三分鐘。人謂其味怪怪，問鳳爪何在？我伸出雙掌，嚇得食客差點嘔吐。尚且不知煎魚需等鍋乾油熱，弄得油星四濺，我乃全副武裝，頭戴安全帽身穿防水肚兜離鍋兩呎遠。三十一歲初爲人婦，婆家喜食海鮮，餐餐必有魚，我購得臺灣海中生物大全，識之購之殺之烹之，且不管環保不環保，對臺灣人而言多具可食性。過年過節，我一人要燒一桌菜，祭出娘家的招牌菜：烏魚子香腸佐以大蒜，烏魚米粉酸菜鴨肉，或許燒得不夠地道，沒人動筷子，說是沒吃過的不敢吃，有魚就好。我乃學習醃滷沙丁魚，醬油加糖加蒜熬至稀爛，這才獲得認可。此時煎魚功夫已有進化，油不亂噴，魚不焦黑，此乃天助我也。

我日日烹魚煮魚，連夢中也有魚影。我發現燒菜乃人生一大樂事，依憑記憶作出油飯竟然味道不差，又如神助燒出麻油雞紅燒豆腐，記憶翻騰滾滾而來，兒時愛吃的炸肉丸子菜脯蛋粉粉出籠，可惜乏人問津，我眞眞感到廚娘的寂寞。有一日聞說黑豆潤髮黃豆健骨，吃腳補腳於是加以豬腳溶爲一爐，掀鍋時但聞橡膠雨鞋味道飄溢，人人掩鼻而走，我一人結果那鍋獨特創作，邊吃邊哽咽，嘆天下之大竟無一個知音。這才對過去總總刁嘴難纏感到懺悔，挑人者人恒挑之，這莫非報應！

Eve，你著迷於各種紅豆製品，紅豆牛乳冰、紅豆麻糬、包紅豆的紅龜粿、紅豆湯圓，有一年你旅遊至日本，發現那裡是紅豆的國度，人人視之爲吉慶象徵：年節吃紅豆飯，冰屋裡最高級乃大紅豆冰，太太小姐們穿著紅豆點點衣裳，糕點鋪無論什麼造型變化價格高低一律裹以紅豆；且味道甜膩如同糖霜難以下嚥，你朝也紅豆晚也紅豆，旅遊三日竟治好紅豆情結。時值秋天，日人時興吃栗子謂之「栗の秋」，金黃栗子金黃楓葉點染秋心欲醉，原來秋天亦可下飯，你手捧栗子飯佐以柚子酒，飯後甜點栗子麻糬，你移情別戀了，此後獨鍾秋栗。每至秋天你至新光三越地下超市尋買日本原裝栗子，眼光瞄到紅豆抹茶麻糬，一時心猿意馬索興栗子紅豆一起回家。

你我乃紅豆至交，我們相逢於東海別墅「豆子」冰店，我點紅豆牛奶冰你也是。那時我剛逃離婚姻你剛回國，紅豆無異自由象徵，我常一個人課後點碗紅豆慢慢享用，回想以前連吃個小攤也不能夠，這時有一人洪聲大叫：「我要紅豆！」我想此人飢渴若此，不妨讓位於你，誰知你坐我前面三兩口囫圇吃完。我見你面生搭訕幾句，方知你特爲吃紅豆而來，你自言吃遍天下臺灣紅豆爲一絕，我點頭稱是，就此成爲吃友。

你我都認爲紅豆能治療女子之憂鬱。基於醫學常識，女子容易缺鐵缺鈣隨時得補充大量荷爾蒙，你建議多吃巧克力、冰淇淋等高熱量食品，脂肪中富含荷爾蒙，紅豆富含鐵質，大豆富含鈣與荷爾蒙，多吃無妨。你的說法雖有根據卻不能完全說服我。食物之於女子，剛開始是原始需要，然而情境心境因素將它轉變成心理需要。食物原是私密之事與他人無涉，然而女子擔任廚娘爲他人服務，食物又成爲公眾之事。有時食物夾纏在公私領域，你中有我我中有你，一切回味牽腸掛肚導致難以表達，女子談吃委實複雜。

我之愛紅豆尚有心理因素，小時候最喜過元宵，那意味新年最後一次慶祝，家家戶戶搓湯圓，大大小小圍在一起捏麵糰，紅湯圓白湯圓擺在一起煞是好看，於是就有熱騰騰的紅豆湯端上來，那時母親忙於生意，只有在年節時發落食事，搓湯圓中有她言笑晏晏，幸福圓滿中有紅豆。我每每在寒冬慢火煮紅豆，熱氣與豆香四溢，熱鬧繁華從記憶中復活，令我持湯時悠然神往，忘記吃爲何物，吃時亦渾然不知其味。

飲食進入近期，食慾漸寡，胃口漸小。我日日尋求解憂之方助樂之劑。晨起沖一壺玫瑰花茶，配上一片抹著鵝肝醬與奶油起司之全麥麵包，將食物挪至陽台前，晨光洒下金箔，在金箔中讀詩飲茶，可減憂鬱七八分。又，午睡醒來頭昏心悸，步行至巷口咖啡屋，點一杯道地的藍山咖啡佐以起司蛋糕，桌上放一頁紙，興來時胡亂塗寫，當然也可以什麼都不寫，發呆至黃昏，跟進回家的人潮，如此憂鬱可去五六分。如有好友來，相約去三十六層雲霄餐廳，絕不能吃自助餐，煙火味太濃；亦不能點套餐，男侍時來干擾。就點幾個精緻小菜，要來一瓶紅酒，紅酒補血助興，有事閒聊，無事喝酒看燈火，往事如燈火，看不真切但有點美麗因爲隔著距離，這時你已不知憂爲何物？有時莫名其妙地心情好，買幾顆濃情巧克力，邊看電影邊啃咬，電影散了巧克力也吃完了，再去那家「豆子」喝紅豆湯，然後直接回家睡覺，將快樂保持在最醇最濃的境地。

薄荷茶加檸檬派可以創造三分快樂；hagendaz的沙漠風暴可以減壓；生魚片加日本清酒可以醒腦；黑森林蛋糕加摩卡咖啡可以提振精神；人參枸杞茶加紅豆麻糬有甜蜜的滋味；桂圓粥配棗泥包簡直是幸福了。

Eve，於是你買了一盒巧克力蛋糕和奧地利冰酒，在人行道上吹口哨大搖大晃，回到單身公寓，拿出兩只高腳水晶杯，倒滿酒你用這一杯敬那一杯，那酒甜如補藥酒灌入喉嚨，巧克力蛋糕眼看就要被你完全征服，你受不了這巨量的幸福，眼角流下一滴清淚。

——二〇〇二年四月・選自二魚版《汝色》

與錢

問母親最愛什麼，她會毫不考慮地說：「錢。」

我並非不愛錢，但很早就意識到自己不會有錢。此生最富裕的時期是在婚姻中，兩人賺錢存錢比一個人容易，薪水階級所得有限，那時兩人著迷於收購古董，花錢如洩洪，一拍兩散之後，只帶著幾件衣服幾件古董，連鞋子都來不及帶，存摺裡的錢跟剛結婚時一樣，只夠買一台冰箱。可我也沒過過苦日子。

母親很會賺錢，讓我們在物質上不虞匱乏，但我曾經怨恨母親太愛錢。母親的生長環境並不缺物質，外祖父在日據時代任職於糖廠，又是工程包商，錢多得可以娶好幾個小老婆。有一次他要母親去開他的抽屜，裡面有幾十條五兩重的金條，外祖父說：「我要讓你見識什麼叫金錢，你要多少就拿去。」母親終究沒有拿，問她爲什麼，她說：「那時年紀太輕，對黃金沒有概念，只知道黃橙橙的，不是很美。」我想她是後悔的。自從她認識錢的意義，它代表的便是堆積成箱的黃金，以前認爲不是很美的，現在覺得誘人極了。

我認爲對錢坦率，跟對人坦率一樣重要。錢這東西呢，太在意不好，太不在意也不好，你不理財，財也不理你，譬如老師上課，你多點幾次名，學生出席率自然提高；一旦你不點名，學生一個個跑光了。點還是不點？至少一學期點一次，點多了學生煩你自己也煩。我與錢就保持這種若點不點的關係。

Eve，你常說當尼姑去，我說佛陀出家是在繁華的頂上。你回說我也差不多了。我不知道你曾過如何豪奢的日子，但我很少看過像你這樣用錢蠻不在乎的，買東西不問價格，花了多少錢自己也弄不清楚，東西是越難買到的越好，喜歡的衣服鞋子可以一買一二十樣，不喜歡的再貴也不要。你的母親喜歡買房子，房子買夠了改買車庫，然後是度假別墅，從國內一路買到國外去。她從小過慣好日子，三明治買哪家，蛋糕又得買哪家，哪家的生魚片道地，哪家的藍山咖啡純正，全台北市的貨品物流訊息都在她的掌握中。但她胃口又極小，用小湯匙挖幾口熱布丁就飽了。

母親爲什麼這麼愛錢？也許她剛嫁給父親時過了一段窮日子。那時父親不過是衛生所的檢驗師，領的是固定薪水，母親曾要父親給她裁一件大衣，聽說用掉六個月薪水，可見薪水多麼微薄。那件大衣還掛在母親衣櫃裡，櫻桃紅的毛料細細吐著銀絲，樣式是圓領直筒狀襟前三顆大圓扣，正是五〇年代賈桂琳流行風。新婚的母親穿著這件大依，梳著包頭照了一張照片，在臺南天仁樂園的玫瑰花叢中，矜持地笑著，一個受寵的女人就有這樣的自矜自愛。一年一度藥廠招待藥商觀光旅行，從大老闆娘到小老闆娘，彼此爭奇鬥艷比賽服飾，好勝的母親當然不落人後。母親說：「我哪裡要什麼大衣，不過是試他的心意，找個題目跟他說話。」

金錢給予我們進入物質世界的入場券，金錢亦在你四周織成密密麻麻的物品網，從這個人對物品的特殊喜好最能掌握他的個性。像A，中等收入，她在食物服飾上極爲儉省，吃剩的食物裹以保鮮膜盛以密封盒藏以冰箱，置放期有時超過半年，她也不吃它就是捨不得丟，我說她的冰箱像故宮食物是木乃伊，衣服是百衲被拼布藝術又是古董，四十歲還穿著新鮮人時代的系服，那也不算太奇怪，有一次她媽受不了把她珍藏二十年以上的衣服綑成一包，打算捐給慈濟，誰知衣服又被她抽回好幾件，在大年初一毛毛草草地出現在她身上。你說這人未免太吝嗇，可她的錢都花在文具和玩具上，進她的屋子如入大公司，什麼公文櫃檔案夾電腦不用說，廢紙機影印機掃描器釘書機圖釘毛筆硯台今古齊全，更有那銅紙鎮紅木筆架印泥雞血石章；進入她臥室更是滿屋子卡通，凱蒂貓燈罩床罩睡衣拖鞋，你能想到的卡通人物都變成她的絨毛娃娃，風鈴啊招財貓俄羅斯娃娃，觀光地區紀念品，貝殼燈椰子碗印地安沙畫，把她的四周點綴得如紀念品專賣店。此人戀舊，絕對戀舊，她把過往的生命用文具裝訂成檔案，又用玩具紀念品放置成山水風景，你能說她的個性不鮮明嗎？金錢不能製造一點生命意義嗎？

Eve，你著迷於鐵皮玩具和電器。那種一扭就會轉或跳的玩具兵機器人唐老鴨大力水手，還有模型飛機汽車摩托車，每當沮喪時，把它們的發條一一轉緊，然後它們跳啊跳啊如同男童的夢想世界，裡面充滿富於能量的非人類。以前的男童喜歡暴龍，大蟒蛇，大金剛，獅子老虎花豹，牠們皆有銳利的牙齒，剛好彌補長牙期蛀牙期的缺憾；現在的男童喜歡造型醜怪的變體金剛鹹蛋超人，除了嚮往它們的超能力，令我想到缺鈣柔弱的成長中的男孩，堅硬就代表力量嗎？Eve，你喜歡堅硬的鐵皮玩具如果代表的是能量，那麼，女童喜歡的絨毛玩具洋娃娃，代表的是愛力？

你購買三台電腦，三台電視，不同造型不同體積，最大的是液晶螢幕三十八吋，最小的是可口可樂造型迷你電視，它們全都故障，因爲你喜歡轉來轉去拆來拆去，你一分鐘逛十個網站，三個螢幕輪流看，這條線接那條，這裡敲那裡敲，一直到它們全沒電沒反應，然後再去買一台新的來敲壞。你買各種電腦電器期刊，什麼最新你馬上衝去買，以至於一個月換三個手機，電器日新月異，於是你就有源源不絕的購買慾。所有用品中我最討厭電器，冷冰冰四四方方一點美感也沒有，但我也有電器時代，在美國教書住在臨時的公寓，房裡空空如也，任期只一年越簡越好，誰知漫漫雪季困在房裡眞會發瘋，於是買了一台電視機，有電視便覺有錄影機之必要，接著是攝影機，收錄音機，微波爐；又想買一台電爐和洗脫烘三合一洗衣機運回國。於是乎那一年的周末都在逛電器城，所有的回憶都是電器史。我發覺迷電器的時期正是最沒安全感最匱乏的時期，隻身帶著小孩住在冰天雪地中，眞怕絕糧或孩子生病，對自己一點把握也沒有，將富於能量的電器充塞在屋裡，覺得心裡踏實又有依靠。

也許母親見識過外祖父有錢的風光排場，也享受過有錢的樂趣。她遺傳外祖父的大氣魄和大排場，買東西大手一揮說：「全都要了。」那不是三兩件，而是一整攤或一個店。有一年春節，她一買年柑就是半人高的一整簍，吃得我們手心發黃臉色如柑，那之後看到年柑就想吐。有人說母親是「大心肝」。四十年前一家布店倒閉，她買下所有的布，我們五姊妹兩兄弟常在量身作衣服，母親爲了當最漂亮的老闆，一天一襲花洋裝，那些布到現在還沒做完。母親最看不慣小家小氣，越多越有面子，那是她的能力表徵。可嫁入我們空殼也似的家，家中經濟採買由大祖母發落，她每每剋扣菜錢，母親幽幽地說月子裡只有肉湯沒有肉，乳水稀得像菜汁，這令她時時想發憤振作。

母親過不慣沒錢日子於是興起作生意的念頭。她賣掉陪嫁的首飾金子，又向外祖父要了一些錢，把家裡的大廳改成店面，升格爲藥房總經理，那年母親才二十八歲，名片上印著：「裕生西藥房總經理　某某某　潮州鎭忠孝路十一號」。開張後生意熱滾滾，光是學校公家機關採購藥品的工作就作不完，全盛時期擁有好幾棟店面，鈔票太多數著數著就睡覺了，數不完的鈔票洒滿一床。母親最喜歡訴說這段回憶，笑得流出眼淚。令我想到左拉寫的〈酒店〉，裡面的女主角雪維絲夢想著在巴黎街上開一家店，這個夢想促使她不斷地想著如何往上爬，一家店蜂擁著人潮，那代表人緣、手腕和金錢，那是傳統女性所能夢想的頂峰——自食其力掌握財富，會賺錢的女人在夢裡笑，人前笑，中年的母親是愛笑的女人，並發展出笑的哲學，越會笑越有錢。

Eve，你的母親和兄弟們合力經營一家老人安養中心，兩百個病床住滿生病的老人，其中有一個是你的外祖母，她在那裡住快兩年了。癌細胞在蔓延中，心臟病時時發作，八十多歲的她還在喃喃自語：「我不能死，我一死了家產就會被敗光光。」憑這個意念她在病床上躺了十年。錢太多令人起疑心，也會激發求生意志。她在房子底下埋了許多黃金，幾十年前的祕密始終不願透露，老家將改建成醫院時，她趴在地上嚎哭擁抱著藏金那塊地，還是不肯說出祕密。大家早就猜到了，裝作不知道，想告訴她黃金不值錢了，又怕加重她的病情，只好另找塊地蓋醫院。有一回她拉住你的手細聲說：「有一對金鐲子是要給你的，不要讓他們知道，十兩重哦！」

令我想到許許多多父母親死守著老家，是不是地下埋著黃金？我的祖母死前快沒氣了還在播報金子藏在哪裡，存摺和印章分別藏在哪裡，爲我們姊妹打造的金戒指分別藏在哪裡，很怕死後沒留下錢沒人想她念她，金錢能買下想念嗎？死時才要以錢坦誠相見？但我戴上她留給我的金戒指還是哭得眼枯淚乾，想到她生前種種慳吝都是爲了存下手尾錢以買到想念，我爲這念頭心酸不已，每看到戒指眞眞想念。老人家的想法洞察人心，錢也許不能買到想念，但是表達了她操控金錢的力量可以超越死亡，她的死亡不可藐視，她的自尊延續到死亡以後，這事只有她能決定，死亡決定不了她。上帝只在死亡時給你一次這樣的機會。

離開婚姻之後，我先擬好遺囑，分配好所有的東西時感到心安又迷茫，看來我不算貧窮，金錢都給了房子、書籍、古董、珠寶，我眞的可以悄悄地走了不帶走一毛錢。令我迷茫的是這份遺囑像是某個當鋪老闆娘而不像是讀書人，我買這麼多古董珠寶做什麼？雖然一般人希望得到的是錢，但中國人不喜歡這樣赤裸裸的表現自己，我們爲他人選好死後的遺贈品，遵照各人的喜好，我們不過是保管者而已，如此我們更具有揮霍的理由。這跟老祖母的想法並無不同，他人或許在得到遺贈嘲笑我們：這傢伙生前先享受完了才留給我們玩，居然用得一毛不剩，他喜歡的我又不喜歡，倒不如留錢實惠。可是他們沒想到，留下金錢會引起更多紛爭，還有遺產稅等等問題，留下禮物你可選擇要不要變賣，再說當你想到原來主人購物時還想到你，也許就捨不得變賣，這樣，原主的眞正心願圓滿達成。他利用遺物超越了死亡。

這之所以我們在花錢購物時得謹愼小心，要是你的親友得到的遺物是玩具熊、凱蒂貓拖鞋、惹人厭煩的小貓小狗、一件九十九元的襯衫、地攤貨、各種奇奇怪怪的收藏如鑰匙圈、火柴盒、性玩具或成人雜誌春宮圖，他們恐怕要詛咒你了。當然，最上等的人是不用留下任何東西就能讓人想念，不過對人性不太過高估是保護自己最好的辦法。許多聖賢留下經典流傳千秋，等而次之留下家訓告誡後人，他們把錢花光了，恐怕後人還是會幽幽地埋怨。

母親有了錢揭開我們家最富麗堂皇的一幕，狹窄的四合院古厝擁擠著不相稱的舶來摩登物品：鋼琴、日本瓷器、銀製的帆船、義大利花瓶、歐洲茶具、日本人形。我們被打扮成洋娃娃，穿著日本製的繡花襯衫背心裙和白皮鞋；客廳有紗窗簾，橘色沙發椅組，雕花柚木古董櫃。她的裝置概念都來自《婦人俱樂部》、《婦人の生活》等日本雜誌，她把自己打扮成日本太子妃美智子，小圓點襯衫搭配西裝式套裝，襟上別個胸針。日本皇家生活點滴滲入偏遠小鎮公務員家庭裡。母親常夾帶著大包小包偷偷從側門�入，遇見我們說「噓！不要讓祖母爸爸知道，他們知道眞正價錢恐怕會嚇死！」她有她想要過的生活，在我們四周織成金線銀網，錢於她意義就是華美的物品，能使她跳脫臺灣灰黯的五六〇年代。有一個跑單幫的常來我家，身上穿著華麗的歐洲服飾，展示一些珍奇物件，母親是大買家，她預訂的東西用布包好沒人知道裡面是什麼？很久以後才知道是國外設計的珠寶首飾。她挑好東西之後各給我們買一件薄紗睡衣，桃紅滾多層荷葉邊，那只有在好萊塢電影和黑貓歌舞團才能看到。母親如此誇張不實際，我在消費上的嘉年華完全受母親影響。

譬如說買珠寶，我總爲自己找藉口，說它也是投資工具，但見買來的紅寶綠寶，買得比別人貴，便宜拋售也沒人要，有這種投資法嗎？另一個藉口是給兒媳當見面禮，那又扯太遠了，兒子還在襁褓呢。事實是《婦人の生活》的皇族價值在支配我，珠寶意味著權力地位特殊身分，兒時驚歎母親宣示的所羅門寶藏幻想，以及有關寶石的種種迷信。在悲傷時注視戒指上的寶石，感覺它的能量正在治療傷痛。到巴塞隆納我沒買高第的畫冊，卻買了一枚藍寶石古董戒指，引來同行的訕笑，我辯說它終結購物慾不必大包小包，反正荷包已空。但我心裡有小小的聲音在說，你這俗氣的虛僞小人，跟一般歐巴桑沒兩樣！你想到阿姆斯特丹買鑽石，到卡第兒買坦克手錶，到第凡內買彩鑽，你怎麼如此誇張自不量力，你以爲你是公主啊啊啊？因爲自我譴責，我常把剛買的珠寶送給至親好友，讓他們成爲共犯。

Eve，你說我跟你母親的購物風格很像，有一次請你參觀書房，你指著橡木雙層書架驚恐得差點從椅子上滾下來，說怎麼一模一樣？你母親也用肥皀絲洗衣服，肉鬆只買鮭魚的，也喜歡買珠寶，她專門收集黑珍珠和翡翠，就這點我們完全相反，我只收集罕有的寶石，如金綠玉貓眼、亞歷山大、沙弗石、坦桑尼亞石；可見你母親是遵從世俗意見的，我比較愛作怪。她每年必回老家一趟，專爲定製胸衣而去，是那種如束胸，密密的扣子從腋下一路到腰部，好像是在祖母以前那個時代才有，她又強加在你身上。你們以內衣反叛流行，各自提著一只日本人稱爲「預備」的防水包，以免暴露購買的東西，小心翼翼藏好情慾，像兩隻黑天鵝緩緩滑過臺北街頭。你母親沿路指著她買的房子，說租給某某名人某某明星，而你們住的房子像古厝，位於臺北最老的社區。你母親固定到新光三越超市買菜，就像住在城市的頂客族，沒有人知道她是個古人。

我母親的顛峰時期在七〇年代，她將四合院改建成一長排三樓店舖，一時成爲全鎭的地王和金店面。弟弟卻在那時出生變壞，簽賭濫開支票，沒有幾年家裡的經濟大不如從前。母親的臉漸漸剛硬，我們開始替弟弟收拾爛攤子償還債務，我說這樣只有更糟，母親說我常夢見他被債主砍死在外面。弟弟欠錢越來越多，母親慌了手腳失了風度，她瞞著我們買賣股票，四十幾萬的華碩一買就是好幾張，她不再看書報雜誌，一天到晚盯著電視螢幕。爲了看盤哪兒都不去，股市收盤她就無精打采，我說她中毒已深得了股癌，她說我假清高。我們的輝煌時代已然過去，錢使我們骨肉分離。

母親說：我要去挖掘所羅門王寶藏；我說我寧願在水邊沉思。母親說我要去拔取金羊毛；我說我寧願在小舟中飄搖。母親說我的靈魂已典當給魔鬼；你是目連，應到十八層地獄來救我；我說我不是目連，目連將母親救出地獄，他洗滌母親的靈魂，而我仍在水邊洗濯髒污的雙足。

Eve，近年來房地產不景氣，又加上股市慘跌，大家的荷包縮水，公司倒的倒，商店關的關，有業的失業，有錢的破產。你母親買的房子不斷跌價，尤其是汐止的房子想租租不出去，想賣更賣不出去，九二一大地震搖倒一棟房子，震壞三棟房子，山坡地上的休閒度假別墅被土石流掩蓋，你的母親損失慘重，銀行的貸款屢催難繳，眼看就要被拍賣，榮華富貴虛幌一招，你背起所有的債務，高收入變低收入，全家搬出花園別墅，住進狹窄的租賃公寓裡。你開始學習記帳，控制預算，貧窮不能移志，困苦中也有清潔，屋子裡外收拾得乾乾淨淨，書冊堆在桌上案頭排得整整齊齊，上面還用一塊布蓋著，不讓心靈沾染灰塵。失去金錢讓我們與現實赤裸相對，不必出家斷念，貧窮自是道場。人在一無所有時才露出本相，是猥瑣狼狽禮儀俱失，還是腰背挺直依然故我，柴門陋巷中自有顏回，東籬菊花前也有陶潛。人窮了物慾漸消，生活漸簡，那些奢侈品舶來品珍奇寶貝都與你無關，眼前只有必需品日用品，一把牙刷一只鍋，杯碗瓢盤各安其位，清簡中自有尊嚴。

母親常說有錢有情無錢無情，我不同意她的說法，但自從家中經濟衰敗，母女感情日漸惡化。母親不再梳粧打扮，家務一團零亂，窗簾爛了沒人管，牆上掉漆任它去，義大利花瓶擺在廚房，日本人形沒了眼睛，不堪看不想回家。母親過不得窮日子，沒有大筆錢揮來揮去不會開心，我見她的面只為進貢，但那一點錢她不放在眼裡，就缺大錢不缺小錢。去年旅行至葡萄牙，碰到一個通靈的人，他看到我就說：「你母親的喉嚨是不是很敏感，常常嗆到常常咳個不停？」「是啊！她有什麼毛病嗎？」「她很愛錢。」我聽了差點從椅子上滾下來，怎麼可能，一個相隔幾萬里的陌生人竟然一語就點中母親的要害，我說：「她愛錢跟咳嗽有什麼關係，我不喜歡她太愛錢。」「就是因為這樣，每個人都反對她，才會有這種心病。她很迷戀賺錢的滋味，不過，她賺錢都是爲了讓人花，尤其拿不出錢來時最痛苦。」回國時跟母親轉述這些話，母親說：「他還眞說對了，我是眞愛賺錢。」

我必須放下身段跟錢奮戰，否則我們的關係永遠無法改善。這一年來我猛K費氏定律波浪理論爲母親護航，我是理論派她是實戰派，我說技術分析她下單，剛開始時還眞賺了一些錢；賺錢的滋味眞是刺激痛快，怪不得母親會上癮。母親彷彿遇到知己，有事沒事打電話跟我談論股市還說我孝順，不要笑我沒帶好母親反而被母親帶壞，我知道怎麼一回事，一旦你對錢在意，錢越是看你不順眼，旁人也看你不順眼。理財就是擴大財富，其中有風險，風險就是賭博，紅頂商人菜籃族投資顧問都是一樣。

目連說：「我母不禮佛敬佛，胡亂殺生，以致墜入十八層地獄，我誓入地獄救出母親。」眾人前去阻攔謂：「其地險惡未有全身而出者。」目連說：「我不入地獄，誰入地獄？」眾人聞言俱退。目連遍歷地獄十八層，但見諸種惡業得諸種苦刑，烹煮炮烙刀山油鍋拔舌裂身，目連淚下如雨，頻呼母親，母親聞見目連呼曰：「我兒快來，汝母痛不欲生。」目連救出母親，飛昇拔地。

Eve，你賣掉一些房子償清債務，將父母親安置到鄉下老家，並接外祖母回來住，她長期住在安養中心自覺被子女拋棄，現在終於有人願意奉養，她涕淚漣漣感謝這景氣衰敗倒讓骨肉團圓。有一天夜裡她特別亢奮說出自己的財富，原來她家私田產分過一次還剩許多，怕說出來被分光，無錢就無情到時沒人願意理她。可她身價無數一樣沒人理她。你母親說住安養院兒子是醫生二十四小時都有人看護，住在家裡誰有時間看護二十四小時？工商業時代未來的趨勢就是這樣。可老人家不能接受新觀念，對著女兒大罵兒子不孝，你母親汗涔涔說你這不是在罵我？我是你唯一的女兒，我不是走投無路才想到你。好像我在計算你的財產。外祖母說計算也沒關係，誰養我財產就給他，反正已經分過一次，這份是我自己的養老金，說著拿出股票存摺田契地契，你母親說趕快收起來，被人知道以為我們是回來搶奪家產，我現在沒有房子要養，以後專養你就是。

你陪父母外祖母搬回老家，裡裡外外刷洗三天，你母親愛乾淨，無論窮富桌椅一塵不染，愛地潔魔術靈大罐小罐一長排，天天用嬌生沐浴精幫你外祖母洗澡，然後撲一身痱子粉推她出去晒太陽。老人家晒得眼睛發瞇，握著你的手說：「我是真正滿足了，可以死在自己的房子，女兒女婿又在身旁，我這一輩子看過許多錢，錢不必太多，太多煩惱，太少也煩惱，算命的說我天生要坐金船過金山，你看阮阿母在叫我，她坐在金船上搖啊搖——。」彼時春風拂面，石榴花開，你外祖母在金船中搖呀搖帶著笑仙逝了。

今年的股市非常戲劇化，從一萬多點盪下來，六千點是底限大家說不能再跌了，接著說五千點是谷底，啊！原來還有更低更低，四千點是底部，大家解約定存拚命買，結果九一一事件緊接著水淹臺北，指數一路下殺至三千多點，母親僅有的錢只剩二十分之一，果眞是諸法皆空，股市中的「空頭」「看空」說法眞好，比熊市更有哲理，一切數字演算到最後終究是要歸零。金錢在這裡已轉變成智慧指數，沉著應變的人穿透無常，汲汲營營的人如亡命之徒不時作困獸之鬥。我與母親殺進殺出殺紅了眼，到底是輸家，我發現母親在金錢之旅中終於認輸，在拮据日子中也活出從容，在五濁惡世中更能參透禪機，母親靜默我也靜默；我們都有靜默中的豁達，回歸到簡樸中話說桑田。至少母親跟我有一次神交，在金錢遊戲中我見到她的心性本色，觸摸到靈魂質地，超越一般母女的膚淺了解，令我不敢再藐視金錢，其中奧祕只可意會，不可言傳。

Eve，你和我的金錢故事也許沒有警世意義，但我相信對錢坦白的方可以成知交，你說呢？

——二〇〇二年四月・選自二魚版《汝色》

與失落的照片

許多人以爲我喜歡拍照，我的照片卻少得可憐。一個想了解我過去的朋友，對我的相簿充滿期待，待我拿出薄薄三本相簿，她臉上露出「就這樣？」的疑惑；等她發現其中兩本是兒子幼年的照片，她的眼光就流溢著悲憫；當她翻閱僅有的那本時，頻頻指著一塊又一塊的空白問道：「這張哪裡去了？」我含糊地回答：「丟了！用掉了！不知道……。」也許因爲失望，她的臉龐顯得十分嚴厲。

我是曾經照過一些照片，也許因爲不擅保管收藏；也許照了沒洗；也許報刊出版社用掉沒還，總之，從出生至今，照片總數比皺紋還少。大約三十五歲之後就不願拍照，出國也不帶相機，僅有的照片都是青春少年時；又都是讀書時代，每張看起來差不多，都是長直頭髮站在樹蔭前或草地上，只能算是某個時期的停格。

但我喜歡老照片，雖然大部分都已遺失，確定在很久以前看過一些老舊的家族照片，人口浩繁的好處是照片眞多，其中甚多我不認識影中人的結婚照和週歲紀念照，這時就得去請教母親，她是最佳的家族詮釋者，然後就東牽西纏牽出一段歷史或掌故來：「哪，這就是你三舅養母那邊的叔公伯，他娶的是佳佐庄的香蕉王女兒，他們的大漢仔和我同屆，不過，伊讀省立潮中，我讀屏女，後擱來他們搬去臺北囉！聽說現在開鞋廠，他們的女兒呢……。」這些掌故大多記不住，每看每問，母親也忘記她講過了。

Eve，你說過好幾次願意秀出你幼時的照片，到現在一張也沒看到。我猜想你是不願讓人看出女兒態。憑著你的描述拼湊出的畫面都很卡通，圓臉兩頰紅紅的，那不就是櫻桃小丸子？小學畢業紀念冊上的照片是你最得意的一張「有酒渦」，你說。更得意的是許多女同學留言留照片給你：「鵬程萬里」「毋忘影中人」「離歌聲中互道珍重再見」「難忘你的笑容，一切盡在不言中」，那些標誌著三千寵愛集一身的輝煌時代，進入中學之後就不再有過，那像夢一般的愛與美遂成永恆，你的心靈停滯在那一刻，從此甚少拍照。

人在輝煌時期活動多交際廣，自然照片多，如同名人明星。從照片中探尋心靈的軌跡，我們似乎沒有成長，照片中止於何時，那即是我們的心理年齡和永恆的圖像。也許年老時我們會再歡欣地面對照相機，然而空白不只是空白，其中也有重重魅影細細心事待重數。

鎮史編纂老照片時挖出父親兩歲時的照片，時值民國十九年，父親梳六分頭，身著獵裝，腳上是長統皮靴，頗有殖民地風格。兒女驚訝於他的相貌嬌美若女子，將照片放大掛在牆上。那時祖父母的感情尚未破裂，長男的誕生帶來更多的喜悅與希望，將他打扮成日本成人，期望他能光宗耀祖罷？這張攝於照相館的沙龍照不知流落於何人之手？被保存得如此完好，影像如新，卻讓我感到前生之具體存在，那時的我在哪裡呢？

記得看過母親少女時代的照片。穿著坎肩碎花洋裝，斜倚在罩著花布的圓桌旁，桌上擺著靜美的花瓶。據說是十九歲時訂婚前照的，也許是紀念著青春的結束，臉上有著憂鬱飄忽的神情。母親生長於單親家庭，個性早熟精明，父親的生長環境亦缺乏親情，生母離家出走，庶母掌家，一切得看人顏色。他們的父親婚姻俱不美滿，爸媽的情感卻是和諧堅定的，主要是他們都是純情保守的人，更戀惜家庭的完整。母親愛小孩常從物質金錢上表現，父親沉浸在自己的夢幻世界。在記憶中，爸媽鮮少跟孩子玩耍或聊天，因爲他們也從未擁有。母親未曾保留兒時的照片，可能是不堪回首，更可能是外祖父不喜歡拍照，僅有的照片只有大舅，母親最依戀的兄長。好像爲了彌補過去，我家每年新春都要拍一張合家歡，背景都是家門口，幾個小孩或蹲或站，每兩年多一個，負責推行「兩個恰恰好」家庭計劃的父親，連生七個，被同事訕笑說作了反宣傳。

Eve，你將老照片塵封於衣櫃之上皮箱之中，攝於豐原老家之前與母親的合照，尚在襁褓中的你還在酣睡中，臉蛋被包巾遮去大半，你母親想擠出笑容卻變成苦瓜臉，這張照片特爲遠赴國外留學的父親而攝，他卻爲這張照片徹夜難眠，留下孤弱的妻女在老家，妻子不慣家務和保守家風，豐厚的嫁妝在八七水災中飄流殆盡，母子倆相依爲命，躲在桌上眼看著家具金錢衣物被水淹沒，劫後餘生，你母親在照片中猶有驚懼之色。在大多數的照片中，你的臉大多看不清楚，母親總在失心喪魂中，把你打扮整齊，卻忘記調整表情。她責怪攝影技術差，說你小時候很可愛很可愛的。

身無一物的母親抱著你逃回娘家，這時有你的週歲照，白雪公主終於清醒了，眼眸睜得亮炯炯，圓臉笑出兩個小酒渦，腿上的肉一節一節，手上頸上戴著金鎖鍊，把你放在日本錦被當中，爬著大朵大朵的牡丹花。豐衣足食，婆家開糖果餅乾工廠，平日又注重吃食，點心一日吃好幾回，你來者不拒，終於吃到獲得全鎮健康寶寶第一名，頒獎時有乳粉一箱，獎牌一面。戴著獎牌與六罐奶粉合照，你認爲那是羞恥的紀錄，便將它塵封至皮箱最底層，本以爲罪證已遭掩埋，不料父親亦保留一張，你的照片他全都有。

老家的照片十多本，好多空白不知誰抽走。記得有一張是未改建前的老家，舊式的閩式宅院，母親蹲在庭院側門口殺魚，大姊和我蹲在一旁觀看，母親笑得燦若金蓮，不知哪一個提起一尾魚，惹來一場驚喜，畫面生動，拍攝者大概是父親，那時他正沉迷於攝影和製作幻燈片。有時在房中放映，漆黑的房間一方亮光，大家都很神祕興奮，內容是什麼完全無印象，大約是衛生所的宣導片，拿我們作實驗。

問起幼時情景，母親最愛提我一歲多時拎著飯盒給父親送飯的照片，當然那張照片如今也在白雲深處。以前見過那張照片，穿著樣式可愛的白色露背燈籠短褲，頭戴一頂包巾似的嬰兒帽。那天陽光熾烈，晒得我微微瞇眼。提起我們那些可愛的衣服，母親可以說出一長篇，如何挑選來的布料，嬸婆和五姑婆的裁工又是如何新巧，她是如何喜歡打扮我們……，每當母親在細說物質時，我總覺得她在細說愛，只是她不知如何表達，就像那些遺失的照片，物件缺席，仍在記憶中訴說著幽微的情愫。

Eve，長至國中發育難以控制，我們突然擴大體積，總有大肉球懸在身上，小肉球懸在臉上，令我們自覺像鐘樓怪人恨不得不用見人，那時期鮮有獨照，總是一大群還沒長好的人彆彆扭扭地擠在一起，白衣藍裙一齊散發怪異之氣。童軍露營時你與一堆同學攝於營火之前，每個人視線不一，在夜黑中閃現妖異的貓眼，你像是大波斯貓，弓著身體手按著自己膝上，迷茫地望著前方。你不喜歡那時的自己，故意把自己吃得很胖，再沒有人圍繞你吐露仰慕的情愫，你憂憤自放，離開這錯亂的青春野宴。

有時你出現在家族聚會紀念照中，清湯掛麵制服，在紅男綠女中如同另一族類，你不願穿花衣裳，灰素如修女，滿臉不耐煩氣繃了臉，看誰都不順眼，眼中蘊涵怒意，既不滿意成人世界，也不滿意自己。你母親穿著大花洋裝手裡抱著初生的小弟，臉容如聖母般慈祥，每個女人手中都抱著孩子，展現家族生殖力；男性則站另一邊，成矩形排列，雙手無處安放，像懸絲木偶讓身體隨意晃盪。男女分佔兩邊，小孩緊貼母親，只有你想逃逸出照片框架。

我家拍了許多春節郊遊照片，大多是藥廠招待，我和妹妹臉縮如檸檬坐在遊覽車上發呆，說不清是自願還是被迫，結果都是一路暈車嘔吐，到現在我最懼怕旅行袋的味道，塑膠沾染汽油味，是最佳的催吐劑。我們被這一年一度訓練成職業觀光客，嘔吐完還去觀山觀水買紀念品土產拍照留念，盡一切觀光客的任務。有一年遊至日月潭，突發奇興拍了一張獨照，臉孔身材還是嬰兒肥，我媽又給我作一件淺藍色滾荷葉邊的娃娃裝，十七歲的我像是癡呆的初生兒，嘴還微微張開，有人很小心地問：「是什麼念頭使你想拍獨照？」我不敢猜測她的居心，便把那張照片滅跡。

還拍過一張可笑的義結金蘭照，是在照相館拍的，在自稱四姊妹之後。四個少女或托腮或遠眺，我則是半側顯得臉更瘦更長，不知哪一年突然翻到，哈哈大笑之後，看到照片旁的題字「好友少照」，揮洒筆跡把小寫成少，倒成一句箴言。好朋友不必以拍照顯示友誼，那只有陷害朋友至可笑的境地。尤其其中有人早夭，更映現生命之虛幻無常，影中人在塵世中缺席，在天國中微笑。我不曾忘卻她的身影，那不是因爲照片的緣故。

Eve，大學時代你終於找到自己的造型和身體語言，深色上衣黑色牛仔褲，削薄的短髮和墨鏡，服飾是發自內心的語言，你的叛逆命令你踰越性別，如同歐蘭朵的誓願，游離於性別界限。攝於晚春的傅鐘前，你如北來的飛燕，偶然低飛於杜鵑花叢間，然而你就要昂翔，飛往你夢中有椰林有火山的國度。你笑得好牽強，住在這緊俏身軀的靈魂似乎過於龐大，隨時像火山熔岩快要噴爆而出，你得去尋找一幅更爲瑰麗雄放的天空，在火山爆發時同樣富於震撼力，那是你生命的力度，連你也無法承受。於是就有狂歌浪舞的畫面，瘋狂的金山海灘之夜，人人戴著花串揮舞著仙女棒，奧林匹克的眾神秉燭夜遊，化裝成月神黛安娜的男孩，正經八百戴著桂冠，女孩扮演的阿波羅一點也不雄壯，肥胖的維納斯斜披著白袍露出胸毛，你打扮成牧神，俊美超俗，你覺得他更符合你心中的自我形象。那一天也許是中秋夜也許是元旦的前夕，青春的躁動流盪醉狂之力與明麗之美，你們的雙眼熒熒，照亮黑夜。

大學時暗戀一個男孩，日日在鏡前祈求我變得美麗，上帝垂憐我一個暑假瘦十公斤，髮長披肩，穿著時髦冒充美女，我已忘了我是誰，有泳裝照旗袍照還有小鳳仙裝，我扮演黛玉葬花，邊鋤花邊歌詠：「花開花謝飛滿天，紅消香斷有誰憐？」寶玉在身後張望，好個悲劇，台下竟然哄堂大笑。那個時期最愛拍照，有個男孩自稱技術好，幫我拍一系列照片，居然全部拿回家給爹娘看，我穿的又是娃娃裝，他母親說：「這女孩太稚氣。」我才知道中計了，照片拿不回來又被惡意批評，人照兩失，從此不太肯被拍照。

開始出書之後，封面與宣傳都需照片，我固定讓一個可信的朋友拍，她得過攝影獎，尤其人物拍得美如詩畫，我有一張最喜歡的照片，放在辦公桌玻璃墊下居然被偷走。那是我的代表作，沒想到竟成絕響，後來拍的沒有一張可以相比，尤其年紀越大越不上相，我常懷念那張照片，我遺失了青春與美麗，誰能幫我找到它？現在只要有人提議拍照，我第一個先躲，說：「我像張愛玲，不能隨便拍。」

出國沒有拍照爲證，有人說莫非你是通緝要犯黑道大哥？要不然就是情報人員？

Eve，你終成抵達你夢中的火山，活火山如暴怒的野獸，四周的生物都被它鯨吞，遠遠看去火山如拱立的雙掌，時有濃霧籠罩，美如海上仙山，你在火山前拍了一張照片，玫瑰紅的天空襯得你如在外太空，寧靜海的夕陽亦是如此綺異？你背著背包，好像已走過千山萬水，神情寂寥中有疲憊。第一次出國便是十年，熱帶的豪雨沖刷沸騰中的青春肉體，赤道的太陽染黑你的皮膚，卻染白頭髮。你在海灘留影，魚肚白的漁船有海鷗飛過，來往人群都有一張油黑的臉，令人想起夏威夷或墾丁，大花襯衫與草帽，你還是一身黑，北來的孤雁。

在醫學院人人穿制服，白上衣白長裙，醫院沒有電梯，急救時大家像抬轎一樣上樓梯，一個大轉彎你的窄裙裂了一條縫，懶得縫補，備置四五條，十年滄桑不知毀去多少白裙。畢業前全班大合照，膚色有白有黑有黃，你的臉盤最寬，小腿最壯，熱帶氣候將你拉培成無國籍臉孔。其中有一人我竟認識，世界眞是太小了，小時候笨笨的小男孩，數十年不見在照片中相逢，他頭已禿，眼神銳利，一點都不呆笨。四海一家，我們都是同學，一個個已屆中年，身上背負著不知何來的重擔。

有時逃不了的大合照，人數極多，臉只有紅豆大，這種照相運動，我常抱著反正沒人認得出來矇混過關，於是常有人說，在誰人家裡看到合照中有我，在義大利十日遊一群人擠在羅馬古劇場前，怪哉！那人我又沒印象，竟然說我是採購女王，看來連合照都不安全，我自己不拍照，也不能把別人拍回來，眞是不合算。我只對拍兒子有興趣，一本又一本的照相簿，大多被他爹拿回去孝敬爸媽，我哭了又哭抗議，照片還是越來越少，倉皇逃離婚姻時，來不及帶走兒子的照片集錦，僅餘的兩三本都是四歲以前的照片，對孩子的記憶就停滯在這一年。兩歲以前的照片也很少，我擁有的就是兩年的影像紀錄，還好回憶可以塡補空白，我記得母子相依的每個細節，那是誰也搶不走的。

有幾年在女性雜誌寫專欄，每一期都要配上雜誌社拍攝的沙龍照，第一次進攝影棚，化了大濃妝，鎂光燈吞噬我的靈魂，拍出來的照片笑容僵硬動作笨拙，看起來也不像我，但還是被認出來，有時去買麵包，老闆是中年歐吉桑，他說：「我看過你，在某某雜誌上！」拜託，那是女性雜誌耶！不過那些照片都屬於雜誌社，我一張也沒有，但也沒什麼好眷戀，多少照片如落花流水春去也，能被記憶的大海也沖不走，不能被記憶的，幾疊相簿留下的也只是浮光掠影。生命的負擔已經過於沉重，照片更是不可承受之輕。

Eve，是故，我們不必瀏覽過去，也不必幻想未來，就以隻眼燭照現在，一切所有心證意證，生命終將化爲雲煙，小小方方的紙片可以解釋什麼？你我分別存在不同的電影裡，展演著不同的劇情，而所有電影的結束都是一樣，黑暗。

——二〇〇二年四月・選自二魚版《汝色》

周芬伶寫作年表

一九七六年　參加耕莘寫作班，作品獲小說組第二名

一九七七年　獲政大文學獎小說組第二名，曲組第一名

一九八二年　〈傳熱〉獲聯合報散文獎

一九八三年　〈小大一〉刊登於《中國時報》副刊，獲主編金恆煒賞識，散文作品屢屢發表

一九八五年　散文集《絕美》出版（前衛出版社）

一九八九年　散文集《花房之歌》出版（九歌出版社）

《花房之歌》獲中國文協散文獎章，中山文藝散文獎

一九九二年　散文集《閣樓上的女子》出版（九歌出版社），少年小說《藍裙子上

的星星》出版（皇冠出版社），不久被改編爲連續劇。散文集《百合雲梯》在大陸出版

一九九三年　少年小說《小華麗在華麗小鎭》出版（皇冠出版社）

一九九四年　雜文集《女阿甘正傳》出版（健行文化）

一九九五年　散文集《熱夜》出版（遠流出版社），小說集《妹妹向左轉》出版（遠流出版社）。散文集《絕美》重新出版（九歌出版社）

一九九七年　女性口述歷史《憤怒的白鴿》出版（元尊文化）

獲吳魯芹散文獎

一九九八年　入選臺灣戰後九歌版《散文二十家》

一九九九年　文學評論集《艷異——張愛玲與中國文學》出版（元尊文化）

二〇〇〇年　散文集《戀物人語》出版（九歌出版社）

二〇〇二年　散文集《新世紀散文家：周芬伶精選集》（九歌出版社）、散文集《汝色》（二魚文化）、小說集《世界是薔薇的》（麥田出版社）出版

周芬伶散文重要評論索引

評論文章	評論者	原載處	原載日期
孤絕之美——試評周芬伶散文集《絕美》	吳　鳴	文訊	一九八五年十二月
透明的自傳散文——試評周芬伶《花房之歌》	吳　鳴	文訊	一九八九年五月
歲月來去總關情——讀《花房之歌》	郭明福	國文天地	一九九〇年一月
青鳥與烏鴉	張春榮	臺灣新聞報	一九九二年八月二十三日

成長的故事 ——讀周芬伶《閣樓上的女子》	琹　涵	臺灣日報	一九九二年十二月八日
《藍裙子上的星星》評介	張　耐		
	孫安玲		
以天真、清新與美挑戰	趙滋蕃	絕美	一九九五年
夜讀周芬伶	陳芳明	熱夜	一九九六年
寫作的女人，尋找臺灣的女人 ——周芬伶《妹妹向左轉》	蘇惠昭	臺灣時報	一九九七年一月十七日
憤怒的白鴿	江文瑜	中國時報	一九九八年八月二十日
周芬伶的散文特質	阿　盛	聯合報	一九九八年十月二十日
追憶往事如煙 ——周芬伶《戀物人語》評介	張瑞芬	明道文藝	二〇〇一年一月

新世紀散文家 4

新世紀散文家：周芬伶精選集

著者　周芬伶
執行編輯　陳慧玲
發行人　蔡文甫
出版發行　九歌出版社有限公司
臺北市105八德路3段12巷57弄40號
電話／02-25776564・傳真／02-25789205
郵政劃撥／0112295-1
九歌文學網　www.chiuko.com.tw
印刷　晨捷印製股份有限公司
法律顧問　龍雲翔律師・蕭雄淋律師・董安丹律師
初版　2002（民國91）年7月10日
初版4印　2015（民國104）年1月
定價　**320元**

書號　0106004
ISBN　957-560-932-8
（缺頁、破損或裝訂錯誤，請寄回本公司更換）

版權所有・翻印必究　Printed in Taiwan

國家圖書館出版品預行編目資料

新世紀散文家：周芬伶精選集／陳義芝主編
—初版. —臺北市：九歌，2002〔民91〕
面；　公分. —（新世紀散文家；4）

ISBN 957-560-932-8（平裝）

855　　　　91007845